Jessica Guaia

WIE ICH IN EINER SCHWÄBISCHEN TRATTORIA AUFWUCHS UND TROTZDEM ÜBERLEBTE

Ein Familienroman

PENGUIN VERLAG

Der Verlag weist ausdrücklich darauf hin, dass im Text enthaltene externe Links vom Verlag nur bis zum Zeitpunkt der Buchveröffentlichung eingesehen werden konnten. Auf spätere Veränderungen hat der Verlag keinerlei Einfluss. Eine Haftung des Verlags ist daher ausgeschlossen.

MIX
Papier aus verantwortungsvollen Quellen
FSC® C083411
FSC www.fsc.org

Verlagsgruppe Random House FSC® N001967

PENGUIN VERLAG

1. Auflage 2017

Dieses Werk wurde vermittelt durch die Literarische Agentur Michael Gaeb
Umschlaggestaltung: Cornelia Niere, München
Umschlagmotiv: © Kinderbild der Autorin/privat
Satz: Greiner & Reichel, Köln
Druck und Bindung: CPI books GmbH, Leck
Printed in Germany
ISBN 978-3-328-10046-1
www.penguin-verlag.de

Dieses Buch ist auch als E-Book erhältlich.

Meiner Familie

ANMERKUNG DER AUTORIN

Jessica, die Hauptfigur aus dem Roman, und ich, die Autorin, teilen uns denselben Vornamen. Das ist wahr. Beide sind wir in Schwäbisch Gmünd geboren und in einer Gaststätte aufgewachsen. Das ist auch wahr. Wahr ist aber auch, dass nichts wahr ist. Einige Personen könnten sich wiedererkennen, so wie ich mich in Wonder Woman und Winnie Puuh erkannt habe. Es könnte uns so oder so ähnlich geben – oder eben auch nicht. Eckpunkte wurden ausfantasiert, Namen verändert, Biografien miteinander verwoben oder ergänzt, Figuren und Begebenheiten erfunden.

»Sind wir auch in deinem Buch?«, fragen mich meine Eltern. »Ja«, sage ich. »In echt?«, fragen sie. »Nein«, sage ich. »Ja, was denn jetzt?« »In echt seid ihr echt. Im Buch nicht«, antworte ich. »Gut so, was sollen die Leute denken«, sagt Vater, als ob ihn das kümmern würde, und Mutter sagt: »Schade eigentlich, ich finde mich cool als Tiziana.« »Äh, nein«, antworten Vater und ich gleichzeitig. Dann lachen wir alle. In echt.

DRAMATIS PERSONAE

RENZO SPADA, Koch und Inhaber des Columbia und des Krugs, manisch

TIZIANA SPADA, geb. Della Mente, verheiratet mit Renzo, Wirtin, kompetent

JESSICA SPADA, genannt Jessy, Tochter von Tiziana und Renzo, schräg

NONNA, Mutter von Renzo Spada und Großmutter von Jessy, anstrengend

MATTEO LO BELLO, Pizzabäcker und Frauenheld, Schwarm von Jessica, naiv

SABINE FLECK, Stammgast, Hausnarr und Freundin der Familie, unbeschreiblich

TONI TEDESCO, Kellner und ehemaliger Weinhändler, verklemmt

JOHN LOVE, geb. Young, Gast und amerikanischer Soldat, idealistisch

RUDI KNIPPEL, Alkoholiker mit Hausverbot, aggressiv

PASQUALE, Pizza-Ofen, teuer

Huren, Bettler, Diebe

PROLOG

Warum ich mehr Mehl als Mensch bin

Beginnen wir bei meiner Geburt. Oder fünf Minuten vorher. 25. Juli 1987, es ist Samstagabend. In der Trattoria Zum Krug sind alle Plätze belegt. Einundneunzig Sitzplätze und zweiundzwanzig Tische. Die Gäste rufen nach Weizen und Calzone. In einer Ecke sitzen amerikanische Soldaten und in der anderen die schwäbischen Gäste. Mutter ist im siebten Monat schwanger, trägt aber trotzdem noch ihren engen schwarzen Bleistiftrock. Nur hinten lässt sie den Reißverschluss offen. Sie schenkt die Biere ein, und Toni, unser Angestellter, trägt sie an den Tisch. Nicht Mutter. Das Bier.

Mutter geht zu Vater in die Küche. Denn aus der Zapfanlage kommt nur noch Schaum. Sie beklagt sich, dass der Boden nass sei. Und dann um 20 Uhr 50, die Zeit, in der die besten Spielfilme im italienischen Fernsehen ausgestrahlt werden, flutsche ich aus Mutter raus. So erzählt sie es jedenfalls: »Du bist einfach aus mir rausgeflutscht.« Wie Wasser aus dem Krug. Die Fruchtblase war geplatzt, und sie dachte, das wäre Bier auf dem Boden. Die Hebamme hatte nicht einmal Zeit zu kommen. Eine Wehe, und da liege ich schon auf der weinroten Tischdecke. Vater hat sie schnell unter Mutter ausgebreitet. Mutig wie ein Matador. Ängstlich wird er erst, als er mich sieht. Mich mit meinem einen Kilogramm.

»Wie ein Päckchen Mehl«, sagt Vater, und: »Der Braten ist noch nicht fertig.« Mutter ist gereizt, fragt, was sie jetzt machen solle.

»Zurückschieben, oder was?«, sagt sie.

Noch ganz weiß bin ich. Wie Mehl. Später aber kommt die olivfarbene Haut. Und später habe ich es auch nicht mehr eilig. Ich bin ein ruhiges Kind. Ich sitze gerne. An unserem Stammtisch. Trotzdem lache ich. Laut. Wie Mutter. Das Schreien überlasse ich Vater.

AKT 1

I

Über die Entstehung einer Liebe, einer Stadt, eines Restaurants und wie die Raketen in die schwäbischen Vorgärten kamen

Geboren wurde ich also in einem Gasthaus. In Schwäbisch Gmünd, einer Stadt im Osten Baden-Württembergs. Auch im Osten: die Landeshauptstadt Stuttgart. Sie ist fünfzig Kilometer weit weg. Schwäbisch Gmünd ist sowohl einwohner- als auch flächenmäßig die größte Stadt im Remstal. Sie erstreckt sich über eine Fläche von 113,78 Quadratmetern. Am 27. Mai 1987 lebten 56 754 Menschen in Gmünd. Das ist den Gmündern wahrscheinlich nicht bewusst. Denn sie benehmen sich, als wohnten sie in einem Dorf. Sie kennen sich untereinander und sprechen miteinander und übereinander. Es gibt Schützenfeste und Knabenchöre, Jahrgangsfeste mit Rosen und Zylindern, und die Zeitungen schreiben über Auftritte von Kindergärten. Der Mittelpunkt Schwäbisch Gmünds ist der Marktplatz. Mein Mittelpunkt ist einige Meter vom Marktplatz entfernt. Links vom rosa Rathaus kommt man in eine kleine Gasse, die erst eine Linksbiegung und dann eine Rechtsbiegung macht. Die Ochsenbacher Gasse. Sie heißt so, weil die Ochsen, bevor sie verkauft wurden, schön aussehen mussten. Deshalb wuschen die Bauern sie im Bach und machten ihnen Zöpfchen. Mutter meint, der Name komme von einem Geschlecht, das im Mittelalter in Gmünd residierte. Die Herren von Ochsenbach. Jedenfalls wäscht heute hier niemand mehr Ochsen. Auch kein Geld. Nur noch Teller. In der Ochsenbacher Gasse steht die Trattoria Zum Krug.

Es ist ein Fachwerkhaus aus dem achtzehnten Jahrhundert. Es sieht aus wie jedes andere deutsche Gasthaus. Wie Zum Lamm. Oder Zur Krone. Nur riecht es nicht wie jedes andere deutsche Gasthaus. Es riecht ein wenig scharf: nach Basilikum. Und ein wenig sauer: nach Zitrone. Auch ein wenig süß: nach Pfirsich. Und eklig: nach Zigaretten. Und der Koch, Renzo Spada, mein Vater, spricht auch nicht wie jeder andere deutsche Koch. Er sagt zum Hubschrauber Flugschraube und zu mir Papa. Ich bin Papa, und er ist mein Papa. Die Haare von meinem Papa sind ein Helm. Kein Härchen steht ab. Wie in Stein gemeißelt sehen seine schwarzen Locken aus. Er hält sich auch für einen David. Nur das Bäuchlein passt nicht.

Mutter dagegen, die Wirtin Tiziana Spada, denkt nicht, dass sie die Venus sei. Obwohl sie ihr ähnlicher sieht als Vater dem David. Sie steht mit beiden Stöckelschuhen fest auf dem Boden. Der Gastraum wäre fremd ohne ihre Schritte auf den Fliesen. Die sind so rhythmisch. Schnell, aber nie gehetzt. Mutter lacht viel. Ich weiß nicht, warum, denn sie versteht keine Witze. Und sie ist auch nicht wie jede andere deutsche Wirtin. Was daran liegt, dass sie Italienerin ist.

Ich bin also auch Italienerin. Das steht in meinem Pass. Cittadinanza: Italiana. Nome: Jessica. Cognome: Spada. Dort hätte allerdings auch gar nichts stehen können, wenn Vater nicht mit sechzehn Jahren alleine nach Deutschland gekommen wäre, um sich ein Mofa zu kaufen. Vielleicht sollten wir also besser vor meiner Geburt mit der Geschichte beginnen.

In Italien erzählte man sich, dass die Gastarbeiter in Deutschland alle ein Mofa bekämen. Auch Vater kennt das Foto des Zimmermanns mit breitkrempigem Hut, Dreitagebart und seinem Mofa. Vater will es gar nicht geschenkt bekommen, er will es sich leisten können. Mutter sagt, dass das nicht der wahre Grund war. Ein Mofa, wie lächerlich. Sie meint, Vater hatte Hunger. Ich kann mir das gut vorstellen. Vater hat immer Hunger.

Als Vater also in Deutschland ist, merkt er, dass das nichts wird mit dem Gastarbeiter-Sein. Denn die Deutschen wollen nur Fachkräfte. Vater hat aber die neunte Klasse ohne Abschluss verlassen. So kommt er nicht weiter als zu den selbstständigen Italienern. Sie geben ihm Aushilfsjobs als Lackierer, Automechaniker, Pizzabäcker. Mit dreiundzwanzig Jahren kann er sich immer noch kein Mofa leisten. Eines Tages sitzt er auf dem Sofa in seinem Wohnzimmer, schaut sich um und denkt, so erzählt er: »Wenn man hier ... Nein, dumme Idee, aber wenn man hier eine Wand einschlägt, könnte eine Küche – und hier ... Kein Geld für Stühle. Holz!«

Am nächsten Tag steht er auf und kündigt bei der Pizzeria Mamma Rosa, wo er als Pizzabäcker arbeitet. Die Pizzeria gehört seinem Cousin dritten Grades. Dieser sagte ihm auch, dass er nach Schwäbisch Gmünd ziehen solle. Eine Stadt voller Mofas. Voller Arbeit. Vater schlägt die Wand seines Bades ein, die nächsten Wochen sägt er Stehtische, schleift sie, baut sie zusammen und lackiert sie bei seinem alten Chef schwarz. Er kauft Hochstühle, die er mit gelbem Leder bezieht. Er schläft auf einer Plastikplane und träumt von den USA. Vor einem Jahr war er dort gewesen. Weil der Cousin dritten Grades aus der Pizzeria Mamma Rosa einen Bruder hat, der in New York auch eine Pizzeria Mamma Rosa besitzt und einen Pizzabäcker brauchte. Drei Monate lang machte Vater genau die gleiche Arbeit wie in Deutschland. Aber an seinem freien Tag sah er die Columbia bei ihrem Start. Mit so viel Getöse, mit großen Rauchschwaden und Feuer unterm Hintern würde Vater auch gerne abheben wollen. Als er in Deutschland dann auf seiner Plastikplane aufwacht, macht er aus Gips einen Columbia-Abdruck. Diesen hängt er an die freie Wand. Am 5. Mai 1983 ist die Eröffnung seines Imbisses.

So entstand das Columbia.

Währenddessen studiert Mutter klassische Archäologie in Tübingen. Sie ist aber nur drei Mal die Woche dort. Sie pendelt. Ausziehen wollte sie nicht, das ist bei Italienern nicht üblich. Obwohl Mutter sonst immer alles anders macht als üblich, stört sie sich nicht daran. Ihre Eltern müssen sowieso den ganzen Tag arbeiten. Und abends ist ihr Vater mit *Bonanza*-Schauen beschäftigt und die Mutter mit Vorkochen. Was sie aber stört, so sehr stört, dass eine Vene auf ihrer Stirn sichtbar wird: die Pershing.

Es ist der 25. November 1983. Nachts treffen die ersten Pershing-II-Raketenteile auf acht Sattelschleppern im Depot Mutlangen ein. Am 29. November um 3 Uhr 30 werden auf zwölf Sattelschleppern die restlichen Teile geliefert. Seit 1951 sind die amerikanischen Soldaten in Schwäbisch Gmünd. Jetzt werden sie noch länger in Gmünd bleiben. Die Gmünder bauten Baracken weit von der Stadt entfernt für die Soldaten. Doch trotzdem müssen sie sie immer sehen. Und besonders hören. Jeden Morgen bleiben einige Gmünder vor den Kasernen stehen und sehen den Amerikanern zu. Die Kinder schauen besonders aufmerksam. Manchmal winkt auch ein Soldat zurück. An drei Plätzen in Gmünd trainieren die Soldaten morgens. Sie tragen kanariengelbe Jogginganzüge und laufen immer zu zweit hintereinander her. Dazu singen sie in Reimen. »Your left, right, your left-right, left, right, you're 56th Field Artillery Command, you're outta sight! Your one, two, your three-four, what are you looking at me for?« Manche bekommen kaum Luft. Deshalb müssen sie auch dieses Training machen. Die Army-Führung ärgert sich über die nachlassende Kondition ihrer GIs. Denn einige GIs laufen weit hinter den anderen in Zeitlupe und versuchen vergeblich mitzuhalten.

Mutter demonstriert in einer hundertacht Kilometer langen Menschenkette händchenhaltend mit ihrem Professor für Assyriologie und Hethitologie. Nicht gegen die Soldaten ohne Kondition, sondern gegen die Pershing. Sie demonstriert mit Heinrich Böll und Günter Grass. Bis sie heiser ist, ruft sie: »Petting statt Pershing« und »Unser Mut wird langen, nicht nur in Mutlangen«. Sie ist neunzehn Jahre alt. Ihre Eltern wollen nicht mehr für ihr Studium zahlen, wenn sie den ganzen Tag demonstriert, statt zu lernen, obwohl Mutter ihre Bücher auf der Wiese der Mutlanger Heide liest. Deshalb arbeitet Mutter als Kellnerin im Columbia.

Sie verliebt sich in ihren Chef. In Vater. Weil er so quer, so anders ist, so gegen den Strom schwimmend. Auch wenn es nur im Kleinen ist. Zum Beispiel isst er die Käserinde mit, obwohl auf der Packung steht: »Nicht zum Verzehr geeignet« – der Alltagsrebell. Mutter stach, wie sie stolz erzählt, eine Nebenbuhlerin aus, die aber, wie Vater stets betont, nie eine Konkurrenz gewesen sei. Die Nebenbuhlerin arbeitete auch als Kellnerin im Columbia. Sie hatte riesige Wimpern. Aber Mutter hatte längere. Erzählt mein Vater die Geschichte, blinzelt er hundert Mal in dreißig Sekunden, bis er aussieht, als wäre ihm schwindlig. So versetzt er sich, sagt er, künstlich in die Situation zurück, als er das erste Mal meine Mutter sah.

Das Columbia ist klein. Es haben zwanzig Menschen darin Platz. Wenn man sehr quetscht, vierzig. Vor dem Imbiss steht eine Traube.

»Ihr müsst Schlange sein«, sagt Vater, der von der Küche aus den Andrang sieht, »wir sind hier doch in Deutschland.« Und obwohl wir das sind, spricht Vater nur schlecht Deutsch. Deshalb spricht er mit Mutter nur Italienisch, obwohl sie lieber Deutsch sprechen würde. »What is he sayin'?«, fragt einer, und »English please.«

»Si, si, Zuppa inglese«, sagt Vater.

»I thought you are an Italian American, because of the Columbia«, sagt ein anderer.

»Si, si, Americano«, sagt Vater.

»Stay in line please«, sagt Mutter, und: »Coke and Margherita. Next!« Sie steht an der Kasse, und bei jeder Pizza, die sie in Bestellung gibt, nennt Vater eine Zahl: Tausendvierhundertfünfundfünfzig. Tausendfünfhundert. Tausendfünfhundertzwanzig. Bei zweitausend Mark kommt er aus der Küche raus und streckt die Arme in die Luft und sagt: »Vi amo.« Mutter sagt, er soll es nicht übertreiben, aber er fängt schon an zu singen: »God bless America, land that I love.« Weil er nicht weiß, wie es weitergeht, singt er nur »Nanana«. Die Soldaten schauen ernst, und ein paar singen weiter: »Stand beside her, and guide her.« Ein paar sitzen vor dem Haus auf dem Bordstein, essen aus dem Karton und wundern sich, wie flach die Pizza ist. »Great«, sagen sie hin und wieder. Ein paar Schwaben sitzen auf den Schößen der GIs und sagen: »Ned schlecht.« Auf Schwäbisch das größte Lob. »Ned gschimpft isch gnug globt«, sagt man hier.

Wenn die letzten GIs an den Automaten ihre Münzen zählen und in die Bismarck-Kaserne zurückgehen, will Vater sich trauen. Er wird Mutter fragen, ob sie mit ihm ausgehen möchte. Mutter wischt über das Schild »Every Pizza only 5 Dollar!«

»Domani c'è una corsa al Hockenheimring«, sagt Vater. Morgen ist am Hockenheimring ein Rennen.

»Willst du mich«, sagt er und stockt.

Mutter hört sofort auf zu wischen und umarmt Vater.

»Ich will dich. Nur dich«, sagt sie, und Vater sagt unbeirrt: »Willst du mich begleiten?«

»Ach so. Das wäre auch schön«, sagt Mutter und löst die Umarmung.

Mutter hat am nächsten Abend ein schwarzes Etuikleid aus Spitze an mit Schulterpolstern und schwarze Pumps mit goldfarbenen Pfennigabsätzen. Vater fragt sich, ob er ihr vor Aufregung fälschlicherweise gesagt hat, dass sie zum Pferderennen gehen.

»Du bist schön wie meine Mutter. Ich meine wie die heilige Mutter Gottes«, sagt Vater. Er hustet.

»Du bist schön, wie nur du es sein kannst«, sagt er schließlich. Mutter lacht und gibt Vater ein Küsschen auf die Wange. Der hält ihr ein Paket hin. Ohrschützer sind darin, weil es laut wird am Hockenheimring. Wie aufmerksam, denkt Mutter.

Er hält ihr die Tür des weißen Fiat Cinquecento auf. Wie altmodisch, denkt Mutter. Vater dreht den Schlüssel im Zündschloss um, aber das Auto springt nicht an. Das passiere manchmal, wenn es zu kalt sei, meint Vater, vergräbt seinen Kopf im Lenkrad und flüstert: »Wenn du jetzt nicht anspringst, steche ich dir die Reifen auf!«

Mutter lacht, und Vater fragt, ob sie Gas geben könne, er würde anschieben. Aber Mutter hat keinen Führerschein.

»Schiebst du dann?«, fragt Vater.

Wie gar nicht aufmerksam, denkt Mutter, und da steht sie und versucht auf ihren Zehn-Zentimeter-Absätzen die Kiste auch nur einen Zentimeter zu bewegen. Sie solle sich mit dem ganzen Körpergewicht dagegenlehnen, ruft Vater aus dem Seitenfenster und gibt Gas. »Ja, jaja, aber pass auf, es ist glatt.« Es klappt, Vater fährt ein paar Meter, er schaut nach hinten, und Mutter ist weg. Mutter liegt im Schnee. Sie ist, als Vater weggefahren ist, mit dem Kinn auf den Boden aufgeschlagen.

»So führst du mich also aus?«, sagt Mutter und spuckt Blut auf den Schnee. »Aufs Glatteis.«

»Ich hoffe, du glaubst nicht an Zeichen, denn ich mag dich echt gern«, sagt Vater und nimmt Mutter auf den Arm und trägt sie in den Fiat.

Am nächsten Tag fehlt Mutter bei der Arbeit. Sie hat verschlafen oder ist verärgert, denkt Vater. Als sie mittags noch nicht da ist, schiebt Vater die Soldaten aus dem Raum. Ein einstimmiges Raunen. Er drückt einem Schwaben Kreide in die Hand und eine Tafel und sagt: »Ik musse weg. Sie bitte schreiben: Wegen Amore geslossen.« Vater schließt ab und will gehen, aber ihm fällt ein, dass man »Ich liebe dich, Tiziana!« daruntersschreiben könnte, damit es die ganze Stadt weiß. Der Schwabe nickt, so bedächtig, wie nur ein Schwabe nicken kann. Er schreibt: »I moog di scho saumäßig, Tiziana!« Vater klopft an Mutters Tür, es riecht nach Weihrauch. Mutter öffnet und streckt ihren Kopf raus.

»Was?«, fragt sie.

»Der Fiat ist schuld! *Fehler In Allen Teilen*, sagt man doch so.«

Mutter schließt die Tür. Vater klopft wieder. Als Mutter öffnet, ist er weg. Als sie aber runterschaut, kniet er dort. Sie zieht an Vaters Kochjacke und fragt, was er da tue, ob er ihr nicht in die Augen schauen wolle. Er steht auf und sagt, er habe keinen Ring, aber er könne ihr etwas Symbolisches geben. Vater tut, als würde er sich das Herz aus der Brust reißen und es Mutter überreichen, dabei sagt er: »Bubumm. Bubumm.« Alles, was Mutter dazu einfällt, ist: »Wäh.«

Vater lässt sich nicht beirren und sagt auf Italienisch: »Ich wachse durch dich und du vielleicht durch mich. Das habe ich auswendig gelernt, schön, oder?« Mutter sagt nichts. »Jedenfalls muss ich nicht überlegen, ich weiß es: Willst du meine Frau werden?«

»Wir hatten gestern unser erstes Date«, sagt Mutter.

»Wir Italiener vertrauen auf Gefühle. Und meines ist, dass ich dich liebe.«

»Renzo, ich muss aber überlegen«, sagt Mutter, und Vater sieht aus wie ein begossener Pudel, aber da sie in Schwaben sind, heißt es »Dackel«, Vollidiot. Oder noch schlimmer, in der schwäbischen Steigerungsform: »Halbdackel«. Das ist einer, bei dem es nicht mal zum ganzen Dackel reicht.

Im Columbia arbeiten Vater und Mutter wie immer. Nur manchmal schauen sie sich länger an.

»Warum schaust du so?«, fragt Mutter, während sie die Kassenrolle austauscht.

»Du bist einfach so ...«, sagt Vater.

»So was?«

»Nichts. Dann wirst du eingebildet und denkst, du könntest dir jemand angeln, der besser ist als ich.«

»Das ist sicherlich kein Problem.«

»Du bist so hässlich«, sagt Vater, und komischerweise versteht Mutter diesen Humor. Ein Mundwinkel bewegt sich.

»Ich mag dich«, sagt sie, »du bringst mich zum Lachen.«

»Na, das ist wohl übertrieben«, sagt er.

Von einem Tag auf den anderen bricht Mutter ihr Studium ab. So sehen es jedenfalls Freunde und Familie. Mutter hatte schon länger überlegt, abzubrechen. Seitdem Vater ihr gesagt hat, dass er sie liebt. Sie solle die rosarote Brille absetzen, sagt ihre Mutter. Aber Tiziana mag es so. Rosarot. Wenn Renzo sie eigentlich auf den Mund küssen will, dann aber doch nur die Wange trifft und ihre Ohren sich für einen kurzen Moment verhaken. Wenn er extra viel Parmesan über ihr

Essen reibt, weil er sich gemerkt hat, dass sie das mag. Was aus ihrem Verstand geworden sei, fragt ihr Vater. Den setze sie nun für die Restaurantplanung ein. Der Vater aber nennt sie Opferliebhaberin. Sie habe Mitleid mit diesem Italiener, der kochen, aber nicht wirtschaftlich denken könne. Sie liebe doch die Archäologie, sagen die Kommilitonen. Aber Mutter merkt beim Kellnern, dass tote Menschen nicht so interessant sind wie lebendige. Trotzdem erzählt sie gern Geschichten über tote Menschen. Denn: Nur wer die Vergangenheit kennt, hat eine Zukunft.

Die ganze Stadt Schwäbisch Gmünd soll es wegen eines verlorenen Rings geben. Die Herzogin Agnes, die Tochter von Kaiser Heinrich IV. und die Frau des Herzogs Friedrich von Schwaben, verlor auf der Jagd ihren Trauring. Agnes versprach, dort eine Kirche bauen zu lassen, wo der Ring gefunden werde, falls er gefunden wird. Tatsächlich entdeckte ein Jäger den goldenen Ring am Geweih eines Hirschs. Er erlegte den Hirsch, und dort, mitten im Wald des Remstales, ließ Agnes den Vorläufer der Johanniskirche errichten. Nach und nach wurde der Wald gerodet, um die Kirche herum siedelten sich Menschen an, und Gmünd entstand. Gmünd entstand und bekam den Namen Gamundia. Denn als der Ring wiedergefunden wurde, soll der Herzog Friedrich von Schwaben gesagt haben: »Gaude munde!« Das heißt »Freue dich, Welt!«. Und die Welt sollte sich wirklich freuen, nicht nur, dass der Ring da ist, sondern dass es Gmünd gibt. Denn alles steht und fällt mit Schwäbisch Gmünd, meinen die Gmünder. Jeder Mensch in Europa ist mit dieser Stadt in Kontakt gekommen. Wenn auch über Ecken. Über die Lenkungen in den Autos. Oder sie waren sogar leibhaftig in dieser Stadt. Selbst ohne lebendig zu sein. Wie die Heiligen Drei Könige zum Beispiel. Ihre Gebeine verbrachten eine Nacht in Gmünd. Aber das ist eine andere Geschichte, sagt Mutter, wenn ihr hinten im Gastraum wieder jemand zuwinkt, um zu bestellen.

»Warum mache ich das«, flüstert Mutter. Sie geht zu Vater in den Keller, der mehr Schnaps hochholen will. Sie stellt sich vor ihn und sagt: »Ja.«

»Was ›ja‹? Ja, die wollen noch Nachtisch? Wir haben keinen Nachtisch.«

»Bin ich kein Nachtisch?«

»Was meinst du?«

»JA! Aber wir heiraten erst in drei Jahren.«

Vater und der Halbdackelanblick schon wieder. Er sagt nichts und klemmt sich eine Flasche Fernet-Branca, eine Flasche Ramazzotti und eine Flasche Sambuca zwischen Arm und Brust. Mutter schaut ihn an. Dann redet Vater endlich:

»Wie die Deutschen mit ihrer Probezeit. Alles erst probieren und sich nie festlegen. Ich bin doch kein Porsche.«

»Dafür ein Fehler in allen Teilen. Das ist süß. Also willst du mich beleidigen oder heiraten?«

»Lieber heiraten«, sagt Vater. »Ich hole kurz den Ring, ich habe einen gefunden ... Ich meine, gekauft.«

»Nein, bleib hier«, sagt Mutter. Vater legt ihr eine Hand auf die Wange und schaut sie so lange an, bis Mutter ihn küsst. So zärtlich, dass Vater erst denkt, es wäre ein Sommerwind. Mitten im Winter. Im Keller.

II

Wie Mutter und Vater expandieren: Ein neues Restaurant, ein Baby und ein Großvater müssen her

In den Achtzigerjahren wird ein Lied zum Hit und wirkt sich direkt auf das Einkommen meines Vaters, aber auch auf seine Psyche aus. Wäre der Refrain wie geplant bei »Heiße Würstchen und 'ne Coca-Cola« geblieben, hätte Vater keinen Rekord aufstellen können. Spliff entschied sich im letzten Moment aber für »Carbonara e una Coca Cola«. Die Gäste lieben es, bei der Bestellung den Satz aufzusagen. Nach drei Jahren Dauerbeschallung aus der Jukebox hat Vater genug. Dass die Leute in ihre Carbonara Sahne wollen, tut sein Übriges. Vater trägt den Teller Spaghetti aus der Küche, greift in die Nudeln und wirft sie dem Kunden, der sie bestellt hat, ins Gesicht. »Hier Carbonara!«, sagt er. Bevor er zur Cola kommt, ist der Gast rausgerannt.

Einen Gast verlieren sie. Aber andere Gäste kommen hinzu. Die Pizzen im Columbia gehen weg wie warme Pizzen, und Mutter hat eine Idee.

»Hast du gehört, dass das alte Gasthaus Zum Krug verpachtet werden soll?«, fragt sie Vater.

»Die Zerillis sind doch im Krug«, antwortet er.

»Gestern soll die Polizei ihr Restaurant auseinandergenommen haben. Sie haben dort wohl mehr als nur Teller gewaschen.«

»Eine Razzia bei den Zerillis?«

»Was denkst du?«

Sie denken beide dasselbe und stellen sich Wochen später einem Herrn Obermaier vor. Herr Obermaier ist bekannt in Schwäbisch Gmünd. Weil der Krug bekannt ist. Aber auch, weil er alt ist. Oder weil er alt ist und viel erlebt hat. Herr Obermaier ist der Meinung, wir wüssten nur die Hälfte von dem, was er erlebt hat. Was wir wissen: Er war Metzger und Weltmeister im Gewichtheben, und er war auch noch französischer Kriegsgefangener. Außerdem trägt er immer grüne Cordhosen und hat einen Stock mit Schildkrötenkopf bei sich. Einige Leute glauben, dass der Krug bestimmt nicht schon wieder an Italiener vergeben werden würde. Aber Herrn Obermaier ist das egal, ob Italiener oder nicht, solange sie das Restaurant weiterführen. Weiterführen wollen Vater und Mutter auch das Columbia. Aber sie wollen die Verantwortung an einen Restaurantleiter abgeben, damit sie sich um den Krug kümmern können. Sie unterschreiben den Vertrag und pachten die Gaststätte mit sämtlichen Möbeln. Alles sei noch genau so gewesen, wie die Zerillis das Lokal verlassen hatten, erzählt Mutter. Die Tür sei noch eingetreten und eine Absperrung mit Band angebracht gewesen. Der Boden rutschig vom umgestoßenen Peperoni-Öl. Als sie den Kühlschrank aufmacht und den alten Zander riecht, übergibt sie sich sofort. Noch Wochen später muss sie brechen, wenn sie daran denkt. Allerdings könnte es auch an mir liegen. Sie ist schwanger, aber das weiß sie noch nicht.

Vater und Mutter renovieren im Krug nicht sehr viel. Das würde zu viel Geld kosten. Das Geld, das sie im Columbia verdienen, möchten sie für die Hochzeit ausgeben und einen neuen Ofen. Dreißigtausend Mark kostet er, Vater nennt ihn Pasquale. Pasquale macht die besten Pizzen. Mutter wünscht sich, dass die Räume etwas italienischer aussehen würden, aber das ist fast nicht möglich. Denn der Krug ist ein Fachwerkhaus. Die weißen Wände sind durchzogen mit dunklem

Holz. Es stehen drei Holzbalken im Raum. Und die Einrichtung erinnert eher an einen Jagdverein. Ton: braun in braun. Brauner Fliesenboden. Holztresen. Holztische, Holzstühle.

Mutter legt rote Tischdecken auf jeden Tisch. Dann legt sie jeweils noch eine weiße, quadratische Tischdecke schräg darüber, sodass die Ecken frei bleiben. Außerdem Vorhänge, außen rot, innen beige. Beige werden auch die Holzstühle mit Lochmuster. Vater bezieht sie und die Eckbänke mit neuem Stoff. Helles Beige erinnert an Sizilien und an Bast, meint er. Aus dem Weinhandel um die Ecke, von Toni, holt er Chianti in Bastflaschen. Außerdem kauft er Toni ein antikes Weinfass ab. Das stellt er als Dekoration neben den Tresen. Darauf stellt er Efeu. Aus Sizilien lässt er sich das Rad einer sizilianischen Kutsche kommen. In Gelb, bunt bemalt mit Pfirsichen und Blumen. Mit blauen und roten Verzierungen. Es hängt nicht an der Wand, sondern steckt im Zoll in Stuttgart fest. Aber dann hängt es an der Wand.

Mutter möchte an den Wänden noch Gemälde. Im Columbia kommt gelegentlich ein obdachloser Künstler essen. Den beauftragt sie, einige Ölbilder zu malen. Natürlich von archäologischen Stätten und Theatern. Aber die zwei größten Bilder zeigen etwas anderes. Ein Bild zeigt den Strand und die Häuser von Cefalù. Überall rechteckige und quadratische Fenster. Die Häuser sehen aus, als kletterten sie einen Hang hoch. Im Hintergrund eine Burg. Vorne Menschen, die sich sonnen. Die Häuser sind wie zufällig hingeworfene Legosteine. Ein bisschen so sieht auch die Anordnung der Tische aus. Vater mag keine strengen Reihen. Das zweite Bild ist im gleichen Stil gemalt und zeigt etwas Ähnliches, die Hafenstadt von Sciacca in Agrigent. Da Mutter aus Palermo kommt, mag sie dicht besiedelte Städte. Besonders dicht besiedelte Städte am Meer, in denen Mutter mit ihrer Familie im Urlaub war. Mutter hängt die Bilder nebeneinander.

Mutter und Vater selbst wollen nicht neben-, sondern miteinander sein. Renzo und Tiziana Spada heißt es am 2. Februar 1986. Sie kommen aus dem Standesamt heraus und machen Fotos im Innenhof des Spitals. Dort stehen Bronzefiguren von Adam und Eva. Eva hält einen Apfel. Im großen Baum in der Mitte des Hofs versteckt sich die Bronzefigur einer Schlange. Alle Verliebten, alle Eheleute müssen an den Statuen vorbei. Mutter und Vater lassen sich vor Adam und Eva fotografieren. Mutter findet das nicht so gut, dass die Frau an allem schuld sein soll.

Die »echte« Hochzeit, wie Vater es nennt, die kirchliche Trauung, findet in Sizilien statt. Um fünf Uhr morgens wird Mutter geweckt. Von ihrer Schwiegermutter – Nonna. Sie schickt eine ganze Armee von Leuten ins Schlafzimmer, wo Mutter alleine geschlafen hat. Kameramänner, Fotografen, Friseure, Visagisten, eine Schneiderin. Es ist Brauch, die Braut in der Entstehung zu dokumentieren. Ein Making-of. Die Augenringe werden weggetupft, die Haare einbetoniert, der Körper in das Kleid genäht. Wie ein Riesenbonbon sieht sie aus.

»Lächle wie eine Braut und winke in die Kamera«, sagt Nonna, und Mutter nickt kurz weg. Als alle fertig sind, geht Mutter auf den Balkon und lässt ihren zehn Meter langen Schleier über das Geländer fallen. Da sieht sie Vater. Das erste Lächeln des Tages. Sie laufen gemeinsam zur Kirche. Das ganze Dorf und die vierhundert geladenen Gäste folgen ihnen. Ein Kind wirft sich vor sie, und Mutter schiebt es vorsichtig mit dem Fuß weg; ein Dreirad macht eine Vollbremsung vor ihnen, und Vater schiebt es weg; aus dem Fenster fliegen Pflanzen, und sie stellen sie gemeinsam weg. Immer begleitet von Klatschen und Pfeifen, weil Mutter und Vater es schaffen, alle Hindernisse aus dem Weg zu räumen. »Das ist das Leben«, sagt Vater zu Mutter, und Mutter sagt: »Dann schaffen wir das.« »Gemeinsam«, sagt Vater, und Mutter will ihm einen Kuss geben, aber Nonna zwickt Mutter in den Oberarm. In der Kirche dürfen sie sich nach dem Jawort küssen. Sie sind nun Renzo und Tiziana Spada. Als sie aus der Kirche kommen, werden sie mit Reis beworfen. Nonnas Korn trifft Mutter ins Auge. Mutter hat auf ihrem Hochzeitsbild ein sehr weißes Kleid und ein rotes Auge. Zwei rote Augen hat John, Mutters bester amerikanischer Freund, der die Kaserne nicht verlassen darf und fünf Tage auf seiner Pritsche zwischen zwanzig anderen Pritschen weint. In der Villa mit Palmen und Swimmingpool gibt es zur Begrüßung Aperitivo, es wird Grana Padano und Parma-Schinken geschnitten, es gibt Polpo und Austern, und es folgen weitere fünfzehn Gänge. Aber Mutter und Vater kommen kaum zum Essen, denn die Gäste rufen immerzu: »Bacio, Bacio«, und klatschen so lange, bis Vater und Mutter aufstehen und sich küssen. Wenn sie sich nicht lange genug oder leidenschaftlich genug küssen, rufen die Gäste weiter. Das tun sie bestimmt hundertmal, und Vater wird ohnmächtig, weil er nicht zum Essen kommt. Mutter wird ohnmächtig, als sie die Rechnung sieht. Viel höher, als sie vereinbart haben. Aber Vater winkt ab und sagt, hunderttausend Mark sei Mutter ihm wert, außerdem könnten sie sich das leisten, und mit den Hochzeitsgeschenken eingerechnet sei es vielleicht auch gar nicht mehr so schlimm. An diese Aussage denkt Vater auf der Hochzeitsreise in Palermo, die er mit Fluchen verbringt. Weil ihnen das Hochzeitsgeld und die Goldgeschenke bei einer romantischen Kutschfahrt gestohlen werden.

Seine Einstellung zum Geld insgesamt ändert sich dadurch jedoch nicht. »Geld ist dazu da, um es auszugeben«, sagt Vater und zeigt seine Hände. »Mit beiden Händen«, sagt er und tut, als würde er Scheine halten und sie rechts und links verteilen.

»So werden wir aber schnell arm sein«, sagt Mutter.

Wieder zurück in Deutschland geht es so weiter. Man lebt nur einmal, sagt Vater und lässt den Champagner knallen.

»Auf de neue Trattoria Zum Krug«, sagt er zu den Gästen.

»Trottleria?«, fragt ein Gast – was denn bitte das sein solle. Mutter erklärt: »Wir haben vom Einfachsten das Beste.« Das beantwortet die Frage nicht, und trotzdem sagt sie: »Auf die Neueröffnung Zum Krug.«

Die Gäste klatschen und gehen schon zum fünfzehn Meter langen Tisch, bevor Mutter »Das Buffet ist eröffnet« sagen kann. Auf den großen Silberplatten sind Arancini, sizilianische Reisbällchen mit Hackfleisch, Kanapees mit Rindfleisch, eingelegte Champignons, gegrillte Paprika, Zucchini und Auberginen, gekochte halbe Eier mit Kaviar und mehr. Mutter überkommt der Wunsch, den Kaviar von den Eiern zu kratzen.

»Il cielo in una stanza«, sagt Vater zu Mutter.

»Der Himmel in einem Raum«, wiederholt Mutter und zeigt auf den vollen Raum vor ihr.

Vater dreht Mutter mit dem Rücken zu sich, schiebt ihre Haare beiseite und küsst sie auf den Nacken.

»Bleib so«, sagt er. Vater holt ein blaues, rechteckiges Kästchen und nimmt eine große Kette mit großen Steinen heraus.

»Und das sind die Sterne«, sagt Vater und legt ihr die Kette um.

»Kalt«, sagt Mutter, und berührt die Steine, die ihr im Ausschnitt baumeln.

»Renzo, ich brauche keine zwei Karat oder wie viel das auch sind«, sagt Mutter.

»Sag einfach Danke.«

»Danke«, sagt ein Journalist, der von hinten zu Vater kommt, dann macht er ein Foto von den beiden. Mutter möchte sich noch einen Schal über die Kette legen, aber schon kommt der Blitz. Mutter lacht, und Vater raucht.

Der allererste reguläre Gast des Krugs setzt sich an die Theke. Er trinkt einen Weißwein und liest in Hegels *Phänomenologie des Geistes*. Essen möchte er nichts. Vielleicht isst er niemals und ernährt sich nur von Wissen. Vater fragt ihn, wie er heißt.

»Prof. Dr. Haber«, sagt der Mann.

»Was die Erfahrung aber und die Geschichte lehren, ist dieses, dass Völker und Regierungen niemals etwas aus der Geschichte gelernt und nach Lehren, die aus derselben zu ziehen gewesen wären, gehandelt haben«, sagt Vater zu Mutter und bittet sie zu übersetzen.

»Das isse Egel«, sagt Vater.

»Wie bitte, ein Blutegel?«, fragt der Mann.

Vater versucht das H in Hegel auszusprechen, der Mann nickt und fragt, ob Vater in Italien studiert habe.

»Nein, Televisione geschaut«, sagt Vater.

Prof. Dr. Haber nickt nochmals, klappt sein Buch zu und geht in Richtung Tür.

»Professore«, ruft Vater, »Sie nix zahlen.«

»Danke! Auf Wiedersehen.«

»No, Professore. Eine Mark fünfzig.«

»Zeitungsbier!«

Vater schaut Mutter fragend an, die erklärt, wer in die Zeitung komme, müsse jedem ein Bier ausgeben.

Prof. Dr. Haber nickt und sagt: »Wir sind hier in Schwaben.«

»Und ich bin Italiano«, sagt Vater und greift nach dem Buch. »Ssulden zahlt«, sagt er, »e ora vai affanculo.«

»Lassen Sie mir meinen Hegel«, sagt der Professor und geht trotzdem mit gesenktem Kopf. Auch Vater senkt seinen Kopf. Mutter fragt, was denn los sei.

In Italien hätten Professoren Manieren und Geld, um zu zahlen, sagt er.

»Er hatte doch Geld. Aber hier ist das so.«

»Ich verstehe das alles nicht.«

»Was?«

»Die Kälte, die Regeln, die Sprache. Lass uns nach Italien gehen.«

»Und was ist mit dem hier?«

»Jaja, du. Spontan wie eine Deutsche. Spontan wie ein Fahrplan.«

Mutter sagt, dass Vater erst einmal aufhören solle, in »Deutsche« und »Italiener« zu unterscheiden. Die Kälte zähle nicht, da Vater sowieso immer in der Küche stehe. Und da sei das ganze Problem. Dort spricht er nur Italienisch, isst und denkt italienisch. Er sei schon einige Jahre hier, und so langsam werde es Zeit, richtig anzukommen.

»Du musst raus. Ich zeig dir deine Stadt«, sagt Mutter und zieht ihn aus der Tür.

Mutter will über den Zebrastreifen gehen. »Nein!«, ruft Vater und hält sie zurück.

»Bist du lebensmüde?«, fragt er und schaut nach links, nach rechts. »Da kommt ein Auto.«

Das Auto bleibt stehen.

»Dem ist bestimmt der Sprit ausgegangen«, sagt Vater und rennt über die Straße.

»Grüß Gottle«, ruft der Mann aus dem Auto.

»Ma dai«, sagt Vater zu Mutter, »den hast du bezahlt.«

»Für was?«, fragt Mutter.

»Damit er freundlich ist«, sagt Vater.

Auf einmal gibt es einen Knall. Dem freundlichen Mann ist ein Auto aufgefahren. »Heilig's Blechle«, sagt dieser, »mein Daimler!« Der Mann steigt aus, wie auch der Mann, der ihm aufgefahren ist. Er sagt: »Mai liabr Scholli.« Der Freundliche sagt: »Mei liabr Härr Gesangveraih.« Und dann weiß man gar nicht, was von wem kommt, weil es so laut wird. Haidabimbam. Hemmlarschondzwern. Allmachds jenseids Goddes Doppelwegga. Vater grinst und sagt: »Das ist wie zu Hause«, und dann fängt auch er an: »Testa di cazzo! Faccia di culo! Pezzo di merda!« Wie die drei so fluchen, wird Mutter glücklich.

»Das war ja einfach«, sagt sie.

Eines Tages steht Il Tedesco, der Deutsche, vor der Tür. So wird Toni genannt. Er hat traurige, winzig kleine Augen. Schwarz, wie eine einzige, große Pupille. Toni ist achtundfünfzig Jahre alt. Fünfunddreißig Jahre lang hatte er einen Weinhandel eine Straße weiter. Weil Italiener den Wein mit Frostschutzmittel streckten, starben neunzehn Personen und fünfzehn verloren ihr Augenlicht. Toni verlor seinen Weinhandel. Erzählt er allen. Aber Mutter kennt Iolanda, seine Frau, und weiß, was wirklich passiert ist.

»Ich habe mich schon gefragt, wo ich meinen Wein jetzt herbekomme«, sagt Vater.

»Ich habe mich gefragt, woher ich Geld bekomme«, sagt Toni.

»Er ist alt«, flüstert Vater Mutter zu. Mutter flüstert, man habe als Unternehmer eine soziale Verantwortung. Man müsse so viele Jobs einrichten, wie es geht.

»Zum Teufel, ja«, sagt Vater. Er stellt Toni nur ein, weil er vom Wort »Unternehmer« geblendet ist. Aber er glaubt nicht, dass es funktionieren wird. Zwischen ihm und Toni. Immerhin ist Toni fünfunddreißig Jahre lang sein eigener Chef gewesen. Vater könnte jetzt für niemanden mehr arbeiten. Er hat sich daran gewöhnt, dass alles so gemacht wird, wie er es will. Jedenfalls in der Küche. Aber Toni bindet sich die Schürze um und arbeitet einfach. Er ist so dünn, dass er die schwarzen Bänder der Schürze zweimal mehr um seine Hüfte binden muss als Mutter. Toni befolgt alle Anweisungen. Er ist das Mädchen für alles, ein Springer. Ob Kellner, Küchenspüle oder Kloputzer. Denn Toni weiß und sagt es auch oft: »Wer dauerhaften Erfolg haben will, muss sein Vorgehen ständig ändern.« Das ist von Machiavelli, aber eigentlich hat das Tonis Vater immer gesagt. Und so kommt Toni in den Krug.

Eines Tages fasst sich Toni an seine Schürze und bindet sie ab. Er wickelt und wickelt, und als er sich befreit hat, wirft er sie auf den Boden. Vater und Mutter stehen die Münder offen. Sie schließen sie erst, als Toni die Schürze wieder aufhebt und faltet. Im Hintergrund viele Stimmen, die zu einer werden. Dann ein schrilles Lachen und der Spielautomat, der diesen Ton macht, wenn man verliert.

»Bist du es, Toni?«, sagt Vater und lacht.

»Leibhaftig, und ich werde das nicht tun«, sagt er.

»Die Leute warten«, sagt Vater und drückt ihm den Teller in die Hand.

»No! Was soll das sein?«, sagt Toni und zeigt auf den Teller.

Vater hat schlecht geplant, er hat zu wenig Teller gekauft, aber das Lokal ist voll. Dann hatte Vater, wie er denkt, eine gute Idee. Er formte aus Alufolie einen Schwan, einen provisorischen Teller für die Spaghetti Carbonara.

»Das sieht aus wie eure Gans-Klobürste!«, sagt Toni.

Vater droht damit, die Carbonara im Alufolien-Schwan auf den Boden zu werfen, aber Mutter sagt: »Nicht noch eine Carbonara-Katastrophe!«

Vater sagt, er habe ja gesagt, das werde nicht funktionieren mit Toni, und Toni sagt, er habe ja versucht, sich zurückzuhalten.

»Aber der Laden ist höchstgradig unprofessionell«, sagt Toni.

»Familiär!«, schreit Vater, und Toni sticht der Ton im Ohr. Er geht, und Vater holt aus, aber die Carbonara verfehlt Toni.

»Gut, dass er so dünn ist«, sagt Mutter und sieht Toni nach, der den Krug vielleicht für immer verlassen wird.

Mutter wird immer dicker. Werden. Beim Zander hat sie es nur vermutet, aber jetzt weiß sie, dass sie schwanger ist. Weil sie sofort Erdbeeren haben will. So plötzlich und stark, dass ihr ganzer Körper zittert. Sie rennt in die Küche und sagt, Vater solle welche besorgen. Er sagt, es sei Dezember, und es gebe in ganz Deutschland keine Erdbeeren im Dezember. Dann auf einmal boxt sie Vater. In den Magen. Vater wundert sich. Und dann bekommt er Magenschmerzen, aber nicht vom Schlag. Er erinnert sich: Als seine Mutter schwanger mit ihm war, wollte sie auch unbedingt Erdbeeren essen. Aber sein Vater hatte kein Geld, um welche zu kaufen. Und so hat Vater eine rötliche Hautirritation an seinem Hals. Sie sieht aus wie eine Erdbeere. Sizilianer glauben, dass eine Frau in der Schwangerschaft alle Wünsche erfüllt bekommen muss. Sonst wirke sich das auf den Nachwuchs aus. Zum Beispiel in Form einer Erdbeere.

»Siehst du das?«, fragt Vater Mutter. Er neigt seinen Kopf zur Seite und zeigt auf seinen Hals.

»Ein Knutschfleck?«

»Schaust du mich auch manchmal genauer an?«

Mutter grinst. Vater ist schockiert.

»Warst du gerade lustig?«

Mutter grinst nicht mehr.

»Das sind bestimmt die Hormone. Und deswegen muss ich jetzt gehen«, sagt Vater.

»Wohin gehst du?«

»Nach Italien. Ich besorge dir Erdbeeren.«

»Mann holen Fleisch«, sagt Mutter.

»Sie ist witzig«, murmelt Vater und geht.

Einige Tage später fährt Vater mit seinem Fiat Cinquecento vor. Er hupt, und Mutter schaut aus dem Krug. Sie schlägt die Hand vor den Mund. Die Windschutzscheibe ist voller roter Spritzer. Aber Mutter kann gerade noch erkennen, dass sich Erdbeerkisten im Innenraum stapeln.

»Was ist passiert?«, fragt Mutter.

»Ich musste bremsen, und die Erdbeeren sind mir um die Ohren geflogen«, antwortet Vater.

Mutter nickt glücklich, und auch ich bin glücklich, erzählt Mutter. Und auch die Gäste sind glücklich. Denn es gibt fortan Erdbeeren für alle. Erdbeereis, Panna cotta auf Erdbeerspiegel, Ricotta-Erdbeertorte. Sieben Monate lang. Jeden Tag.

Doch Mutter fehlt etwas zu ihrem Glück.

»Wir könnten schon etwas Hilfe gebrauchen«, sagt Mutter. Doch Schwäbisch Gmünd hat eine starke Infrastruktur, das heißt, fast niemand braucht Teller zu spülen oder zu tragen. Oder sie wollen es nicht.

»Weißt du, an wen ich denke?«, fragt Mutter.

»Auf keinen Fall! Er wird nur versuchen, mich blöd dastehen zu lassen.«

Dann steht Toni in der Tür. Vater erschrickt sich und ruft: »Ein Geist!« Als er sich gesammelt hat, schaut er Mutter böse an und wirft ihr vor, Toni zurückgerufen zu haben, ohne das mit ihm, Vater, abzusprechen.

»Zufall«, sagt Mutter, »oder Schicksal.«

»Ich kann wieder gehen«, sagt Toni, und Vater hält ihm schon die Tür auf.

»Gut«, sagt Toni, »aber das wollte ich euch noch geben. Ich freue mich für euch.« Mutter öffnet das Geschenk, und darin ist ein Mobile. Ein Weinflaschenmobile. Selbst gemacht.

Mutter sagt, das habe bestimmt kein Baby auf der Welt, und umarmt Toni, der sich krümmt, weil Mutters Bauch mittlerweile so groß ist.

»Ich wollte dich nicht blöd dastehen lassen. Eher das Gegenteil. Wir wollen das Gleiche. Dass diese Trattoria Erfolg hat«, sagt Toni.

»Was willst du?«, sagt Vater. »Geld?«

Wie Toni jetzt dasteht, gerade und mit starrem Gesicht und den weißen Haaren, das erinnert Vater an seinen Vater. Er zuckt zusammen, weil er an den Gürtel denken muss. Was für ein Vater.

»Also was willst du?«, sagt Renzo noch ein Mal.

»Euch«, sagt Toni und geht auf Vater zu. Der lässt sich einfach umarmen.

Mutter versteht nicht, was vor sich geht. Dass Vater so zahm ist.

»Hilfst du mir?«, fragt Vater. Toni nickt, und Mutter schüttelt den Kopf, vielleicht ist auch Vaters Hormonhaushalt verwirrt.

Dann setzen sie sich und essen Erdbeeren. Es ist der letzte Erdbeermonat, weil ich nicht länger drinbleiben will.

Mutter geht zu Vater in die Küche. Denn aus der Zapfanlage kommt nur noch Schaum. Sie beklagt sich, dass der Boden nass sei. Toni bringt Biere an einen der Tische, und als Vater klingelt, holt er die Rigatoni al forno ab und schließt die Tür. Und dann, um 20 Uhr 50, hört er einen Schrei in der Küche. Er geht trotzdem weiter zum Stammtisch, denn seine Unterarme werden schwer. Dann hört er Mutter sagen: »Zurückschieben, oder was?«

»Oh Dio, ist sie schön«, sagt Vater.

»Oh Dio, es ist also ein Mädchen«, sagt Mutter, und Toni versteht jetzt.

Er hält dabei Rigatoni al forno in der Hand, das Ungünstigste, was er in diesem Moment hätte halten können. Er lässt die Ofenschüssel mit der noch kochenden Sahne und dem heißen Käse fallen. In den Schoß seiner Frau Iolanda. Sie schreit, und er grinst. Sie verklagt uns.

Mutter, Vater, Toni und die anderen zweiunddreißig Gäste untersuchen mich. Ich habe fünf Finger an jeder Hand, fünf Zehen an jedem Fuß und zwei Augen. Also ganz normal. Leider bin ich hässlich, meint Vater, nachdem er mich nüchtern betrachtet hat, ohne Vater-Blick. Weil ich zu früh bin, bin ich zerknautscht. Wie ein Boxer. Aber ich bin gesund und habe auch keine Erdbeeren am Körper. Nur einen Caffè-Latte-Fleck, wie Mutter zu meinem Hautfleck am Knie sagt, der die Form eines Flamingos hat. Aber Mutter meint, auf Flamingos hätte sie während ihrer Schwangerschaft nun wirklich keine Lust gehabt.

Und so kam ich in den Krug.

Zwei Tage später bin ich schon Teil der Einrichtung.

»Wem ghört der Hosenscheißer da?«, fragt eine Frau, die zum ersten Mal im Restaurant ist. Sie zeigt auf den Säugling auf der Theke. Das bin ich. Mutter nimmt mich aus der Babyschale und sagt: »Mir.«

Die Frau heißt Sabine und sagt, während sie sich ihre Dauerwelle mit den Händen auflockert:

»I han au so ’n Scheißer. Der hat au die Farbe von Scheiße. Außerdem isch er a Brocken. 4553 Gramm, sechzig Zentimeter.«

»Passt der Vater gerade auf ihn auf?«, fragt Mutter.

»Noi, der wurde versetzt und hat mi versetzt. Mei Mudder passt auf.«

»Übrigens können Sie Ihr Baby gerne mitbringen.«

»Noi, noi, des schreit sonscht die ganze Zoit«, sagt Sabine. Das hat er sicher von Sabine, denn sie spricht so laut, dass es als Schreien durchgeht. Sabine ist immer sehr laut. Vielleicht, weil sie vier Geschwister hat. Oder weil ihr Vater vielleicht Italiener ist. Sabine denkt, ihr Vater ist Tom Jones. Vielleicht ist Tom Jones ja Italiener. Oder Sabine spricht so laut, weil sie auf einem Ohr taub ist. Sie meint, sie würde nur jedes dritte Wort verstehen. Aber sie fragt nicht nach. Es ist ihr ohnehin wichtiger, was sie sagt.

»Meins schreit nur, wenn es nichts beobachten kann. Ich drehe sie zu den Gästen.«

»Wie hoißt denn ›meins‹?«, schreit Sabine dann.

»Jessica«, sagt Mutter, und Vater, der danebensteht und ihr beim Einsortieren der Getränke hilft, sagt: »Giuseppa.« Sabines blau geschminkte Wimpern passen zu ihren pink geschminkten Lippen, die sie öffnet, sodass man ihren linken Schneidezahn sehen kann. Diesen Schneidezahn sollte ich noch oft zu sehen bekommen. Sie fragt noch mal. Meine Mutter: »Jessy«, mein Vater: »Giusi.« Vater ist traditionell. Enkel werden auf Sizilien nach den Großeltern benannt. Bis alle Giuseppa oder Giuseppe heißen. Er kann sich erst mit Jessica anfreunden, als Jessica Lange in *Kap der Angst* so »heiß und intelligent« aussieht. Als Vater alle Getränke eingeräumt hat, nimmt er mich aus den Armen meiner Mutter und geht in die Küche. Er steckt mir eine Zigarette in den Mund und zeigt mich den Mitarbeitern.

»Sieht sie nicht aus wie ich«, sagt er.

Vater ist so stolz, dass er glaubt, ich sei sein Glücksbringer. Denn alles verkauft sich plötzlich viel besser. Mutter sieht das pragmatischer. Sie sagt, es liege an ihrem ausgefeilten Geschäftskonzept: Hauptsache viel und billig. Von Vorteil ist aber auch, dass Vater gut kocht und alle Mutter lieben, bis auf die wenigen Soldaten, die sie als Kriegshetzer bezeichnet hat. Das Gericht, das sich am meisten verkauft, wahrscheinlich das Gericht, das sich in ganz Gmünd am besten verkauft, ist Rigatoni Boss. Oder in der scharfen Variante: Rigatoni Mafiosi. Das ist das am wenigsten italienische Gericht auf unserer Karte. Rigatoni in Bolognese-Sahnesoße mit Champignons und Schinken. Und viel Parmesan.

Vater ist davon angewidert. Als sei die italienische Küche ein Kunstwerk, das man nicht antasten dürfe. Einem David dürfe man ja auch nicht einfach einen längeren Penis drangipsen. Vater redet sich in Rage. Mutter sagt, wenn er so weitermache, bekomme er einen Herzinfarkt. Und wenn er einen Herzinfarkt bekäme, würde sie sofort die Koffer packen und gehen. Denn sie habe ihn gewarnt. Sie wolle weder Witwe noch Krankenpflegerin sein. Sie hole sich dann einen Toyboy. Dem müsse man nicht sagen, dass er nicht rauchen solle. Der Toyboy könne Liegestütze machen, mit Mutter auf dem Rücken, und er würde keinen ganzen Panettone zum Frühstück essen.

Einen Toyboy wie John zum Beispiel. John ist Unteroffizier. Er ist wach und schnell und jung. Er ist ein Meter siebenundneunzig groß und hat eine Glatze mit vielen kleinen Dellen und einer großen Narbe. Er sieht eigentlich nicht sonderlich gut aus. Aber es gibt schon einige Frauen, die sich für ihn interessieren. Sie nennen ihn Negerkuss. Sie finden es attraktiv, dass er aussieht wie ein Badboy. Die Kollegen nennen ihn ja auch »Iron John«. Wenn man ihn aber kennt, weiß man, dass er ein Lieber ist. Außer im Kampf. Und generell im Einsatz. Nur einmal hat er eine Ausnahme gemacht. John entdeckt auf seinem Posten Menschen, die versuchen, in die Kaserne einzudringen. Der Wächter neben ihm ruft: »Schieß! Die sind von der Red Army Faction«, und John sagt: »Schieß doch selbst, wenn du auf einfache Demonstranten schießen willst!« Das sehe man doch. Das seien Deutsche. Die hätten

Achselbehaarung. Und diese Mode. »Skinny-legged mid-calf jeans and loose tops ... fishnet shirts.« Mutter ist die Frau im Fischernetz. »Schieß!«, sagt der Soldat, und John antwortet: »Wir sind doch nicht im Osten. Wenn sie es schaffen sollten, über diese Mauer zu klettern, dürfen sie hingehen, wohin sie möchten.« Denn was sollten sie schon für einen Schaden anrichten können, meint John. Jemanden umzubringen mache die ganze Situation noch schlimmer – »we are unpopular enough«. Der Soldat neben John legt sein Gewehr an. John hingegen rennt zur Mauer und sieht Mutter, die Johns Schwester ähnelt, direkt in die Augen. Er sagt: »Wir schießen, wenn ihr nicht geht.« Zum Glück kommt schon die Polizei mit ihren gepanzerten Wasserwerfern. Niemand wird erschossen. »Der Beginn einer Freundschaft, die keine sein darf«, erzählt Mutter dramatisch, und Vater betont: »Platonisch.«

»Tiziana!«, sagt John, als er zur Tür hereinkommt. Er streift den Schnee von seinen Stiefeln ab und hängt die vier Kilo schwere Jacke unter dem »Haftung wird nicht übernommen«-Schild auf.

»Tiziana!«, sagt er lauter, um Romina und Albano Power aus den Lautsprechern zu übertönen. »Ich hab was für dich«, sagt er. Er zeigt auf seine Uniform, auf den Aufnäher. Eine Rakete, umrandet von einem blauen Kreis, dann von einem roten. Rechts und links von der Rakete sind gelbe Blitze eingestickt. Darüber steht: »Pershing«.

»Ich mag dich, weil du mich nicht erschossen hast, aber provozier mich nicht«, sagt Mutter. John murmelt, so habe er es nicht gemeint, und er tippt sich wieder an den Arm. Jetzt sieht es Mutter. Neben dem Pershing-Aufnäher ist ein weiterer kreisrunder Aufnäher. Darauf ist ein goldener Krug, aus dem Spaghetti mit Tomatensoße fließt.

»Das habe ich genäht«, sagt John.

»Du nähst?«, fragt Mutter.
»Natürlich nicht.«
»Also, was soll das eigentlich?«, fragt Mutter.
John erzählt, dass er Werbung damit mache. Die Leute würden neugierig und fragten ihn, was das solle. Er habe auch schon Putzdienst aufgebrummt bekommen, weil sein Commander den Aufnäher als Respektlosigkeit sehe – Schleichwerbung auf einer ehrenhaften Uniform. Eigentlich müsste er heruntergestuft werden, schon allein weil er mit Mutter befreundet ist. Es ist ihm verboten, sich mit Demonstranten zu unterhalten. Aber John macht seinen Job gut.
»Warum machst du das?«, fragt Mutter. John antwortet, er habe gehört, wie Mutter einige Gäste gebeten hat, sie weiterzuempfehlen, wenn es ihnen geschmeckt habe.
»Doch nicht noch mehr Soldaten!«, ruft Mutter aus. »Du bist also schuld, dass die dort hinten sitzen.« Sie zeigt auf die *brothers*, wie John sie nennt. Es sind ein paar Frauen da, die man nicht sieht. Denn sie sind von männlichen Köpfen verdeckt, die sich drehen wie die Hand meiner Mutter, wenn sie Gläser abtrocknet. Den ganzen Tag knutschen sie.
»One fairytale beer«, ruft einer von ihnen, als er sich losgelöst hat.
»Gib mir auch eins«, sagt John und setzt sich an den Tresen. Mutter fragt, warum sie das Bier Märchenbier nennen.
»Weil sie glücklich sind, hier gelandet zu sein. In einer wundervollen Stadt. Mit beautiful old town and countryside, you live like in a fairytale.« Er seufzt.
»Du bist nicht glücklich, oder?«
John versteht nicht, warum Deutsche immer »oder?« fragen. Das ist wie ein Vergleich ohne Vergleich. »Oder was?«, will er sagen, schüttelt aber einfach nur den Kopf. Er sagt, die dahinten, in der Ecke, können es fairytale nennen. Weil sie die Augen verschließen. Oder sie sich verschließen lassen,

von Frauen, vom Alkohol. Aber er könne das nicht. Er träume oft davon, dass ganz Schwäbisch Gmünd für die nächsten Jahrtausende unbewohnbar sei. Im Schlaf schrecke er auf und stoße sich den Kopf am Hochbett. Vielleicht hat er deshalb die Dellen am Kopf.

»Sag so was nicht«, sagt Mutter, und John meint, fast sei das in Heilbronn passiert.

»Der Pershing-Unfall«, sagt Mutter. John nickt. Die Rakete explodierte bei einer Ausbildungsübung und tötete drei Menschen. Aus dem Raketenmotor schoss eine mehrere Meter hohe, dreitausenddreihundertsechzehn Grad heiße Stichflamme. Motorenteile wurden hundertzwanzig Meter weit geschleudert. Zweihundertfünfzig Meter entfernt lagerten die nuklearen Sprengköpfe. Wäre das Plutonium freigesetzt worden, könnten wir nicht hier leben.

»Das weiß ich doch, deshalb demonstriere ich. Aber warum bist du dann auf der anderen Seite?«, fragt Mutter.

»Our mission is to protect you from communist aggression«, sagt John den Leitspruch seiner Artillerie auf. Mutter rollt die Augen und auch John, weil er es eigentlich gewohnt ist, dass man ihm dann dankt.

»Thank you for your service«, murmelt er selbst und wird plötzlich vom Stuhl gerissen.

»Rudi!«, ruft Mutter. Der entschuldigt sich und sagt, er habe den Schwarzen gar nicht gesehen, es sei ja schließlich dunkel. Aber dann sagt er: Respekt dafür, dass der Schwarze Deutschland besetze, könne er von den Deutschen nicht erwarten.

Rudi trägt einen grauen Kapuzenpulli, darüber einen Parka in Beige. Eine Levis. Zerfetzt. Einen Cowboyhut. Trekkingschuhe mit tiefem Profil. Tag für Tag. Rudi spricht nicht sehr viel. Dafür trinkt er umso mehr. Ramazzotti. Manchmal beschwert er sich darüber. Bei sich selbst. Leise murmelnd.

Er würde lieber Jägermeister trinken. Aber was solle man tun. Wo die Liebe hinfalle. Rudi war noch nie in einen Menschen verliebt. Das sei ihm zu anstrengend.

Und so kommen John und Rudi in den Krug. Viele Leute gehen und kommen eben. So ist mein Zuhause. Ein Marktplatz, einige Meter vom Marktplatz entfernt.

III

Über Verantwortung, wie Pretty Woman real wird und Sabine sich freimacht

Mir indessen geht es gut. Mutter nennt mich »mein Buddha-Baby« und ist enttäuscht, dass sie mich nicht Che-Guevara-Baby nennen kann. Ich habe große, rosige Bäckchen, die meinen Mund zu einem Kussmund formen. Als wolle ich die Welt damit küssen, meint Mutter. Und meine Ohrläppchen sind weich und groß wie die von Buddha. Größere Ohrringe würden mir besser stehen als diese Diamantstecker, meint Nonna, meine Großmutter.

Nonna trägt Schwarz. Seit etwa zwanzig Jahren, seit dem Tod ihres Mannes. Sie hat einen Zopf, der ihr bis zum Po reicht, und dort hat sie Probleme mit Hämorrhoiden. Sie ist wegen meiner Geburt angereist. Sonst kommt sie nur zu Weihnachten und Ostern. Nicht öfter. Denn die Anreise aus Sizilien ist anstrengend. Dreiunddreißig Stunden fährt sie im Bus. Und der Busfahrer dankt Gott, wenn er die dreiunddreißig Stunden und die zweitausendzweihundert Kilometer hinter sich gebracht hat. Nonna hat nämlich gerne etwas auszusetzen. Nur gegenüber Mutter ist sie wider Erwarten nicht die typische Schwiegermutter. Sie sagt einfach nichts. Aber Vater gegenüber hat sie kein Halten.

»Das heißt Hotel Mama«, wiederholt sie immer wieder. Die Socken soll er bügeln und die Fugen im Badezimmer schrubben. Und Vater bügelt und schrubbt und kocht und siezt sie und wiederholt auch immer wieder, nur verzweifelter:

»Das heißt Hotel Mama.«

»Bis dreißig hätte ich es ganz sicher nicht bei ihr ausgehalten. Sie ist ein Diavolo, ein Teufel«, sagt Vater zu mir, die ich in der Kinderwiege liege. Ich gluckse, oder Vater bildet sich das ein und sagt: »Wenigstens du stimmst mir zu.«

»Renzo! Meine Fußnägel!«, ruft Nonna.

Vater nimmt das Kreuz von der Wand und hält es Nonna hin. Nonna bekreuzigt sich und sagt: »Schau, da am großen Zeh ist er eingewachsen.« Und es kommt schlimmer: Nonna will bleiben. Deshalb muss Vater sich etwas einfallen lassen. Etwas muss sie so sehr beschäftigen, dass sie keine Zeit für uns hat. Ich bin pflegeleicht, aber das Columbia ist eine Tagesaufgabe. Also gibt Vater ihr den Job als Restaurantleiterin.

»Was zum Teufel tust du da?«, fragt Mutter, als sie zur Küchentür hereinkommt. Vater hält mich in das Spülbecken, das mit Zweihundert-DM-Scheinen befüllt ist. Er versucht mich hineinzusetzen, aber ich bin noch zu klein zum Sitzen und falle immer um. Er hält mich deshalb mit einer Hand an der Schulter, mit der anderen Hand reibt er einen Schein an mir. Mutter bekreuzigt sich und sagt, er hätte das Geld auf die Bank bringen sollen. Irgendwann komme das Finanzamt vorbei. Vater meint nur, man merke, dass Mutter schon länger in Deutschland sei als er. Dreizehn Jahre in Deutschland reichten also, um korrekt zu werden und alle Traditionen zu vergessen. Mutter antwortet, sie wisse genau, was Traditionen seien, und Babys-in-Geld-Baden sei keine davon.

»Ich habe ihr Ohrlöcher stechen lassen, als sie fünf Tage alt war«, sagt sie und zeigt auf die zwei Diamanten in meinen Ohren, die so groß wie meine Ohrläppchen sind. »Das ist eine Tradition.« Sie bläst Luft durch ihre Nase. Sie kommt näher, nimmt einen der Zweihundert-DM-Scheine und fragt, ob Vater nicht einen anderen Schein hätte nehmen können. Es sei widerlich, wie er mich mit dem alten Typen einreibe. Der alte Typ sei nicht irgendein Typ, meint Vater. Er habe eine sechsteilige Reportage gesehen, wie alle anderen Italiener auch. Er lobt das Programm von Tele Cinque und meint: »Der Typ hat ein Medikament gegen Syphilis erfunden.« Er zeigt auf den Schein, genauer auf das Molekülmodell neben dem Kopf des Mannes. Mutter schließt die Augen und sagt: »Wie auch immer. Die Kleine sollte definitiv baden. Aber nicht im Spülbecken.«

Sie geht aus der Tür, um auf die ersten Gäste zu warten.

»Was an dem Schein alles klebt«, sagt sie im Hinausgehen.

»Die paar Bakterien und das bisschen Heroin haben noch niemanden umgebracht«, flüstert Vater. Er nimmt eine Handvoll Scheine und lässt sie über meinen Kopf rieseln.

Ich wurde in Schwäbisch Gmünd getauft. Wie Peter Ustinov. Der sagte gerne: »Ich wurde in Sankt Petersburg gezeugt, in London geboren und in Schwäbisch Gmünd evangelisch getauft.« Warum eigentlich in Gmünd? Seine Großmutter wollte, dass er in den Wassern des Jordan getauft werde. Sein Vater meinte, das sei zu weit weg von London. Sie einigten sich darauf, sich in der Mitte zu treffen. In Schwäbisch Gmünd. Seine Großmutter brachte trotzdem das Jordanwasser mit. Aber der Pfarrer hatte Parkinson und zitterte so stark, dass er es fallen ließ.

Auch Mutter zittert manchmal, wenn sie nicht zum Essen kommt, weil die Gäste essen wollen. Von zwölf Uhr mittags bis um zwei Uhr mittags sind sie besonders hungrig und ungeduldig. Mutter rennt so viel, dass ihre Waden ganz dick werden. Vater probiert so viel, dass sein Bauch ganz dick wird. Ich bin so still, dass Mutter und Vater mich vergessen. Ich bin in der Babyschale zwischen den Weizenbierkästen hinter der Theke. Weizen gibt es bei uns aus den Kästen.

Pils aus dem Fass. Milch aus der Mutter. Als es 14 Uhr ist und die Leute weniger werden, fällt es Mutter ein. Sie rennt zu mir. Die Waden dick. Sie hat vergessen, dass ich hungrig sein könnte, aber nicht ungeduldig bin. Sie prüft, ob ich tot bin. Ich schlafe. Dann packt sie die Brust aus und stillt mich auf einem Weizenkasten. »Mein Buddha-Baby« nennt sie mich. Und das nicht wegen der Bäckchen und nicht wegen der Ohrläppchen.

Schließlich werde ich ein Jahr alt. Ich bin nicht gestorben. Obwohl ich eine Frühgeburt war und obwohl Mutter und Vater ihre Fehler gemacht haben. Mich hat auch nicht der plötzliche Kindstod erwischt, wie italienische Hausfrauen aus der Bekanntschaft befürchteten. Die Befürchtung war unbegründet, aber eine gute italienische Mutter sorge sich eben. Die Hausfrauen kommen Mutter und Vater besuchen und sagen, dass sie Kerzen für mich im Münster angezündet haben. Zum Dank, dass ich nicht tot bin. Mein Vater hingegen veranstaltet ein Fest. Zum Dank, dass ich lebe. Das Fest San Giuseppe.

Er lädt zwölf Obdachlose ein, zwölf wegen der zwölf Apostel, und bewirtet sie im Krug königlich. So sagt Vater das. Er meint auch, Mutter feiere das Fest das ganze Jahr über. Er sehe doch, dass sie manche Penner nicht bezahlen lasse, er sei ja nicht blöd. Und dann sind manche gar keine Penner, sondern Künstler. Wie dieser eine, der ausprobieren wollte, wie es ist, dem Kapitalismus zu entsagen. Er schlief auf der Straße und nicht mehr im Bauhaus-Glashaus seines Vaters. Der übrigens Vorstandsvorsitzender bei Mercedes war. Man könne Mutter keinen Vorwurf machen. Penner und Künstler, sagt Vater. Wo sei da der Unterschied. Dann sagt er: »Giuseppa, werde Anwältin.« Damit meint er mich, die ich auf Jessica und Giuseppa höre. Dass ich Anwältin werde, will Vater, weil er oft wegen irgendwelcher Angelegenheiten angezeigt wird. Meistens Banales, wie er findet. Dreitausend Mark musste er zahlen, weil er einen Gast »Arschgesicht ohne Eier« nannte. Als angehende Anwältin muss ich lernen, mit Sekt anzustoßen. Ich bin immerhin mit einem Jahr alt genug und außerdem nicht tot. Er drückt mir das Sektglas in die Hand und fragt in die Runde: »Sieht sie nicht aus wie ich?« Ab diesem Tag wollen Vater und Mutter darauf achten, dass »die Trattoria«, wie Vater betont, mich nie wieder betrunken machen wird.

Mutter denkt, dass sie der bessere Elternteil ist. Obwohl Vater eigenartige Fähigkeiten im Wickeln entwickelt hat. Ein paar Sekunden nachdem Vater »Boxenstopp« sagt, ist er schon fertig. Mutter denkt auch, dass Sabine eine schlechte Mutter ist. Eigentlich sei sie gar keine Mutter. Thomas, ihr Sohn, ist bei der Oma, während Sabine bei uns ist. Also immer. Sabine habe es aber auch nicht immer einfach gehabt, sagt Mutter. Als Sabine sechzehn ist, geht sie zu Herrn Obermaier in die Lehre. Sie mag Fleisch. Es scheitert nicht am Schweineblut. Sie trinkt es in einem Zug. Die Lehrlinge bewundern sie. Sie nennen sie »das Gerät«. Sie bitten Herrn Obermaier darum, sie Würste machen zu lassen. Er versteht nicht, warum. Trotzdem ernennt er Sabine zur »Wurstbeauftragten«. Sabine steht vor der Maschine. Sie hält den Darm und dreht ihn in Abständen zu. In den Trichter füllt sie die Masse. Ein wenig vom pürierten Schweinefleisch, Knochen, Fett und Petersilie kleben an ihrer Brust. Die Lehrlinge sind abgelenkt. Einer hackt sich die Hand ab. Woraufhin Sabine die Lehre abbricht.

Sabine mag die Blicke der Männer. Aber sie mag auch die Hände der Männer. Sie spricht mit ihrer Mutter darüber. Sie solle doch Nutte werden. Es fehle ja nicht viel dazu. Die Mutter weiß von Sabines Ruf. »Die Matratze.« »Schnelle

Zunge.« Und Sabine dachte, sie meinten damit ihre Schlagfertigkeit. Jetzt möchte sie noch mehr als vorher einen Beruf, den die Leute schätzen. Ihre Mutter schlägt Krankenschwester vor. Aber die Möglichkeit, dass sie dort jemanden ohne Hand behandeln muss, ist zu groß. Der Mutter fällt jetzt nur noch Putzfrau bei einem reichen Schwaben ein. Sabine bewirbt sich als Bäckerin, Friseurin, Kassiererin, als Industriekauffrau. Wegen ihrer Hauptschulnoten nimmt sie niemand.

»*Tänzerin mit Vorliebe für Harr Harrs gesucht. Im Schweinsgalopp zur Traumkarriere*«, liest Sabine in der *Gmünder Tagespost*. Harr Harr, wie die Piraten machen?, denkt Sabine. Das Wort »Schwein« schreckt sie ab. Aber die Stellenanzeige hört sich nach Spaß an. Sie stellt sich bei den Inhabern der Planke vor. Bei der Begrüßung fragt die verkleidete Frau, ob Sabine bereit sei, über die Planke zu gehen. Ertrinken gefalle ihr nicht. Trinken aber schon. Genauso sei das gemeint, sagt der Inhaber. Er stellt sich als Hook vor und gibt ihr den Haken. Sabine rennt raus.

Schon seit einem Jahr sucht sie nach einem Job. Aber jemand, der die Lehre abgebrochen hat, wird nicht gebraucht. Ihre Freunde, ihre Mutter und Lehrer von früher sagen, sie sei faul und dumm und dass aus ihr nichts geworden sei und sie auf Kosten anderer lebe. Fast glaubt Sabine ihnen. Und was ihr Angst macht: Eigentlich will sie gar nicht arbeiten. Es gefällt ihr, den ganzen Tag zur freien Verfügung zu haben und sich mit schönen Männern zu treffen.

Beim Arbeitsamt vergeht die Zeit irgendwie langsamer als sonst. Sabine sieht eine Frau an, die rosa Socken in weißen Hausschuhen trägt. Rechts von ihr sitzt ein Typ mit fettigen Haaren, er riecht nach Ramazzotti. Links ist eine Zimmerpflanze, die sie in die Hüfte sticht. Die anderen Stahlstühle mit blauem Baumwollbezug sind leer. »Herr Knippel«, ruft eine Frau. Niemand reagiert. Die Frau schaut auf ihren Kartonhefter. »Herr Rudi Knippel, bitte in Raum F304«, sagt sie, und dem Typ neben Sabine läuft etwas Braunes aus dem Mund. Er steht auf und geht in das Büro, aus dem eine Frau herauskommt. Die Frau schaut Sabine an und sagt einfach so: »Du bist heiß.« »Danke, du auch«, antwortet Sabine und hofft, dass die Frau aufhört sie anzusehen, aber sie setzt sich neben sie und sagt, dass sie Katharina heiße. »Traurig, dass du hier sitzt«, sagt sie. Mit ihrem Körper könne sie sich das leisten, was ihr zustehe. Schöne Schuhe zum Beispiel. Sabine denkt an ihre Mutter, und das Wort »Nutte« geht ihr durch den Kopf. Aber nach einigen Jahren ohne Arbeit hört sich das gar nicht mehr so abschreckend an. Sabine antwortet deshalb: »Das habe ich mir auch schon überlegt«, und Katharina, die eine andere Antwort erwartet hatte, bekommt ihren Mund nicht zu. Das kann sie gut und lange, das ist ihr Job.

Sabine hat hellblaue zerrissene Shorts und eine Jeansjacke an, darunter einen neonpinken Bikini. Ihre Dauerwelle trägt sie offen. Ihre Absätze sind zehn Zentimeter hoch. »Tu das nicht«, hört sie hinter sich. »Was?«, fragt Sabine. Katharina sagt, sie solle keine Bräunungscreme benutzen. Das sähe übel aus. Dann sagt sie, sie habe einen netten Mann für sie, leider schon siebzig, aber ganz lieb. Ein sanfter Einstieg sozusagen. Katharina zeigt in das Zimmer, in dem der Mann auf dem runden Bett sitzt. Eine kleine Lichtkugel dreht sich und wirft Delfine an die Wand. Sabine setzt sich neben den Alten und sagt: »Kein Anal, kein Deepthroat.«

»Was ist mit Liebe?«, fragt der Alte.

»Keine Liebe«, sagt Sabine und zieht ihm die Hose aus. Er fühlt sich komisch an. Die Haut scheint gar nicht mehr an seinen Knochen zu sein. Wie Pfannkuchenteig fühlt er sich an. Ansonsten fühlt sie nichts. Nach einer halben Minute ist schon alles vorbei. Ein sanfter Einstieg.

Es sei keine gute Idee, sein Hobby zum Beruf zu machen, hat Sabines Lehrerin einmal gesagt. Diese wollte Schriftstellerin werden, ist aber Deutschlehrerin geworden. Was sie gemeint hat, versteht Sabine erst jetzt. Der größte Spaß ist zum Zwang geworden. Selbst wenn es ihr nicht gefällt, muss sie es einfach zu Ende bringen. Außerdem muss sie so viel nachdenken.

Wie stelle ich es an, dass es ihnen gefällt?, denkt sie. Dabei würde sie sich gerne einfach nur mal aufs Bett legen oder in die Badewanne und es genießen.

So langsam verliert sie die Lust an Sex. Besonders, wenn sie Freier wie diesen hat.

»Für mich machst du es umsonst«, sagt er und zieht Sabine an der Hüfte zu sich.

»Wichser«, sagt Sabine, und der Freier drückt sie an sich. Sabine schreit jetzt. Aber alle Autos fahren vorbei.

»Du Wichser, du Wichser«, sagt sie und beißt ihn. Sie spürt Salz auf ihrer Zunge und etwas Bitteres. Ohrenschmalz. Sie hört ein Auto, das nun über den Kiesel fährt und einige Meter weiter weg parkt. Der Freier bewegt sich nicht. Sie dreht sich um und sieht einen Porsche in Silber. Ein Mann im Anzug steigt aus. Sie kennt ihn. Ein Kunde von Katharina.

»Ich heiße Günther Alexander«, sagt der Mann im Anzug.

»Fresse. Was interessiert es mich, wie du heißt«, sagt der Freier.

»Sie müssen wissen, wer Sie verklagt«, sagt Günther Alexander, und der Freier lässt Sabine los. Sabine atmet tief aus und ist dankbar, aber statt Danke zu sagen, sagt sie: »I muss ned gerettet werden!«

Günther Alexander ist jetzt Sabines Kunde. Katharina ist froh darüber, sie mochte ihn nicht. Er sei der Brutalste, den sie je hatte. Das glaubt Sabine nicht, denn Günther ist sehr vorsichtig. Manchmal hält er sie stundenlang. Im Arm. Das berechnet sie ihm natürlich, aber er hat ohnehin genug Geld, um das zu zahlen. Eines Tages sagt Günther, er wolle nicht mehr, dass sie mit anderen schlafe. Sabine will das eigentlich auch nicht mehr. Sie mag Günther. Er spricht sehr gewählt, er weiß viel, zum Beispiel, woher das Wort Kavaliersdelikt kommt. Aber Sabine winkt ab. Sie sei nicht Pretty Woman. Günther sagt, das sei sie sehr wohl und dass sie zu ihm ziehen solle.

»Am besten, wir heiraten sofort«, sagt er.

»Des isch doch verrückt«, sagt Sabine, aber es ist das erste Mal, dass ihr die Zukunft nicht in Grautönen erscheint.

Ein großes Tor in Gold, eine schöne Auffahrt, Pinienbäume und eine Villa in Rosa.

»Das ist jetzt dein Zuhause, Frau Alexander«, sagt Günther. Sabine steigt aus dem Porsche und steht am Ende der Treppen. Sie sieht die zwei Löwenstatuen an und ahmt sie nach. »Roaaarrr«, sagt sie und macht eine Handbewegung, als würde sie die Krallen ausfahren.

»Dir werde ich die Krallen schon stutzen«, sagt Günther. Aber Sabine hört nicht zu, sie läuft zur Tür, es öffnet ein Mann, den sie fast überrennt. Im Foyer bleibt sie stehen, sieht die Vasen, das Porzellan und den Teppich und sagt: »I brauch a Haftpflichtversicherung.« Günther schaut sie böse an, und Sabine korrigiert sich: »Ich brauche eine Haftpflichtversicherung«, dabei hört es sich trotzdem nicht wie Hochdeutsch an, auch wenn Günther das gerne hätte.

Sabine hat die erste Nacht in der Villa geschlafen. Sie dachte, reiche Leute schlafen gut, aber sie hasst Satinbettwäsche. Darin schwitzt man und rutscht. Als sie von oben auf den Garten mit dem Brunnen und den Begonien sieht, denkt sie: Wenn das ihr Leben sein soll – ned schlecht. Günther kommt zur Tür rein und fragt, warum sie noch schlafe.

»Kannst du jetzt Frühstück machen?«, fragt er.

»Du hast einen Butler, aber keinen Koch?«

»Deine Speisen werden mir besser munden«, sagt er. Sabine kann nicht einmal Rührei. Das hat ihre Mutter immer gemacht. Günther meint, das werde sie schon noch lernen, überhaupt werde sie noch vieles lernen müssen. Er bringt sie in ein Restaurant, das Lachs am Stück zum Frühstück serviert, und Sabine rutscht auf dem Stuhl herum und sagt: »Des elles war a bläde Idee. Wir passet oifach ned zamme.«

»Hochdeutsch«, mahnt Günther und sagt, irgendwann werden sie zusammenpassen. Er kauft ihr Kleider, denn Kleider machen Leute. In der Umkleidekabine hält er Sabine ein weißes Kleid in Spitze hin. Sabine sagt, das sei ja lächerlich.

»Das passt nicht zu mir.«

Günther kommt ihr jetzt ganz nah und sagt: »Was zu dir passt und was nicht, entscheide ab sofort ich.«

»Spinnst du?«, sagt Sabine, und auf einmal bekommt sie keine Luft mehr. Sie hustet. Seine Hände sind groß. Er drückt fest zu und schaut ihr dabei in die Augen.

»Alles okay?«, fragt die Verkäuferin und rüttelt an dem Vorhang. Günther lässt los und sagt: »Du hast dich verschluckt.« Sabine hält ihren Hals und sagt leise: »Nur verschluckt.«

»Warum bin ich hier?«, fragt Sabine. Günther antwortet nicht. »Was willst du von mir?«, fragt sie weiter. Günther schaut von der Zeitung auf und sagt: »Ich will dich. Mit Haut und Haaren und deinem Herzen.« Sabine fände das wahrscheinlich unheimlich, wenn es ein anderer Mann gesagt hätte, aber Günther ist besonders. Noch nie hat sich ein Mann so um sie gekümmert. Sie kann bloß nicht verstehen, warum er manchmal solche »Ausrutscher« hat. Günther tippt auf eine Stellenanzeige und sagt, dass er den Chef der Kanzlei kenne. Er könne Sabine vielleicht einen Job beschaffen. Sabine reißt die Augen auf und sagt: »Vielleicht bist du wirklich mein Retter.«

In der Kanzlei drückt Sabine Wachssiegel auf Papierrollen und bringt diese in den Keller. Sie sortiert Akten und transkribiert Gespräche der Anwälte. Jetzt hat sie einen Beruf, den die Leute schätzen. Sie hat einen Mann, den die Leute schätzen. Aber warum fühlt es sich an, als stoße ihr jemand einen Bleistift durch die Nasenwurzel? Als sie nach Hause kommt, wartet Günther schon und fragt, wo sie so lange gewesen sei. Sie sagt, sie habe noch Protokoll führen müssen. Günther tritt ihr in den Unterleib und zieht sie an den Haaren durch die Wohnung.

»Mit wem triffst du dich?«, sagt er und tritt sie noch mal. Sie lehnt sich gegen die Wand und will schreien, ihn beißen, ihn anspucken. Aber sie schreit nicht, beißt nicht, spuckt nicht, sie sagt: »Günther, ich liebe nur dich.« Auf einmal wird Günther ganz anders, und er sagt: »Küss mich, es tut mir leid, küss mich.« Sabine küsst ihn, und am nächsten Tag geht sie statt zur Arbeit ins Krankenhaus. Denn sie blutet und hat Krämpfe. Der Arzt benutzt kalte Geräte, es hilft auch nicht, wenn er sagt: »Vorsicht, kalt.« Er verteilt eine Creme auf ihrem Bauch und sieht auf den Bildschirm: »Schwangerschaftswoche fünfundzwanzig. Blutungen bedenklich.« Sabine setzt sich auf und fragt, ob das heiße, dass sie schwanger sei. »Sie sind im sechsten Monat und haben nichts gemerkt?«, fragt er, und Sabine schreit, sie habe doch nur Blähungen gehabt und sie wolle dieses Kind nicht, warum sei dieses Kind nicht gestorben, als er getreten habe.

Das Baby wird wie Günther aussehen, da ist sich Sabine sicher. Sicher ist auch, dass sie dieses Baby nicht lieben wird. Sie macht es wie bei Tieren, die man essen will. Man darf ihnen nicht in die Augen sehen, wie den Kühen mit den langen Wimpern, und man darf ihnen keine Namen geben, sonst mag man sie nicht mehr essen. Als ihr Sohn auf die Welt kommt, schaut sie ihn nicht an. Die Krankenschwester fragt, wie er heißen soll. Sabine sagt, er werde keinen Namen haben.

»Sie können es sich noch ein paar Tage überlegen«, sagt die Krankenschwester.

»In a paar Tag got net. Er hoißt Gaylord.«

Die Krankenschwester schüttelt den Kopf, und als der kleine Gaylord anfängt zu weinen, ruft Sabine die Krankenschwester zurück.

»Kennet Se einen Allerweltsnamen«, sagt sie.

»Thomas«, sagt die Krankenschwester, und Sabine: »Traget ses ei.« Nur weil sie es nicht gut hat, soll er es nicht ebenfalls schlecht haben im Leben. Sondern besser. Mit einem guten Namen und ohne eine Mutter, wie sie es wäre. Und ohne einen Vater wie Günther. Er und Katharina warten draußen. Katharina kommt als Erstes rein.

»Scheiße, Sabine, dein Kind ist schwarz«, sagt sie.

Günther, den man draußen fluchen hört, kommt jetzt auch rein und sagt, dass Katharina das Zimmer verlassen soll. Sabine schüttelt den Kopf, Katharina bleibt, aber das hält Günther nicht auf. Er zieht Sabine vom Bett und wirft sie auf den Boden.

»Eine Nutte bleibt eine Nutte«, sagt er.

»Lass sie in Ruhe!«, schreit Katharina und hält ihn fest. Als der Arzt reinkommt und fragt, was passiert sei, sagt Sabine, sie sei runtergefallen. Der ganze Boden ist blutig, und Sabine ist nackt. So tief gesunken hat Katharina sie noch nie gesehen, noch nicht einmal, als sie Prostituierte war.

»Warum zum Teufel lügst du?«, fragt Katharina, und Sabine weint und sagt: »Ich bin doch koine, die sich verkloppen lässt. Echt ned.«

Schon nach wenigen Wochen ist alles wie immer. Das Kind

ist bei Sabines Mutter. Günthers Ohrfeigen schmerzen nicht mehr. Der Pool ist schön. Gar nicht so schlecht. Was hat sie davon, wenn sie das aufgibt? Es kann sie sowieso niemand lieben. Sie ist eine Nutte, wie Günther sagt. Außerdem wird er zusehen, dass sie nie wieder einen Job bekommt, dann muss sie wieder mit Katharina arbeiten, und wohnen wird sie wieder bei ihrer Mutter. Mit einem Kind, das nicht ihres ist. Ein Kind von einem amerikanischen Soldaten, der nicht einmal sonderlich gut gezahlt hat. Es klingelt an der Tür. Das Kind sitzt sabbernd auf dem Arm ihrer Mutter. Sie sagt: »Sabine, du musst Thomas stillen. Er will keine Pulvermilch.« Sabine lässt sie rein, bevor Günther wieder von der Arbeit kommt. Je schneller sie fertig ist, umso schneller werden sie wieder abhauen. Sie gibt ihm die Brust, dann hört sie Günthers Schritte.

»Du wagst es, diese Brut in unser Haus zu lassen«, sagt er. Mit der flachen Hand schlägt er Sabine auf das linke Ohr. Sie versucht mit einer Hand ihren Kopf zu schützen. Er schlägt noch mal. Jetzt fester. Sie spürt einen stechenden Schmerz im Ohr. Dann greift er nach dem Baby, das Baby beißt in Sabines Brust, und da wird es ihr klar.

»Du fasst ihn nicht an. Und du fasst mich nie wieder an.« Günther schafft es, Thomas aus ihrem Arm zu reißen, und er schleudert das Baby auf den Boden. »Nigger«, ruft er. Er boxt Sabine mit der Faust ins Gesicht, sie versucht etwas in der Nähe zu finden, sie greift sich eine Engelsstatue. Damit schlägt sie auf Günthers Kopf. Er fällt durch die Art-déco-Tür und bleibt liegen. Der Engel färbt sich rot und rosa.

»Ich war nur kurz aufs Klo«, sagt die Mutter, die gerade wieder ins Zimmer kommt. Sie bleibt stehen und sieht das Baby, das auf dem Perserteppich liegt und schreit, Sabine, die sich das Ohr hält, und Günther, wie er aus einer Wunde am Kopf blutet.

Schon nach wenigen Wochen ist alles anders. Es gehört jetzt alles Sabine. Wie dumm konnte sie nur sein, Günther zu heiraten. Jetzt wird sie für immer taub sein. Und wie dumm konnte Günther sein, nicht einmal einen Ehevertrag zu machen. Jetzt wird Sabine für immer reich sein. Denn das Geld gehört ihr, die Villa gehört ihr, die Perserteppiche, die Engelsstatuen. Sie verkauft das Haus und rechnet aus, dass sie bis zur Rente davon leben kann, ohne zu arbeiten. Sie legt ein Bausparkonto für Thomas an, gibt ihrer Mutter einen Teil und spendet einen Teil einer Institution, die sich um Männer kümmert, die von ihren Frauen geschlagen werden. Sabine will nicht alle Männer verteufeln. Sie liebt die Männer. Nur sucht sie jetzt ihre Männer genauer aus. Sabine weiß, was sie will und was nicht. Sie will keine Mutter sein, sie will keine Tippse sein, sie will so viel Bräunungscreme benutzen, wie sie will, und überhaupt einen Scheiß drauf geben, was andere von ihr wollen.

Und so kam Sabine in den Krug.

AKT 2

IV

In dem es um die Kindheit,
eine Schwefelmine und Tonbänder geht und darum,
wie der Lieblingsort meiner Mutter
abgerissen wird, damit ein Dutzend Parkplätze
geschaffen werden können

»Ich hatte eine schlechte Kindheit«, sagt Sabine entschuldigend, weil sie mich gezwickt hat, damit ich aufhöre zu quengeln. Ich versuche nämlich an den Korkenzieher zu kommen. Ich bin zwei und kann schon ziemlich gut sprechen. Aber Sabine nenne ich immer nur »Biene«.

Toni legt mir schließlich den Korkenzieher in die Hand, dann steckt er ein Glas auf die Bürste im Seifenbecken, er dreht es viermal nach rechts und viermal nach links. Er steckt es auf die Bürste im Klarwasserbecken und zieht es abwechselnd viermal hoch und drückt es viermal runter. In der linken Hand hält Toni das Glas, in der rechten das Geschirrtuch, mit dem er über die Ränder gleitet, und uno due tre quattro. In dem Moment schreit ein Mann in der Ecke.

»Drei zu eins!« Und ich sage: »Vier zu eins!« Toni nickt und sagt, gerade Zahlen seien wirklich schöner als ungerade Zahlen. Ein bisschen Ordnung im Chaos. Ich höre eine Melodie aus dem Automaten. So schrill, und dann klappert es darin, und die Fußbälle und Sterne drehen sich.

»Auch schön«, sage ich, und Toni macht die Melodie nach. Ich das Geldklappern. Er stellt Schnapsgläser auf sein Tablett. Der Mann schreit: »Schnaps für alle!« Ich nehme den Korkenzieher. Ich spiele oft mit dem Korkenzieher. Mutter mag das nicht. Aber Toni sagt: »Lass sie doch«, und Mutter fragt, was denn aus seinen Regeln geworden sei. Er schaut mich an, ich bohre in den Balken. Viermal nach links, viermal nach rechts. Das morsche Holz quillt hervor. Und ich sage: »Uno due tre quattro.«

Wie viele Kinder sind wohl im Krug aufgewachsen? Das Haus ist von etwa 1775. Es bestand früher aus zwei Häusern, obwohl es wie eines aussieht. Links, wo der Krug ist, lebte ein Goldschmied. Rechts ein Bortenwirker. Er stellte den ganzen Tag Schmuckelemente für Polstermöbel, Lampenschirme und Vorhänge her. An unseren Vorhängen baumeln auch Borten. Goldfarbene. Vor 1865 druckte der Buchdrucker Lochner im rechten Gebäudeteil den Vorgänger der heutigen *Rems-Zeitung* darin. 1865 dann kam eine Bäckerei in diese Räume. 1883 beginnt schließlich die Geschichte des Krugs. Im linken Gebäudeteil errichtet ein Herr Friedrich Abele die Wirtschaft Zum Krug. Zur Kirchweih 1883 soll der Krug schon Gansviertel und Stuttgarter Bier angeboten haben. Es gab auch einen schönen Hof mit großen alten Kastanien, in dem Abele eine Gartenwirtschaft hatte. Das hat anscheinend nicht geklappt. Denn er wirtschaftete den Krug ziemlich herunter. 1910 erwarb ein Herr Adolf Obermaier die Gaststätte – für 50 500 Goldmark. Dann musste Herr Obermaier in den Krieg. Aber er starb nicht, er eröffnete, nachdem er 1920 heimkehrte, in seinem Haus eine Metzgerei. Er war schon davor Metzger gewesen. Im rechten Gebäude hatte zu der Zeit ein Friseur, der auch Hunde toupierte, seinen Laden. Und ebenfalls im Jahre 1920 kam ein Kind zur Welt. Dieses Kind wuchs im Krug auf. Willi Obermaier. Sohn von Adolf und Rosa Obermaier. Und schon einige Jahre später muss das Kind von Haus zu Haus, um die Wurstwaren zu verkaufen.

Wiederum einige Jahrzehnte später arbeiten Kinder in

Deutschland nicht mehr. Dafür aber in Sizilien. Vater ist ein Meter siebenundachtzig groß. Ziemlich groß für einen Italiener. Und noch größer für einen Sizilianer. Ich frage Vater, warum so viele Italiener klein seien. Vater antwortet, weil die Mutter zu ihnen gesagt habe: Wenn du groß bist, musst du arbeiten. Ich frage Vater, warum er dann so groß sei. Vater sagt, er habe eben immer schon arbeiten müssen. Seine Mutter habe gesagt: Wenn du groß bist, musst du vielleicht nicht mehr arbeiten.

Seine Familie hatte noch nie Geld. Nicht einmal Land oder einen Baum, von dem sie essen konnten. Auch Wasser gab es kaum. Immer musste man Wasser sparen. Deshalb badet Vater auch immer mit seinen sieben Cousins in einer Badewanne. Niemand will der Letzte sein, im dreckigen Wasser. Daher kämpfen sie alle um ihren Platz in der Badewanne. Im Winter kocht Nonna das Wasser in Töpfen ab. Wenn der nächste Topf fertig ist, ist das Wasser in der Badewanne schon kalt. Im Sommer stellt Nonna Eimer auf das Dach, damit die Sonne sie wärmt. Es sind vierundvierzig Grad, und Vater soll noch mehr Wasser vom Dach holen. Die Cousins helfen ihm, sie müssen vorsichtig sein. Der Plastikeimer lässt sich schnell herunterholen, aber der aus Stahl erhitzt sich. Obwohl es sicherer ist, die Eimer langsam weiterzugeben, will sie jeder schnell loswerden. Und als der Letzte sie ins Wasser schüttet, sieht er, dass das Wasser sich rot färbt und Kirschen aufsteigen. Sie haben den Eimer mit dem Kirschlikör erwischt. Die Jungs springen in die Wanne, stecken sich die Kirschen in den Mund. So süß sind sie und so lecker, dass sie auch noch vom Badewasser trinken. Als Nonna sie wie leblos in dem roten Wasser sieht, denkt sie, sie seien verblutet. Und kurz ist sie erleichtert, weil sie sowieso nicht mehr weiß, was sie ihnen zu essen geben soll.

Nonna hat viele Sorgen und keine Nerven, sie kann den

aufgedrehten Renzo kaum ertragen. Dann fragt sie ihn: Gürtel oder Opium. Er entscheidet sich für den Löffel mit Flüssigkeit. Er wird müde und liegt den ganzen Abend unter dem Tisch. Er denkt darüber nach, was er alles tun könnte, wenn er aufstehen könnte. Mit Luca und Toni den Strohball kicken. Bei den Nachbarn durch das Fenster schauen. Die haben einen Fernseher. Vielleicht hätte er sich doch für den Gürtel entscheiden sollen, aber der Gürtel vom Vater tut weh.

Wenn das Geld knapp ist, gibt es kein Opium für Vater. Darüber freut er sich. Aber dann gibt es auch kein Fleisch. Jeden Tag gibt es Nudeln mit Semmelbröseln und einem grünen Stachelkraut. Das sticht ihn in die Zunge. Das mag er nicht. Aber es ist ihm immer noch lieber als Fotzelschnitten mit Kirschenmus und Nidelwähe. Weil das Geld zu knapp geworden ist, muss Vater nämlich in ein schweizerisches Wohlfahrtsheim auf Sizilien. Er mag es nicht, süß zu Mittag zu essen. Davon wird ihm schlecht. Die schweizerischen Schwestern drücken ihm die Bäckchen zusammen und flößen ihm Vanillesoße ein. Dann muss er sich übergeben. Auf die Schwestern. Deshalb kommen sie mit der Rute und schmeißen ihn aus dem Heim.

1972. Jetzt hat Vater weder zu essen noch was zu lernen noch Freunde. Sein Magen spricht mit ihm. »Gleich«, antwortet Vater ihm. Er geht zwischen die Kakteen am Straßenrand, die höher sind als er selbst. Er dreht die gelben und pinken Früchte ab. Die feinen Stacheln spürt er schon gar nicht mehr. Und da, über einer besonders pinken Kaktusfeige, liegt ein schwarzer Gegenstand. Jemand anders muss sich schon an den Früchten bedient haben. Vorsichtig nimmt Vater die Lederhülle. Er schaut hinein und sagt: »Madonna!« Zehntausend Lire. Er steckt das Geld ein und lässt den Geldbeutel liegen. Er sollte Brot kaufen und vielleicht etwas Fleisch. Aber andererseits weiß ja niemand davon, dass er

Geld gefunden hat. Er lässt sich von einer Kutsche, einem Carettu, ins nächste Dorf bringen. Dort isst er erst Arancini, Reisbällchen, und dann so viele Cannoli, wie er kann. Im Kiosk kauft er fünf Schachteln Marlboro und einen Marsala. Er setzt sich ans Meer, nimmt einen Schluck Marsala und raucht eine Zigarette, einen Schluck Marsala und eine Zigarette. Das macht er, bis nichts mehr übrig und ihm übel ist. Er übergibt sich ins blaue Meer. Weißer Ricotta und roter Marsala. Er sieht dem pinken Schaum auf dem Meer hinterher und schläft ein.

Einige Jahre später wünscht er sich, noch mehr Geld zu finden, damit er nicht arbeiten muss. Vater ist elf Jahre alt. Im Geschichtsunterricht hat der Lehrer zu ihm gesagt: Das beste Alter für einen Caruso. Nicht für einen Opernsänger. Nein. Er meint einen Schlepper in der Schwefelmine. Die Schwefelmine ist der größte Arbeitgeber der Stadt. Denn der Schwefelexport ist die größte und eigentlich die einzige Industrie Siziliens, sagt der Lehrer. Jetzt versteht Vater, was »ein dunkles Kapitel« bedeutet.

Es ist dunkel. Die Häuer sieht er kaum, aber er hört sie. Bei jedem Hammerschlag ein Schrei. Wie Tiere. Vater nimmt im Stollen den Korb mit Schwefelgestein. Er bekommt ihn kaum hoch. Etwa dreißig Kilo. Wenn er achtzehn ist, soll er siebzig Kilo schaffen. Schweiß und Staub auf seiner Haut. Sonst nichts, sie sind alle nackt. Auch die Greise. Er macht sich auf den Weg. Er krallt seine Finger in die Grubenwände und klettert die Stufen hinauf. Es ist eng. Der gelbe Dunst ist in seinen Augen. Seinen Lungen. An den Wänden sind wunderschöne Schwefelkristalle. Noch hundertfünfzig Meter, und dann kommt er ans Licht. Dort atmet er. Damit er nicht wieder ohnmächtig wird. Aber wenn er zu lange atmet, schimpft man ihn. Er bringt den Schwefel zum Verladeplatz, und andere Carusi bringen ihn zu den Schmelzöfen. Damit sie den Schwefel weiterverarbeiten und exportieren können. Denn Deutschland und andere Länder brauchen Dünger, Seife und auch den Farbstoff Indigo. Sie brauchen Schwefel, um Gummi zu vulkanisieren und um Streichhölzer, Medikamente, Pilzgifte und natürlich Sprengstoff und Schießpulver herzustellen.

Mit sechzehn hat Vater Risse an den Armen, Schmerzen im Rücken und ein Loch im Bauch. Je mehr er arbeitet, umso hungriger ist er. Aber er ist zu arm, um sich genug zu kaufen. Er glaubt zu wissen, was er tun muss. Er wird nicht wie sein Vater in dieser Höhlenhölle sterben. Vater geht ans Grab seines Vaters. Um ihm zu erzählen, dass er nach Deutschland gehen wird. Sich ein Mofa kaufen wird. Sein Vater, mein Opa, ist in einer Schublade. Sie konnten ihm kein besseres Grab bezahlen. Arme Leute beerdigt man in Sizilien in Schubladen. Meterhoch über der Erde. Denn unter der Erde, dort beginnt die Hölle. Die Mittelschicht wird in normalen Gräbern begraben. Wie in Deutschland. Die reichen Leute, meistens Mafiabosse und ihre Familien, haben kleine Schlösser und Häuser, ganze Kapellen mit Madonnen und großen Pinien vor der verschlossenen Tür. »Renzo Spada« steht auf dem Schild an der Schublade, darüber ist ein ovales Porzellanfoto von seinem Vater. Vater muss schlucken. Den Gesichtsausdruck kennt er. Dann holte mein Opa immer den Gürtel. Oder er kam von der Arbeit, von der Schwefelmine. Vater muss eine Leiter hochklettern, um eine lilafarbene Distelblüte hinlegen zu können. Geld für Blumen hat er keins. Er setzt sich auf die Mauer, direkt neben dem Tor, wo zwei Löwen den Friedhof bewachen. Von hier aus sieht man die ganze Stadt. Der Friedhof wurde auf einem Berg gebaut, weit weg von der Stadt. Sizilianer wollen die Toten nicht in der Stadt haben. Er macht sich die Zigarette an. Seine Mutter würde ihn ohrfeigen, wenn sie wüsste, dass er das Geld für

Zigaretten ausgibt. Statt für Käse oder Kichererbsen oder etwas anderes. Damit sie nicht jeden Abend trockene Nudeln essen müssen. Aber die Marlboro gönnt er sich. Schließlich ist er schon sechzehn. Und ein Erwachsener raucht eben. In Deutschland kann er so viele Zigaretten rauchen, wie er will. Er wird rauchen wie sein Mofa, auf dem er durch die Stadt flitzt. Er sieht auf seine Stadt. Sie sieht aus wie ein verschwommener Kreis. Alles in der gleichen Farbe. Eine Stadt aus Lehm. Der Himmel aus Staub. Ein Schleier. Es fühlt sich an wie ein Abschied.

»Willst du nach Riesi kommen, wo es Heuhaufen wie Häuser gibt, in denen es Jugendliche gibt wie Rosen«, heißt es in einer Ballade von 1600. Wenn Vater diesen Spruch irgendwo hört, sagt er: »Rosen, die verwelken, weil es hier kein Wasser gibt.« Die Jugendlichen haben Durst, und Vaters Stadt ist am Aussterben. Alle gehen sie nach Palermo oder Catania oder Milano oder Genova oder New Jersey oder Schwäbisch Gmünd.

Manchmal singt er Lieder der Auswanderer, wie zum Beispiel »Sicilia bedda«. Das heißt »Schönes Sizilien«: *»Iu sugnu nsicilianu e staiu America, lassai la terra mia ppi travagghiari, mi fici cu travagghiu li dinari, ma pensu a la Sicilia nverità. Sicilia bedda, Sicilia mia, ti pensu sempri cu nustalgia, e qualchi jornu, Sicilia mia, vengnu nti tia ppi nun partiri cchiù.«* Ich verstehe jedes Wort: »Ich bin Sizilianer, und ich lebe in Amerika. Ich verließ mein Land, um zu arbeiten. Mit dieser Arbeit verdiente ich Geld, aber ehrlich gesagt denke ich an Sizilien. Schönes Sizilien, mein Sizilien. Ich denke immer mit Nostalgie an dich. Und eines Tages, mein Sizilien, komme ich zu dir und verlasse dich nie wieder.« Ich frage Vater, ob er wirklich irgendwann wieder zurückwill. Er sagt, es gäbe kein Zurück. Denn dieses Sizilien, von dem er singe, dieses Sizilien sei nur ein Traum. Ein Gefühl. Deutschland aber sei wahr.

Das wissen auch Mutters Eltern, deshalb gehen sie nach Schwäbisch Gmünd. Als Mutter ein Kind ist, schaut sie dort aus dem Fenster. Sie winkt drei Nonnen. Jeden Tag laufen sie um zwölf Uhr an dem Fenster vorbei. Heute laufen sie nicht vorbei. Sie biegen in den Hof ihres Familienhauses ein. Minuten später klopft es an ihrer Tür. Ihre zwei kleinen Schwestern wollen die Tür öffnen. Aber sie zieht sie an den Haaren zurück und hält ihnen den Mund zu. Sie setzen sich wie ein Zugluftkissen vor die Tür. Bis die Schritte leiser werden. Abends kommen die Nonnen wieder. Ihr Vater öffnet die Tür. Die Nonnen sprechen lustig. Für Mutter hört es sich an, als würde ihr Vater beten. Denn er sagt in diesem speziellen Rhythmus: »Arrbajt, Arrbajt.« Und die Nonnen beten auch und sagen: »Schaffa, Schaffa.« Und sie will »Amen« sagen, aber ihr Vater fällt ihr ins Wort. Er fragt ihre Mutter, was »Es gibt keine Ausländerkindergärten« auf Deutsch heiße. Am nächsten Tag bleibt Tiziana nicht zu Hause. Sie lernt viele Kinder kennen. Mit »Ich bin« teilt sie sich ein Karamellbonbon und mit »Ich heiße« verkleidet sie sich. Sie lernt außerdem: Weil es in Deutschland zu viele ähnliche Vornamen gibt, nennt man sich beim Nachnamen. Aber die sind schwer auszusprechen. Wie Henri. Weder das H noch das R bekommt sie hin, da tut ihr der Rachen weh.

Mutter hat zum ersten Mal Schwimmunterricht. Sie hat keine Angst. Es gibt keinen logischen Grund dafür. Sie hat alle Risiken abgewogen. Das Becken ist drei Meter tief. Sie ist ein Meter fünfundvierzig groß. Aber sie hat in Palermo schon schwimmen gelernt. Und schwimmen verlernt man doch genauso wenig wie Rad fahren, denkt sie. Mutter sieht sich um. Es gibt nur ein Becken. Von oben schauen ein paar Leute von der Tribüne hinunter. Die Tribüne umschließt das Hallenbad. Alles ist so kompakt und schön, denkt sie. Da oben gibt es auch ein rundes Glasfenster. Jugendstil, sagt ihre Klassenlehrerin, die Mutter beim Schauen beobachtet hat. »Jugend« hat Mutter schon einmal gehört, das heißt so etwas wie jung. Und still ist eben still. Das sagt die Lehrerin oft: »Seid still« oder »Haltet's Göschle«. Das versteht sie auch. Mutter schließt aus ihrer Überlegung, dass sie zeigen soll, wie man im Wasser still bleiben kann. Sie springt in das Becken, dreht sich auf den Rücken und bewegt sich nicht. Die Klassenlehrerin ruft: »Tiziana!«. Sie will nicht reagieren. Es ist zu schön, was sie sieht. Sie schaut auf das Runddach und die Malereien an der Decke. Blumenranken, Muster. Sie hört ihre Klassenkameraden lachen. »Raus, Tiziana!«, ruft die Klassenlehrerin. Mutter denkt: Nix raus. Das ist das erste Mal, dass sie auf Deutsch denkt. Das erschreckt sie. Ob sie ihre Muttersprache verlernen wird? Oder ist das auch wie Schwimmen oder Rad fahren?

Ein Jahr später, im Jahr 1974, steht fest, dass Mutter nicht mehr lange die Malereien im Hallenbad betrachten kann. Der Gmünder Gemeinderat traf die Entscheidung zum Abriss. Gegen das Votum des Denkmalamtes. Das erste Gmünder Hallenbad, das 1901 im Jugendstil erbaut worden ist, soll weichen. Damit etwas Neues entstehen kann: ein Parkplatz. Um genauer zu sein: ein Dutzend Parkplätze. Seitdem versteht Mutter bei Denkmälern keinen Spaß mehr.

Ein Dutzend Wertgegenstände haben Mutters Eltern. Mutter nimmt gerne das Gold ihrer Eltern. Sie legt es sich nicht an und schaut sich damit nicht im Spiegel an, wie es andere Kinder mit acht Jahren tun würden. Sie schaut den Schmuck an. Wie die Ketten ineinandergreifen. Sie überlegt, wie die Frau auf der Brosche in das Gold gekommen ist. Ob die Frau eine echte Frau war. Aus Rom oder Pompeji. Ob sie eine der liebenden Frauen ist. Die sich, bevor sie starb, eng an ihren

Mann gekuschelt hat. Oder der Mann an sie. Dann sortiert sie alles. Nach wertvoll und weniger wertvoll. Nach Kirche und Alltag.

Alltag ist, wenn die Eltern arbeiten und die Kinder warten. Aber es gibt etwas, das das Warten schöner macht. Mutter ruft ihre Schwestern zusammen, sie legen sich auf das Sofa, und Mutter geht zu dem Tonbandgerät. Es schaut sie an, mit zwei großen Augen. Mutter dreht an dem Knopf, und dann hören sie die sanfte Stimme ihrer Mutter, meiner Oma: »Meine drei Engel, Buongiorno! Habt ihr schon Zähne geputzt? Geht schon. Ich warte.« Die Schwestern motzen, Tiziana schiebt sie ins Bad. Sie putzen, sie gurgeln, sie spritzen sich mit Wasser an. Die Stimme aus dem Wohnzimmer sagt jetzt: »In der Küche sind drei Schüsseln mit Minestrone, kommt nicht auf die Idee, sie auf dem Herd warm zu machen, ich habe euch eine Mikrowelle gekauft. Tiziana weiß, wie sie funktioniert, hört auf sie. Also gut, es kann losgehen.« Lauter, lauter, sagen die Schwestern, und Tiziana dreht an dem anderen Knopf. »Auf der Insel Sizilien, in der schönen und berühmten Stadt Messina lebte ein Mann namens Lactantius, der war in zweierlei Künsten sehr geschickt. Bei Tage vor den Augen der Leute betrieb er das Schneiderhandwerk; dagegen heimlich, zur Nachtzeit, die schwarze Kunst.« Die Kinder mögen dieses Märchen, aber bei manchen Märchen bekommen sie Angst. Denn die meisten sizilianischen Märchen sind grausam und schroff, und wenn es doch ein Happy End gibt, dann heißt es: »So lebten sie denn vergnügt und glücklich, wir aber haben das Nachsehen.«

Nach einiger Zeit spricht Mutters Mutter auch deutsche Märchen auf die Tonbandkassetten. Damit die Kinder schneller Deutsch lernen. Mit Akzent liest sie *Dornröschen* vor. Und Tiziana und ihre Schwestern verstehen: Deutschland ist ein gutes Land, weil die Geschichten gut sind. In der deutschen Version wird Dornröschen nicht im Schlaf vergewaltigt wie das italienische Dornröschen. Es bekommt dadurch auch keine zwei Kinder im Schlaf, sondern wird durch einen Kuss der Liebe zum Leben erweckt. Das italienische Dornröschen wird durch ihr Kind, das ihr am Daumen nuckelt, zum Leben erweckt. Und wenn sie wach ist, dann ist immer noch keine Ruhe. Dann will die Schwiegermutter die Kinder dem Vater als Lammbraten vorsetzen.

Als Tiziana und ihre Schwestern älter werden, spricht die Mutter frei in das Mikrofon. Was sie in der Uhrenfabrik machen muss und wie sie sich fühlt. Sie vermisst Sizilien. Sie erzählt von Goethe, der auch in Sizilien war und sagte: »Italien ohne Sizilien macht gar kein Bild in meiner Seele: Hier ist der Schlüssel zu allem.« Sie erzählt von Goethe, der auch in Schwäbisch Gmünd war und sagte: »Gmünd, eine freie Reichsstadt an der Rems, mit grünen Matten und Gärten umgeben. Die Stadt hat zwei Wälle, in der Vorstadt Mist.«

Mutter vermisst Sizilien nur manchmal, was komisch ist. Denn wie kann man etwas vermissen, an das man sich nicht erinnert? Es sind die Erinnerungen der Eltern. Mutter lebt gerne in Deutschland. Sie spricht Schwäbisch, liebt die *ZDF-Hitparade* und Spätzle mit Linsen und Saitenwürstle.

Mutter isst haufenweise Hefe. Sie ist fünfzehn, und das hilft gegen Pickel und ist billig. Das macht sie schon seit Jahren. Wenn sie nicht Hefeblöcke futtert, sitzt sie auf Betontreppen herum und holt sich eine Blasenentzündung. Sie unterhält sich über Müsli, die islamische Revolution und beklagt sich über den Kapitalismus. Dabei sieht sie nicht aus wie ein Hippie, sie trägt hüfthohe knallenge Hosen wie Sandy aus *Grease* – nur in Orange. Mutter rechtfertigt sich, sagt überzeugt: Ich habe italienisches Blut. Als könnte man im italienischen Erbgut ein Modegen nachweisen. Dafür hasst sie Marlboro und raucht selbstgedrehte Zigaretten, während ihr Schwarm mit den blonden Haaren kifft. Manchmal bläst er ihr den Rauch in den Mund. Und wenn sie nach Hause kommt, schaut sie mit den Eltern die Schlagerparade an und denkt darüber nach, ob ihre Kinder auch blond werden. Natürlich weiß ich davon nichts. Also, ich weiß es schon, aber ich darf es nicht wissen. Vater will nicht, dass ich eine unromantische Vorstellung von der Liebe habe, in welcher es mehrere Partner gibt, bevor man heiratet. Mutter und Vater sind füreinander geschaffen. Deshalb haben sie mich geschaffen.

V

Was das Geld mit Vater und Mutter macht, über die Arbeit, Cowboys und Fingerhüte und warum die Gettoblaster verstummen

Mit dreißig Jahren hat Vater alles geschafft, was er schaffen wollte. Kind, Frau und Ferrari, sagt er. In der Pause dreht er mit dem Ferrari viele Runden. Spazieren all' italiano, nennt er das. Erst durch die Innenstadt, dann beschleunigt er auf der Landstraße und wechselt auf die Autobahn nach Stuttgart. Er fährt 200 km/h, und wenn er schon in Stuttgart ist, besorgt er Fisch. Einmal ist ihm eine weiße Styroporkiste mit Seewolf umgekippt. Dann hat er neue Bezüge gekauft. Leider ist es ihm ein zweites Mal passiert. Er hat sie wieder ausgewechselt. Aber es stinkt immer noch. Fisch-Ferrari nenne ich den Wagen. Deshalb kauft Vater für die Einkäufe einen Transporter. Hochglanz natürlich. Vater hat es nicht so mit der Bescheidenheit. Er ist ein echtes Ekelpaket, denken manche. Aber Mutter meint das nicht, denn sie weiß, wie Vater wirklich ist. Wie er mich auf den Arm nimmt und in die Garage geht. Vorbei an dem Ferrari, und da stehen sie: zehn Mofas.

»Das ist alles deins«, sagt er und setzt mich auf ein türkisfarbenes Modell. Vater macht »wumm, wumm«, ein Geräusch, als würde er beschleunigen. »Volle Fahrt voraus«, sagt er. »In eine tolle Zukunft.«

Mutter gibt das Geld versteckter aus als Vater. Sie möchte nicht als neureich gelten oder gar ein Rädchen im System sein. In der Wohnung über dem Restaurant richtete sie sich eine Bibliothek ein. Mit allen *Brockhaus*-Ausgaben und vielen Kunst- und Architekturbänden mit schönen, festen Einschlägen. Außerdem alle Werke von Dante, Goethe, Schiller, auch Leopardi und Manzoni. Und alles, aber wirklich alles von Konsalik. Mindestens hundert Bücher.

Aber alle Autos und Bücher der Welt helfen nichts, wenn das Kind krank ist. Ich bin nicht krank, ich bin drei Jahre alt und will bloß nicht laufen. Weil ich nirgendwo hinmuss oder hinmöchte. Ich bleibe für immer hier. Im Restaurant. Manchmal kommen alte italienische Hausfrauen zu Besuch. Sie sind wie die Quallen im sizilianischen Meer. Breit, wallend, nass. Besonders nass. Und wenn sie mich küssen, kribbelt es auf meiner Wange – wegen ihres Barts. Die italienischen Hausfrauen zünden wieder eine Kerze an. Und vielleicht hilft das ja diesmal. Ich sitze an unserem Stammtisch und höre: Mutter küsst Vater in der Küche. Viele kleine Küsse. Ein Gast kommt herein, Mutter kommt nicht aus der Küche. Ich stehe auf, hole einen Stift und gehe zum Tisch, wo sich der Gast hingesetzt hat. Mutter steht jetzt in der Tür und ruft Vater »Jessy läuft!« zu. Ich wackle mit dem Po, wie es Mutter in ihrem Bleistiftrock tut. Dann halte ich den Stift in der linken Hand mit der Kugel auf dem Block, den ich in der rechten Hand habe, und frage: »Was darf's sein?«

Schreiben kann ich schon ganz gut, obwohl ich erst drei Jahre alt bin. Alle Kellnerblöcke sind schon vollgeschrieben. Toni ist mindestens so stolz wie Vater.

»Toni, schau mal«, sage ich.

Er sieht auf den Kellnerblock mit dem Brauereilogo und liest die verwackelten Wörter vor: »Mama, Papa, Marlboro.« Die ersten Worte, die ich schreiben kann.

»Wer hat dir denn so etwas beigebracht?«, fragt er. Ich zeige auf den Zigarettenautomaten, auf dem ein Mann mit

Cowboyhut und Jeansjacke zu sehen ist. Er hat eine Zigarette zwischen den Lippen, greift aber schon in seine Brusttasche, um die nächste zu holen. Ich mag Cowboys. Vater setzt mich oft auf die Ablage, auf der die Pizzen belegt werden. Ich beobachte den Aushilfsbeikoch, der eine Form aus dem Ofen holt. Er hat eine Schaufel, die so groß ist wie eine Schneeschippe, und trägt nur ein weißes Unterhemd, weil es so heiß ist durch die Ofenluft. Man kann seine Achselhaare sehen. Mutter legt ihm drei Haarnetze hin, aber er weiß nicht, wo und wie er sie befestigen soll, und lässt es sein. Die Küchenhilfe holt einen Teller nach dem anderen aus der Spülmaschine, es dampft. Gegenüber flammen die Pfanne und der Herd auf. Vater hat Brandy zu den Garnelen in die Pfanne geschüttet. Er hält den Brandy noch in der Hand und macht sich eine Zigarette am Herd an. Er nimmt drei Teller und verteilt die Garnelen darauf. Er zieht an der Glocke und entfernt den Zettel von der Leiste an der Wand. Mutter schaut durch die Servierklappe in der Tür.

»In der Küche wird nicht geraucht«, sagte sie.

Sie nimmt die Teller mit ihrer Kleinen-Finger-Technik, mit der sie bis zu fünf Teller mit einer Hand tragen kann. Vater hält sie zurück, legt die vergessene Petersilie auf das Essen und inhaliert den Rauch seiner Zigarette. Ich forme einen Cowboy aus Teig und setze ihm eine Champignonscheibe auf. Vater legt sie in den Ofen.

»Du holst dir keinen Cowboy, oder? Sondern einen Anwalt, ja?« Er sagt das, als hole man sich einen Cowboy, wie man sich einen Schnupfen holt.

»Soll ich nicht mehr Anwältin werden?«

»Doch, aber wenn du etwas anderes besser kannst … Was willst du denn werden?«

»Wenn ich groß bin, werde ich Pizzabäcker wie du oder Soldat wie John.«

Denn die Anwohner der Ochsenbacher Gasse beschweren sich zwar, aber ich, ich warte jeden Tag auf die Soldaten. Wenn es dunkel ist, dann kommen sie. Ich setze mich ans Fenster. Und schon von Weitem höre ich es. Irgendwie bewegt sich dann mein Kopf hoch und runter, und meine Ballerinas sind wie die roten Tanzschuhe. Da laufen sie unter unserem Fenster. Die Soldaten mit ihrem Gettoblaster. Ein paar singen mit. Einer schaut mich an und singt weiter: »Mama said knock you out.«

»Man, LL Cool J is cool«, sagt ein anderer. Sie laufen weiter. Heute wollen sie wohl woandershin. Die Ochsenbacher Gasse liegt auf dem Weg von der Hardt-Kaserne in die Innenstadt. Weit hinter ihnen läuft John. Ich winke ihm zu, bevor er zu uns einbiegt. Hinter ihm taucht plötzlich eine Frau auf, sie reicht ihm bis zu seinen dicken Brustmuskeln, und wenn sie ihn anschaut, ist es, als würde sie Sternschnuppen zählen. Einen Stern trägt sie im Haar. Er glitzert silbern. Wie ihre Leggins. Es ist 1990, aber die Frau, Jane, sieht aus, als wären es die Achtzigerjahre. Mutter meint, jedes Jahrzehnt hat noch seine Nachwehen im nächsten Jahrzehnt.

»Ich möchte dir ein Lied schenken«, sagt John leise in Janes blonde Locken.

»So sweet«, sagt sie.

John fragt: »Ist das von Duran Duran?«

Sie lacht, und wenn John rot werden könnte, würde er jetzt rot werden

»Ich will gerne ›Love Is A Battlefield‹ hören«, sagt sie. Nachwehen.

John nickt und geht zur Jukebox. Er tippt die Einunddreißig. Aus den Lautsprechern haucht eine männliche Stimme. Sie setzen sich in die Ecke und werden fast vollständig von einer Plastikpalme verdeckt. Die Gäste lästern. John sähe aus wie King Kong und Jane wie Jessica Lange 1976. Auch wenn

John leise spricht, kann man jedes Wort verstehen. Und die Gäste wollen auch jedes Wort verstehen. Sie haben aufgehört zu sprechen und hören zu. John spricht vom Kalten Krieg, der sich wegen Jane jetzt etwas wärmer anfühlt. Jane sieht irritiert aus.

»Ein warmer Krieg«, wiederholt sie. Ihre Lippen ziehen sich zusammen. »Ich will nicht mehr warten. Lass uns gehen«, sagt sie.

»Aber hier gibt es gute Pasta«, sagt John.

»So sweet«, sagt Jane. Sie könne nicht mehr warten. Auf keinen Atomkrieg, auf kein anderes Leben. Sie würde gern nach Hause oder auf eine Insel.

John nickt und sagt: »Nur wir beide. Keine Angst. Keine Blicke«, und schaut sich einmal im Raum um. Die Gäste drehen sich wieder zu ihrem Essen.

»Ich habe einen Vertrag«, sagt John.

»Und meiner läuft aus«, sagt Jane.

»Wenn du weiter als Berufssoldat arbeitest, bist du an einem Ende und ich am anderen. Ich kann das nicht«, spricht sie weiter.

Er legt seine Glatze auf ihre Schulter, und es sieht aus, als wären ihm Haare gewachsen.

»Weinst du?«, fragt Jane.

»Ich habe einen defekten Drüsenkanal. Und hast du nicht gerade Schluss gemacht?«, fragt er.

»Ich habe gedacht, du entscheidest dich für mich und nicht für den Job.«

»Ich habe nicht gemerkt, dass du eine Entscheidung wolltest.«

Sie steht auf und geht.

Als John wieder geht, ist es schon ein Uhr, ich liege zwischen zwei Stühlen und schlafe. Vater wechselt das grünbraune

Wasser im Eimer. Er lässt frisches Leitungswasser einlaufen und gibt etwas vom Bodenreiniger dazu. Er wischt den Boden, und überall riecht es nach Bergblume. Mutter geht zu Vater und nimmt ihm den Wischmopp aus der Hand.

»Lass mich das machen«, sagt sie.

»Das ist Männerarbeit«, sagt Vater und lacht.

»Ruh dich aus.«

»Wir arbeiten beide schon den ganzen Tag.«

Mutter antwortet nichts darauf und nimmt ihm den Mopp aus der Hand.

»Du hast mich echt gerne, oder?«, fragt Vater sie.

»Nein, ich will bloß nicht, dass du es falsch machst.«

»Komm schon, sag es.«

»Du bist der Beste.«

»Nicht das.«

»Du hast den Größten.«

»Nicht das!«

»Renzo, diese zwei Wörter können nicht ausdrücken, was ich für dich fühle. Und trotzdem: Ti amo.«

Vater lächelt und ist etwas benebelt von Mutter und dem Bergblumenduft. Er umarmt sie, und im Radio kommt jetzt »Über sieben Brücken musst du gehen«. Vater will tanzen und reißt Mutter den Mopp aus der Hand. Er macht Kussgeräusche und tut so, als würde er mit dem Mopp rummachen. Mutter schaut ihn an und fängt an zu lachen. Sie hält sich die Hand vor den Mund und schaut mich an.

»Ach die, die Pershing könnte gezündet werden, und sie würde weiterschlafen«, sagt Vater. »Tanz mit mir.« Mutter geht zu Vater und sagt, dass sie das Lied gernhabe.

Vater nickt und sagt: »Es zeigt, wie fleißig und klug die Deutschen sind.« Er dreht Mutter einmal, den Mopp immer noch in der Hand.

»Was meinst du?«, fragt Mutter.

»Die bauen Brücken, und nicht nur eine, sondern sieben. Alles Bauingenieure hier.«

»Du musst Deutsch lernen«, sagt sie und übersetzt ihm das Lied Wort für Wort ins Italienische.

»Wir werden nicht über so viel Brücken gehen müssen«, sagt Vater.

»Doch, müssen wir. Und du wirst dir wünschen, dass es nur sieben Brücken und nur sieben dunkle Jahre sind.«

Kurz darauf ist der 31. Mai 1991. Das wird ein gutes Jahr, denkt Mutter. Denn: Das Pershing-Kommando wird aufgelöst, und auch Mutter ist ganz aufgelöst. Sie rennt durch den Krug und lacht. Sie lädt alle auf einen Ramazzotti ein. Einige der Demonstranten sind da. John drückt sich davor, seinen Koffer zu packen, und trinkt ein Weizen. Die anderen Soldaten packen ihre Koffer. Sie packen ihren Koffer und nehmen nicht mit: ihre Kinder. Nun gibt es viele alleinerziehende Mütter mit schwarzen Kindern.

Als Mutter klar wird, dass John auch gehen muss, lacht sie nicht mehr. Du kommst uns doch besuchen, sagt sie immer wieder. John trinkt ein paar Weizen mehr als sonst. Er stammelt: »Oh my ... good beer. Oh my ... family here«, und nimmt mich in den Arm. Ob man in Korea auch Weizen bekomme, fragt er, oder nur Algenchips. Er trinkt einen Schluck und sagt: »Auf den Kampf gegen den Kommunismus«. »Besuch uns nicht«, sagt Mutter und rollt mit den Augen. John wird nach Südkorea gehen, er wechselt zur 17th Aviation Brigade. Was er dort mache, fragt Mutter. Dort schütze er die territoriale Integrität des Landes. Und die Stationierung soll auf Feinde, besonders auf das kommunistische Nordkorea, abschreckend wirken, sagt er. Ob ich wisse, was er an Seoul schön finde, sagt er dann zu mir. Seoul würde man wie Soul, wie die Seele, aussprechen.

Als John sechzehn Jahre alt ist, arbeitet er in der Schneiderei Thimble. Die Schneiderei ist auch ein Antiquitätenladen für Fingerhüte. John hat drei Lieblingsfingerhüte. Einen aus Porzellan mit einem blauen Segelschiff. Einen, der wie eine orthodoxe Krone aussieht. Mit Steinchen besetzt. Der dritte ist besonders. Ein Fingerhut in Form eines Papageis. In Lila und Grün. Er hat sogar einen Schnabel aus Messing. Geschenke von der Inhaberin. Der vierundneunzigjährigen Frau mit französischen und irischen Wurzeln.

Die jetzt achtundneunzigjährige Inhaberin des Thimble sitzt im Ohrensessel. Das kann John von draußen durch die Glasscheibe sehen. Auf jedem ihrer Finger ist ein Fingerhut. Sie hat sich so zum Sterben hingesetzt. Das weiß John. Was John nicht weiß: Wo er arbeiten soll. Es gibt keine anderen Schneidereien in Goodwood. Die rothaarigen Söhne wollen den Raum zur Besenkammer machen. Das haben sie schon vor ihrem Tod angekündigt. Größer ist der Raum nicht. John stellt sich vor, dass er nicht mehr jeden Tag hinter dieser Glasscheibe sitzen wird. Er stellt sich vor, wie er hinter einem Bullauge sitzt. Er geht zur Marine.

In der Kaserne weiß niemand, dass John Schneider ist. Diesmal wollte er es sich nicht mit den Jungs verscherzen. Bei der Marine hat er den Matrosen den Fingerhut gezeigt. Den mit dem Segelschiff. Schicksal, sagte er. Schicksal, sagten die Matrosen, seien Fingerhüte im Arsch. Jetzt in der Kaserne nennen sie ihn Iron John. Weil er Mike Tyson ähnlich sieht. Und niemals Schwäche zeigt.

In der nächsten Zeit wundere ich mich, warum die Männer mit den Gettoblastern nicht mehr kommen. Es ist still, auch im Restaurant. Ich rede immer zu laut und zu viel. Sabine fängt an, mich zu mögen. Es ist einfach zu still. Die Jukebox bleibt aus. Man hört Rudis Schlürfen.

»So ist es gut«, sagt er, »wie zu Hause.«

»Deins vielleicht, aber nicht meins«, sage ich.

»Ach, leck mich am Arsch«, sagt er, und ich wiederhole so oft ich kann »Asch Asch Asch«. Das ist mein und Rudis Lieblingsausdruck. Er sagt oft Leck mich am Arsch. Leck mich am Arsch, ist das kalt. Leck mich am Arsch, kehr vor deiner eigenen Tür. Leck mich am Arsch, was wollte ich sagen: Ach, leck mich am Arsch.

Vater steht oft einfach nur herum, summt »Über sieben Brücken …« und raucht statt drei nun fünf Schachteln am Tag. Mutter hat jetzt aber mehr Zeit für mich. Sie bringt mir Zählen bei anhand der Gäste. Überhaupt kommen weniger Leute. Ein paar Säufer, die zurückgebliebenen Ami-Nutten und ein paar Stammgäste, die essen wollen wie in Italien. So fasst Vater das zusammen. Mutter meint, diese erste Krise läge am Stempel.

Wir haben einen Stempel. Mutter hat mir schon einmal vorgelesen, was er stempelt. Trattoria Zum Krug, Ochsenbacher Gasse 7, 7070 Schwäbisch Gmünd. Mutter meint aber den Stempel »Ami-Kneipe«, den kenne ich nicht.

AKT 3

VI

Über das Lernen und das Spielen oder: Wie aus Spaß Ernst wird

Schließlich werde ich fünf und eingeschult. Etwas früher als üblich, da ich schon schreiben und rechnen kann. Mutter steckt mich in ein Tüllkleid und zieht mir weiße Lackschuhe an. Ich protestiere und möchte die roten Regenstiefel, aber Mutter protestiert lauter. Auf dem Weg zur Schule bleiben wir alle paar Meter stehen, weil Vater und Mutter mit allen reden müssen. Auch im Klassenzimmer kennen sie alle Leute. Die sagen, ich sei so süß, ich sähe aus wie Zuckerwatte. Ich versuche mich von dem Tüll zu befreien, aber gebe auf und setze mich auf den Boden. Dann sieht Mutter die roten Regenstiefel. Komischerweise schimpft sie nicht. Sie beugt sich zu mir herunter und sagt: »Versuch heute nicht aufzufallen.« Als würde ich mit diesem Kleid nicht auffallen. Sie sagt, ich solle zu den Kindern gehen und nichts tun, was sie nicht auch tun würde. Ich stelle mich vor einen Tisch, an dem ein Mädchen mit den gleichen Schnuller-Ohrringen wie ich sitzt. Ich denke an Mutter und sage: »Grüß Gottle – schon entschieden?« Das Mädchen lacht und murmelt »Hallo.« »Zur Feier des Tages gebe ich einen aus«, sage ich weiter. Jetzt kommen noch mehr Kinder hinzu, und ich sage: »Eine Runde für alle.« Sie verstehen nicht, was ich meine, aber ich ziehe sie in Richtung meines Vaters und lasse mir zwei Mark geben. Dann kaufe ich fünf Kaba, und die Lehrerin ruft aufgeregt, wir sollen zurückkommen.

Der Unterricht ist etwas langweilig, da ich schon alles weiß. Aber Schreiben mag ich trotzdem. Es macht mir nichts aus, das A auf dem Blatt hundertmal nachzuschreiben. Das beruhigt mich. Am liebsten aber lese ich. Vater kann auch lesen. Das glaube ich jedenfalls. Die Bestellungen, die ich ihm in die Küche bringe, liest er. Wenn es sein muss. Meistens ruft Mutter die Bestellungen in die Küche. Vater fragt dann so etwas wie: »Was wollten die an Tisch neun, drei Semifreddi?« Was Vater nicht liest, auch nicht vorliest: Bücher. Mutter liest mir als Gutenachtgeschichte zum Beispiel aus *Deckname: »Zeppelin« – Die Bunker im Hauptquartier des Oberkommandos des Heeres in Zossen* vor. Ich mag Sachbücher zu den geheimen Bunkern in Deutschland, auch wenn Mutter nach jedem dritten Satz sagt, sie wisse, warum sie Pazifistin sei. Vater sagt, aus Büchern lerne man nichts.

»Heute lernst du etwas fürs Leben!«, sagt Vater und schält eine Knoblauchzehe. »Du lernst, wie man Spaghetti al Pomodoro macht.«

»Das kann ich doch schon. Das ist leicht«, sage ich.

»Das ist leicht? Leicht?«, sagt Vater und streckt seinen Rücken durch. Das sagten nur Deutsche. Ob ich schon einmal deren Pasta probiert hätte. Ich verziehe das Gesicht.

»Ecco!«, sagt er. Sie würden sie Spaghetti Napoli nennen, aber sie müssten Spaghetti Disastro heißen. Unsere Aufgabe: missionieren. Und wir könnten gleich damit anfangen. Gerade habe jemand Spaghetti al Pomodoro bestellt.

»Dieser Teller ist ein Kunstwerk. Und unsere Mütter sind Künstler«, sagt Vater. Denn die Hausmannskost scheine einfach, aber man könne viel falsch machen. Vater hält die geschälte Knoblauchzehe in die Höhe und zeigt sie mir von allen Seiten. Er schneidet sie klein und macht Feuer am Gasherd. Es ist blau. Er stellt die Eisenpfanne darauf und wartet. Olivenöl kommt dazu. Warten. Knoblauch.

Es zischt. Die Tomaten hat er morgens vorbereitet. Er hat sie in heißes Wasser gelegt, dann die Schale abgezogen und die Kerne entfernt. Er schneidet sie klein und legt sie in die Pfanne.

»Ohne eine gute Tomate keine guten Spaghetti!«, sagt er. Die Tomate San Marzano aus Napoli sei die beste. Er holt eine ungeschälte und befiehlt mir zu riechen.

»Wenn du je eine Tomate aus Holland nehmen solltest, schlag ich dir das Gehirn in zwei Hälften!«, sagt er.

Ich gehe einen Schritt zurück.

»Salz, Pfeffer, Knoblauch, Tomaten und ein bisschen Basilikum. Mehr brauchst du nicht«, sagt er. Die Tomaten in der Pfanne sehen eingekocht aus. Er legt zwei Blätter Basilikum dazu.

»Die Spaghetti kochen sieben Minuten«, meint er. Wenn sie fertig sind, kommen sie zu der Soße in die Pfanne.

»Ein bisschen vom Nudelwasser muss dazu, die Stärke im Wasser macht die Soße sämiger. Deshalb schmecken die Nudeln am Ende des Tages auch so gut: weil sie immer ins gleiche Wasser kommen.«

Ich verziehe wieder meinen Mund.

»Glaub mir«, sagt er und drückt auf die Glocke.

Er hat eine kleine Portion in der Pfanne übrig gelassen.

»Und jetzt sag mir, sind sie nicht perfekt?«, fragt er. Ich probiere, sage: »Nicht schlecht«, und lache.

Vater macht eine drohende Handbewegung, während ich einen Zeigefinger zu meinem Grübchen führe und eine Schraubbewegung mache. »Lecker« heißt das auf Italienisch.

Mutter nimmt den Teller mit, und wir stellen uns in den Türrahmen. Vater nimmt mich auf den Arm, und wir beobachten, wie der Gast die dampfenden Spaghetti anschaut, daran riecht und schließlich die Spaghetti auf die Gabel dreht und isst. Die zweite Gabel verschlingt er schneller als die erste, die dritte verschwindet Sekunden später in seinem Mund.

»Siehst du«, sagt Vater. »Es fehlt nur noch, dass er wie Toto auf den Tisch springt, die Spaghetti mit der Hand nimmt, sie wie Trauben isst und sie sich in die Taschen schiebt.« Ich habe die Szene vor Augen, weil Vater in der Pause viele italienische Filme aus den Fünfzigerjahren ansieht.

Als der Gast fertig gegessen hat, geht Mutter zu ihm, sagt irgendwas von marketingstrategischen Maßnahmen und wenn er an ihrer Umfrage teilnehme, gehe das Essen aufs Haus. Er nickt.

»Warum sind Sie hier?«, fragt Mutter.

»Weil das Essen mich glücklich macht«, sagt der Gast.

»Ach, Sie! Wie nett! Und warum sind Sie das erste Mal hierhergekommen?«

»Ein Freund hat mir Ihr Restaurant empfohlen.«

»Aha. Mundpropaganda«, sagt Mutter und schreibt das auf ihrem Block.

»Was haben Sie schon über den Krug gehört?«

»Ein familiengeführtes Restaurant mit einer herzlichen Wirtin.«

»Ach, Sie!«, sagt Mutter noch einmal. »Und was ist mit den Amerikanern?«

»Gott sei Dank sind die weg. Die Frauen gehören wieder uns und die guten Kneipen auch.«

»Aha«, sagt Mutter.

Und ich sage: »Aha. Rassist.«

Dann baue ich wieder an meinem Bierdeckelhaus weiter.

Schon vier Stockwerke.

Mutter bedankt sich und schaut mich böse an. Sie geht zu Vater, der im Türrahmen steht.

»Ich habe dir gesagt, wir müssen nur weitermachen wie bisher, und dann schaffen wir es«, sagt Mutter.

»Geschafft hätten wir es, wenn ich mir noch den Sprit für den Ferrari leisten könnte.«

»Es läuft wieder gut, beklag dich nicht.«

»Hast du eigentlich gehört, was Jessy zu dem Gast gesagt hat?«

Vater nickt.

»Ist sie ein normales Kind?«, fragt Mutter.

Vater winkt mit einer Hand ab und sagt: »Ach, normal. Was ist das?«

Er schaut mich an, ich baue weiter. Schon fast fünf Stockwerke.

»Sie ist besserwisserisch wie ein Kind. Und nervig wie ein Kind«, sagt Vater.

Auch Mutter schaut mich an: »Ja, aber sie spielt nie draußen. Und sie ... sie ist so genügsam. Sie beschäftigt sich selbst. Beobachtet Leute. Hört überall zu. Sie braucht mich gar nicht.«

»Darum geht es? Warum will sie nie oben schlafen? Weil sie bei dir sein will.«

»Oder bei den ganzen anderen Leuten. John, Sabine oder Toni.«

Ich rufe den beiden zu: »Ich kann Lippen lesen.« Natürlich kann ich das nicht. Ich kann die beiden hören.

Mutter stupst Vater mit dem Ellenbogen in den Bauch und meint: »Sag ich doch.«

Dann stellen sie sich etwas weiter weg.

»Ich kann immer noch Lippen lesen«, sage ich, was immer noch nicht stimmt. Aber ich weiß, dass sie über mich reden.

Sie wenden sich ab.

»Ich kann Gedanken lesen«, rufe ich und beginne mit Stockwerk Nummer sechs.

»Wie war es denn eigentlich in der Schule?«, fragt Mutter mich wenig später, als sie sich zu mir an den Tisch setzt.

»Schwester Hildegard hat gesagt, ich bin ein böser Mensch«, sage ich.

»Was zum Teufel hast du gemacht?«

»Schwester Hildegard würde sagen, dass auch du ein böser Mensch bist.«

»Mädchen, hör zu und lerne«, sagt Rudi, der sich gerade Asche vom Oberteil klopft.

»Ein Alkoholiker will mein Kind erziehen«, sagt Mutter.

»Das war gemein«, sagt Rudi.

»Nichts für ungut«, sagt Mutter und schaut jetzt mich an.

Rudi versucht es noch einmal: »Mädchen, es gibt keine guten und bösen Menschen.«

Mutter unterbricht ihn nicht, vielleicht weil sie neugierig ist, was Rudi zu sagen hat.

»Die Welt teilt sich in zwei Lager. Aber nicht in gute und in schlechte Menschen.«

»Du wiederholst dich«, sagt Mutter.

»Sie teilt sich in Leute, die Hunde mögen, und Leute, die Katzen mögen.«

Mutter verdreht die Augen und zieht mich am Ärmel.

»Und wen magst du?«, frage ich, während Mutter es schafft, mich in die Küche zu schleifen.

»Gott verdammt, niemanden«, sagt Rudi. »Ich hasse alle Viecher.«

Ich dagegen mag Esel und Einhörner. Das Einhorn ist wichtig für Gmünd. Überall begegnet man ihm. Vereine, Firmen, Zeitungen, Verlage und Hotels benutzen es als Logo oder im Namen. Auf dem Rathaus sieht man es im Wappen. Stehend, ein bisschen bedrohlich und doch so schön. Mit rausgestreckter Zunge. Sagt so ein Wappen etwas über eine Stadt aus? Wenn Sizilien ein Wappentier hätte, wäre es jedenfalls ein Esel. Asino auf Italienisch, sciccareddu auf Sizilianisch. Eine große

Hilfe für die Menschen dort. Vater mag sie trotzdem nicht. Er denkt an seinen Esel. Der hat dunkle Augen, und die geraden Wimpern hängen davor. Er sieht liebenswürdig aus. Wie er ihn morgens weckt. Er schmiegt sich an Vaters Bauch. Manchmal weckt er ihn auch nachts. Und einmal beißt er ihn in den Hintern. Vater schreit so laut, dass er von seiner Großmutter, die im gleichen Zimmer schläft, noch dazu Schläge auf den Hintern bekommt. Seitdem schaut Vater den Esel immer böse an. Der Esel behält aber seinen lieben, fast traurigen Blick. Er lehnt sich auch oft gegen die Wand, sodass er noch trauriger aussieht. Vater versucht trotzdem, den Esel aus dem Kinderzimmer zu vertreiben. Aber man weiß nicht, wohin mit Esel und Hühnern, weil die Familie kein Land hat, nur eine steile Straße. Vater lässt die Tür auf und legt eine Rigatonispur bis in das Haus am Ende der Straße. Er versucht, den Esel aus der Tür zu schieben. Er erzählt der Familie von seiner Tyrannei. Aber alle Versuche schlagen fehl. Die Familie hat den Esel gern. Sie gibt ihm sogar einen Namen. Robertina. Vater sagt weiterhin Esel zu ihm. Dafür bekommen alle Hühner unter seinem Bett Namen. Das ist seiner Familie aber auch nicht recht. Denn Tiere, die man isst, bekommen keine Namen. Man will keinen Giacomo auf seinem Teller haben. Vater mag Esel nicht besonders, und ich mag Kinder nicht besonders. Erwachsene sind mir lieber.

»Willst du heute wieder zu deiner Freundin?«, fragt Mutter.

»Bitte nicht«, sage ich und schaue Toni an, um Unterstützung zu bekommen. Er sagt nichts, aber zwinkert.

»Du kannst nicht den ganzen Tag hierbleiben.«

»Warum nicht?«

»Es ist verraucht, dunkel und … Ich muss nicht mit dir diskutieren. Weil Kinder eben auch mal draußen spielen. Punkt.«

»Und wenn alle Kinder aus dem Fenster springen …«

»Lass doch die Floskeln.«

»Das sagst du immer«, sage ich.

»Ich rufe jetzt Lea an und sage, DU willst spielen«, sagt Mutter.

Sie geht hinter die Theke und hält sich den Hörer an das Ohr. Ich hänge mich an die Schnur. Die Kringel entkringeln sich. Mutters Kopf ist jetzt an meinem. Sie legt auf, schaut ganz zärtlich und fragt: »Hat dich dort jemand angefasst?«

»Was?«, antworte ich. »Ich habe die Schuhe ausziehen müssen.«

»Und deine Hose?«

»Nein. Nur die Schuhe, und Leas Mama ist gemein. Sie hat gefragt, ob wir zu Hause nicht die Schuhe ausziehen.«

»Was ist daran schlimm?«

»Sie hat gesagt: verrückt. Ich finde verrückt, dass die aus Tellern mit Verzierungen essen. Mit Blumen und Gold. Da esse ich nicht draus, und ich sage auch nicht: verrückt«, sage ich, ohne Luft zu holen.

Sabine schreit vom anderen Tisch: »Du bisch au völlig meschugge.«

Mutter stimmt ihr mit einem Kopfnicken zu und sagt: »Es ist nicht nur schön, was du kennst.«

»Ja, aber, ich mag ja auch Dinge, die es hier nicht gibt. Tunesien zum Beispiel.«

»Tunesien zum Beispiel«, wiederholt Mutter und greift nach dem Telefon.

Ich versuche zu retten, was zu retten ist: »Ich mag Wohnzimmer nicht. Andere Kinder werden auch nicht gezwungen, in die Kneipe zu gehen. Und ich will nicht in Wohnzimmer gehen.«

»Schmied«, tönt es aus dem Hörer, und Mutter sagt zu mir: »Ich dachte, du springst nicht, wenn alle springen?«

Ich baue lieber an meinem Bierdeckelhaus. Acht Stockwerke. Alles kracht zusammen, und Rudi sagt, wir Italiener hätten es eben nicht so mit Statik. Ich schiebe alles vom Tisch und fange an zu malen.

Dann stehen Mutter, Vater und Toni vor einem Rätsel. Sie schauen sich ein Kondensmilchdöschen an. Mutter legt sie immer zu normalem Kaffee dazu: Rechts ein kleiner Löffel, links ein Amarettino und dieses Plastikdöschen von Bärenmarke. Und jedes Mal, wenn jemand seinen Kaffee schwarz trinkt, sind danach zwei tiefe Löcher in der Oberfläche. Als hätte eine Schlange hineingebissen, meint Mutter. Vater sagt, er werde dem Lieferanten seine beschädigte Ware in den Po schieben. Toni zwinkert mir zu. Ich zeige meine Zahnlücke. Ich mag Kondensmilch. Mehr als normale Milch. Kondensmilch ist süß und dickflüssig. Fast wie Sahne. Mutter versteckt sie vor mir. Aber wenn sie nicht schaut, drücke ich meine Vorderzähne in das Döschen und hebe meinen Kopf. Dann schlucke ich. Die Hände benutze ich dafür nie. Das schmeckt so besser.

Kurz darauf beginnt meine Ausbildung, die aber nichts mit süßen Getränken zu tun hat.

»Heute lernst du wieder etwas fürs Leben«, sagt Vater. Fünf Flaschen stehen auf unserem Stammtisch. Sie sind in Alufolie gewickelt. Drei Weingläser sind auf dem Tisch. Ernst sagen Toni und Vater, sie seien morgens in Stuttgart beim Weinhändler gewesen. Ich weiß, was auf mich zukommt.

»Ich bin gerade von der Schule gekommen«, beklage ich mich.

Toni geht zum Kühlschrank und holt eine kleine Schüssel heraus. Er geht in die Küche, und ich höre das Zischen in der Pfanne. Toni macht »Tszsch, tszsch« und sagt dann, einer der Weine passe sehr gut zu Risotto mit Radicchio. Er schenkt einen Schluck in mein Weinglas und sagt: »Gluck, gluck.« Gluck, gluck mache auch ich jetzt und muss fast ein wenig lächeln. Ich führe das Glas an meinen Mund.

»Ah«, mahnt mein Vater. »Atmen«, sagt er. Ich rieche am Wein. Ich nicke. Die beiden nicken auch. Ich nehme einen Schluck.

»Also?«, fragt Toni und beugt sich vor.

»Süffig«, sage ich.

Vater und Toni schauen mich an.

»Wir verstehen jetzt keinen Spaß«, sagt Vater im Plural.

»Geruch: Thymian. Pflaume. Geschmack: Holz. Kaffee. Kirsche«, sage ich schnell ohne Punkt und Komma.

»Jahr?«, fragt Toni.

»Höchstens 1993. Braucht noch bis 2010.«

Vater und Toni nicken sich zu. »Region?«

»Piemont natürlich. Ist doch ein Barolo.«

Vater und Toni grinsen, nennen mich Wunderkind und entfernen die Alufolie von der Flasche.

Ich mache mir nicht die Mühe, auf das Etikett zu schauen, um zu sehen, ob ich recht hatte. Ich schaue auf mein lila Risotto. Ich hasse Radicchio. Wie auch Chicorée und Campari. Ich sage, dass ich Radicchio nicht mag, und Toni sagt, meine Geschmacksnerven würden sich noch ausbilden. Toni schenkt mir aus der zweiten Flasche ein.

»Keine Lust«, sage ich.

»Sag mir nur, passt dieser Wein oder der Barolo besser zu deinem Essen?«, fragt Toni.

Ich probiere, ziehe ihn durch die Zähne und sage: »Geruch: Plastik. Geschmack: Wasser. Ein Supermarktwein.«

»Tut mir leid, Renzo, aber ist sie nicht eher wie ich?«, sagt Toni.

»Bekomme ich jetzt eine Pizza?«, frage ich.

Aber ich bekomme nie eine Pizza. Jedenfalls fast nie, und wenn, dann mit nur ganz wenig Mozzarella. Immer muss ich zuschauen, wie die Pizzen die Küche verlassen, wie der Käse tropft, wie die Leute stöhnen.

Am nächsten Tag räume ich die letzten Lasagneformen vom Tisch. Ich bin jetzt schon sechs und weiß, dass jedes Kind sein Zimmer aufzuräumen hat. In der Pause, zwischen 14 und 17 Uhr, essen dann auch wir.

»Mama, was gibt es heute?«, frage ich.

»Schwertfisch und Artischocken«, antwortet sie.

»Oh nein.«

»Dann lieber Seeteufel?«

»Immer gibt es Essen, das sich nicht lecker anhört.«

»Aber das isst du doch gerne.«

»Schon, aber ...«

»Nicht jammern, du bist kein deutsches Kind«, mischt sich Vater ein, der den Fisch in Mehl wendet und in die Pfanne mit Olivenöl legt. Es zischt.

»Kann ich nur heute ein deutsches Kind sein?«

»Non capisco un cazzo«, sagt er.

»Bekomme ich jetzt eine Pizza?«

»Du willst wohl auch noch Pesto mit Sahne.«

»Ist das schlimm?«

Er dreht sich zu mir und legt mir seinen Zeigefinger auf die Stirn, zwischen die Augenbrauen. Ich beantworte mir meine Frage selbst: »Weil das Basilikum dann nicht nach Basilikum, sondern nach Sahne schmeckt.«

»Richtig«, sagt Vater, als hätte ich im Lotto gewonnen. Er nimmt mich auf den Arm und sagt noch einmal: »Richtig, und das ist e-kel-haft.« Jede Silbe von ekelhaft betont er. Ich klatsche in die Hände und singe: »Ekelhaft, ekelhaft.« Vater fängt an zu tanzen und singt tiefer im Kanon: »Ekelhaft, ekelhaft«, bis meine Mutter uns unterbricht.

»Renzo, hör auf damit, sie wird denken, alle Deutschen sind Banausen.«

»Ekelhaft«, flüstert er und setzt mich ab.

Nachdem wir gegessen haben, schauen wir Filme an. Auch Mafiafilme. Oft machen wir aber keine Pause. Weil wir erst spülen müssen oder weil Vater und Mutter keine Gäste wegschicken möchten. Wenn wir doch Pause machen, halten wir Mittagsschlaf. Ich schlafe gerne auf Papas Bauch. Obwohl ich schon sechs bin und fast zu schwer für Papas Bauch.

Diese ganzen Mafiafilme seien schuld an den Vorurteilen gegenüber Sizilianern, meint Mutter. Deshalb sage sie immer, sie sei Italienerin, obwohl sie doch Sizilianerin sei. Aber das gebe sie nie zu, denn wenn sie es doch tue, sagten die Leute: »Ach ja, die Mafia!« Und die Witze hören nicht auf. Auch mein Klassenlehrer macht sie. Wenn er mir eine schlechtere Note als eine Zwei gibt, fragt er, ob er jetzt Angst haben müsse und ob er mit einem Pferdekopf im Bett aufwachen würde. Ich versuche, keine zwei mehr zu schreiben. Ich lerne sowieso gerne. Vater macht aber auch Mafiawitze, die sind besser als die der Deutschen. Vater erzählt: »Petrus hört, dass jemand an der Tür zum Paradies klopft. Er öffnet und sieht Totò Riina, den Boss der Bosse. ›Wie bitte?‹, sagt Petrus. ›Nach allem, was du im Leben verbockt hast, traust du dich, hier reinzuwollen?‹ Riina antwortet: ›Wieso rein? Ihr habt genau zwei Minuten, um alle mit erhobenen Händen rauszukommen!‹«

Wie doch aus Spaß Ernst werden kann, denkt Vater. Und er muss an ein Spiel denken, das er früher mit seinen Cousins gespielt hat. Es heißt: Versteck dich, die Mafia kommt. Er versteckt sich unterm Tisch. Wie wenn er Opium kriegt. Und dann taucht die Mafia eines Tages wirklich auf. Vater hört die Holzperlen rascheln, jemand hat den Vorhang zur Seite geschoben. Er sieht nicht, wer. Es müssen mehrere sein. Ihre Schuhe sind sauber. So saubere Schuhe haben wochentags nur die Padrini.

»Wir sehen alles. Wir hören alles«, sagt einer von ihnen. Der Onkel sagt, er wisse das. Er spricht Dialekt, statt »lo so« sagt er »lu sacciu.«

»Wir haben dich aus dem Gericht laufen sehen«, sagt ein anderer, und Vater hört es erst klacken, dann knallen. Der Onkel fällt direkt vor seinen Augen und rollt unter den Tisch.

»Onkel, du hättest mitspielen sollen«, flüstert ihm Vater zu.

Aber da ist es schon zu spät zum Spielen. Deshalb betet Vater, wenn er sich erschreckt. Als Kind auf Sizilien betet er oft. Dass alles gut wird. Jeden Sonntag geht er in die Kirche. Das ist der einzige Tag in der Woche, an dem er die guten Schuhe anziehen darf, wie die Padrini. Er läuft über den Kiesel der Straßen, und es tut ihm nicht weh. Außerdem ist es in der Kirche schön kühl und der Pfarrer verteilt weiche Kekse.

Vater meint, früher gehörten wir auch zur Mafia. Mein Ur-Ur-Ur-Großvater war der Letzte. Er war nichts Großes. Nur ein Soldat. Obwohl er gerne Kapitän gewesen wäre. Aber dann wollte er nicht mehr Kapitän sein. Er stieg aus. Das war 1926. Er verstand die Ziele der Mafia nicht mehr. Er wollte Leuten helfen und nicht schaden. Doch stattdessen wurde er vom Edelmann zum Verbrecher. Und vom Verbrecher zum armen und verfolgten Mann. Also zog er in das nächstgelegene Dorf: Riesi. Dort fand man ihn nicht. Damals war ja damals. Ohne Handy und Internet, sagt Vater. Aber vielleicht hatte die Mafia auch andere Dinge zu tun. Die Verfolger wurden nämlich auch verfolgt. Von Mussolini. Darum war mein Ur-Ur-Ur-Großvater auch Mussolini-Liebhaber. Mussolini, sagte er, werde das Geschwür des Verbrechens auf Sizilien ausbrennen, wenn es sein müsse, mit einem glühenden Eisen.

Vater meint, wir seien früher vielleicht mal Schmiede gewesen. Waffenschmiede. Weil unser Name Spada ist, wie ein Schwert. Oder aber unser Name führe auf unsere Beziehung mit der Mafia zurück. Das habe ihm sein Vater gesagt. Ich frage, was Schwerter mit der Mafia zu tun hätten, ob die nicht eher modernere Waffen hätten. Vater fragt, ob wir nicht zusammen den Film mit Sean Connery und Robert De Niro gesehen hätten. In dem es das Zitat gibt: »Das kann nur ein Spaghetti-Fresser sein. Kommt mit 'nem Messer zu 'ner Schießerei.«

Abends, wenn der letzte Gast geht, schauen wir auch Filme an. Vaters Stirn glänzt.

»Ich komme gleich, lass mich noch ein bisschen ausruhen«, sagt Vater.

»Ja, lass uns ausruhen«, sage ich.

»Hast du heute gearbeitet?«, sagt Mutter zu mir und ärgert sich, wenn wir den Feierabend hinauszögern. Sie will in die Wohnung. Man könne ja auch dort fernschauen. Aber dort darf man nicht rauchen, Mutter hat es verboten. Sie hat in letzter Zeit immer Husten. Sie geht ins Bett, und Papa zündet sich eine Marlboro an. Vater winkt mit einer VHS-Kassette. Meistens ist es ein Justizdrama, und es fängt mit einem Artikel an: *Das Urteil* oder *Die Jury*. Ich lege die Kassette ein, und Vater legt die Füße auf den Stuhl. Er tastet seine schwarzen Locken ab und schaut auf den Fernseher, der über dem Stammtisch an der Wand hängt. Ich drücke auf Play. Der Gerichtssaal ist für mich wie das Restaurant. Vertraut. Wenn jemand im Film sagt: »Vor dem Gesetz sind alle gleich«, sage ich: »Im Krug auch.« Vater sagt dann, als hätte er wegen der kleinen Bemerkung irgendetwas verpasst: »Jetzt habe ich das Abschlussplädoyer nicht gehört.« Aber im Abschlussplädoyer sagen eben die meisten, dass vor dem Gesetz alle gleich sind.

Manchmal können wir kein Fernsehen in der Pause schauen, denn dann kommen Vaters Freunde und spielen Karten, oder sie holen ihn ab. Besonders im Sommer. Wie heute.

Wir atmen flach. Der Staub in der Luft fliegt. Es ist schon 15 Uhr, aber die Gäste wollen nicht gehen. Ein paar Freunde sind gekommen, um mit Vater rauszugehen. Er zeigt auf die Tische, und sein Freund Franco sagt: »In zwei Stunden müssen wir wieder ins Feuer.«

»Bei dem Wetter ist ein Steinofen wirklich die Hölle«, stimmt Vater zu. Er holt eine Flasche Limoncello, die vom Eis weiß getrübt ist, und sagt: »Damit wir nicht austrocknen.« Die Gäste bestellen auch noch mehr zu trinken. Vater sagt entschuldigend zu seinen Freunden: »Das Geld.«

»Unsere Pause geht drauf«, sagt einer von ihnen.

»Ihr könnt auch gehen«, sagt Vater.

»Wir sind doch Sizilianer.« Das soll wahrscheinlich heißen, dass sie loyal sind.

»Ich bin Florentiner«, sagt Toni.

»Sag das noch einmal!«, sagen sie und lehnen sich kurz vor, ehe sie sich wieder erschöpft zurücklehnen. Die Gäste liegen fast auf den Tischen. Der Ventilator hängt an einer Seite tiefer. Nach jeder Umrundung macht er ein Geräusch. Holz, das aneinanderreibt. Eine Biene setzt sich an den Rand der Limoncelloflasche. Alle am Tisch schauen sie an. Und hören ihr zu. Toni macht die Biene nach. Toni macht ständig irgendwelche Geräusche nach, aber Franco denkt wohl, er will das Bienenspiel spielen. Er lehnt sich nach vorne, öffnet leicht die Lippen und macht ein stimmhaftes S. »Zzz«, macht Vater. Sie stehen alle auf, ohne miteinander zu reden, und stellen sich in die Mitte des Raumes. Die Gäste schauen herüber. Ich hebe meinen Zeigefinger in die Luft. Mit der anderen Hand umschließe ich den Ellenbogen. Ich bewege den Zeigefinger im Kreis und mache: »Zzz.«

»Nicht du«, mahnt Vater.

»Nie darf ich mitspielen«, sage ich.

Vater beachtet mich nicht weiter, schließt die Augen und macht meine vorherige Bewegung nach. »Zzz«, sagt er, und dann hört man ein Klatschen. Die Wange meines Vaters rötet sich. Er sagt: »Franco.«

»Nein«, schallt es aus der Runde. Wieder ein Summen, dann ein Klatschen. »Toni«, sagt Vater.

»Nein«, schreien sie.

»Aber doch, das war bestimmt Toni, der schlägt, wie Lady Di schlagen würde.«

»Ja, weil das ein barbarisches Spiel ist«, sagt der dazu.

Jetzt macht es ein sehr lautes, dumpfes Geräusch. Vater hält sich den Kopf. Die Gäste halten sich die Hände vors Gesicht. Eine Frau sagt zu einer anderen Frau: »Prügeln die sich?«

Die andere Frau meint: »Die prügeln sich und lachen dabei.« Dann zuckt sie mit den Schultern und sagt: »Andere Länder, andere Sitten.«

Wo sich Toni auch mit den alten Damen einig ist: dass der Sommer ein Scheusal ist. Das meint Toni jedenfalls oft. Der Sommer lasse ganze Wälder ausbrennen und Kehlen und Seelen. Man solle nur Sizilien anschauen. Das passiere, wenn immer Sommer sei. Vielleicht meint er die Arbeitslosigkeit. Das Schlimmste am Sommer sei: der Schweiß. Wie er von Körpern fließt, auf den Boden, auf die Theke. Und man könne gar nicht genug sauber machen. Immer sei da fremdes Körpersekret. Das müsse man den Sizilianern lassen. Sie hätten sich abgewöhnt zu schwitzen. Tonis Mutter hat nie geschwitzt. Er kann sich noch gut an sie erinnern, obwohl er erst sieben Jahre alt war. So alt wie ich. Sie hatte eine schöne warme Stimme. Aber genauso konnte sie rauchig sein oder wimmernd. Sie sagte: »Toni, schau, da ist ein Kuckuck.« Und machte Kuckuck, und Toni machte Kuckuck. Toni nahm mit ihr die Welt in Tönen wahr. Toni liebt Töne. Besonders die leisen. Ein fast stehender Bach. Das Streicheln der Haut. Irgendwann hat seine Mutter aufgehört, Geräusche nachzuahmen. Sie hat nur noch geweint, weil sie ihre Mutter vermisste, die an Altersschwäche gestorben war. Sie hat ihre Mutter verloren, und auch Toni hat seine Mutter verloren. Noch bevor sie an gebrochenem Herzen gestorben ist, wie sein Vater sagt. Toni weiß, dass der Vater lügt. Er hat gesehen, wie seine Mutter gestorben ist: an einem Seil.

Der kleine Toni weiß daher, wie wichtig Väter sind. Tonis Vater stellt ihm jeden Morgen eine heiße Milch und ein Milchbrötchen mit Vanillecreme hin. Manchmal macht er ihm auch Kinderkaffee. Milch mit einem Klecks Espresso. Dann bringt er ihn zur Schule und reibt ihm mit Spucke den Schlaf aus den Augen. Er beklagt sich, dass Toni immer vergesse, sich das Gesicht zu waschen, aber eigentlich ist er es, der vergisst. Nämlich, Toni zu sagen, dass er sich waschen soll. Was er niemals vergisst: Toni zu sagen, dass er ein wunderbarer und tapferer Junge ist.

Schnell wird Toni groß. Er wäscht sich das Gesicht immer von allein und macht sich selbst Frühstück. Sein Vater ist ganz stolz. Er hat bloß keine Zeit, das zu zeigen. Er forscht. Tonis Vater ist Professor und hat sein Leben Niccolò Machiavelli gewidmet. Besonders *Der Fürst* fasziniert ihn seit vielen Jahren. Viele Stunden sitzt er in seinem Zimmer mit den Fenstern voller Pollen und dem Boden voller Bücher. Dort liest der Vater und schreibt, aber am Ende des Tages holt er Toni zu sich und erzählt von seinen Eindrücken. Wie einsam Machiavelli doch war. Und wie großartig. Dabei trinken sie Chianti. Daran erinnert sich Toni oft, denn so hat alles angefangen. Mit dem Geschmack von Chianti.

Wenn Toni daran zweifelt, dass er ein wunderbarer und tapferer Junge ist, sieht er auf den Ring – ein Geschenk seines Vaters. Dem gehörte der Ring früher, und noch früher gehörte er dem Großvater. Ein runder, schwerer Ring aus Gold mit einem Löwenkopf darauf. Als Toni schon erwachsen ist, sieht er auf den Ring und wagt, sich selbstständig zu machen. Mit einem Weinhandel.

Toni ist schreckhaft. Wenn Gäste zur Tür hereinkommen, zuckt er immer erst zusammen, bevor er »Buongiorno« sagt. Dabei hat er sie schon durch ihre Schritte draußen gehört. Ich glaube, dass er lauter hört als andere Menschen. Er erschrickt sich nicht vor den Menschen oder vor der Plötzlichkeit, er erschrickt vor der Lautstärke. Wenn Vater schreit oder flucht oder wenn Sabine spricht, kneift Toni die Augen zusammen. Dann nimmt er zwei Servietten aus dem Halter an der Bar. Sie sind ganz dünn, deshalb passen sie nach dem Zusammendrücken genau in seine Ohrmuschel.

Das ist das Einzige, was Toni irgendwohin steckt. Warum er sein Glied in eine Frau reinstecken sollte, versteht Toni nicht. Höchstens, um Kinder zu bekommen. Als er seine Frau Iolanda kennenlernt, will er mit ihr einen guten Wein trinken oder sie umarmen. Aber doch nicht … Selbst der Gedanke daran ekelt ihn. Er versucht es, das kann man ihm nicht vorwerfen. Er denkt ausgiebig an seinen Lieblingswein Château Pétrus, bis sich etwas regt. Er zieht die Oberlippe hoch, und Falten legen sich über seine Nase. Er lässt einfach Iolanda machen. Was für ein Gefühl. Nass. Als würde er seine Hand freiwillig in den Biomüll stecken. Und das alles wegen der Kinder. Was für ein traumatischer Weg. Für einen Wunsch, der nicht Wirklichkeit wird. Weil Iolanda die Pille nimmt.

Iolanda nennt Toni »Santo«, Heiliger. Denn so fällt es ihr leichter zu verstehen, warum er sie nicht begehrt. Warum er sie berührt, aber nicht will. Sie meint, die Religion habe ihn impotent gemacht. Toni nennt es nicht impotent, sondern asexuell. Aber das versteht niemand. Toni meint, die Leute sind noch genauso wie im neunzehnten Jahrhundert, als Hans Christian Andersen sich öffentlich zur Lustlosigkeit bekannt und gesagt habe: »Es ist ein Widerwillen gegen diese Dinge in mir, gegen die sich meine Seele so sträubt.« Fetisch ist okay, sexualisierte Werbung ist okay, aber Toni ist nicht okay. Alle denken, ihm muss etwas Schlimmes passiert sein – Missbrauch oder eine psychische Störung. Dabei ist die Gesellschaft seine Störung.

Irgendwann will Iolanda auch Kinder. Weil sie vierzig Jahre alt ist und noch nie etwas erschaffen hat. Jedenfalls nichts Schönes. Da sie hübsch ist und Toni schöne Wangenknochen hat, würde sie sicher auch hübsche Kinder mit markanten Wangenknochen bekommen, für die sie alle bewundern würden. Sie setzt die Pille ab. Als Toni erfährt, dass er tatsächlich Vater werden soll, bekommen seine Wangen noch dazu eine schöne Farbe: Bordeaux. Iolanda ist im zweiten Monat schwanger. Er möchte das feiern. Er geht seine Telefonliste durch und lädt alle Kunden und Lieferanten in seinen Weinhandel ein. Und versäuft mit ihnen fünfhunderttausend Mark. Das ist es, was Mutter schon von Iolanda wusste. Es war nicht der Weinskandal. Aber Toni will nicht, dass andere glauben, er hätte die Kontrolle verloren, denn das ist gar nicht sein Stil: die Kontrolle verlieren. Wenn er trinkt, trinkt er in Maßen. Wenn er Geld ausgibt, dann überlegt er, ob es notwendig ist. Aber was Tonis Stil ist: Großzügigkeit. Außerdem kann er nicht Nein sagen. Und so öffnet er einen wertvollen Wein nach dem anderen und seinen Lieblingswein für mehrere Tausend Mark. Château Pétrus. Aber alles ist gut, denn er feiert, dass er Vater wird.

Als Iolanda erfährt, dass Toni nun ein armer Mann ist und dass dieser Mann wirklich der Vater ihres Kindes ist, weint und schreit sie tagelang. Sie solle sich nicht aufregen, meint Toni. Er massiert ihr die Füße. Doch Iolanda zählt auf, worauf sie alles verzichten muss in Zukunft. Keine neuen Glasfiguren für die Vitrine, keine Ferngespräche nach Italien. Sie bekommt Bauchkrämpfe. Und Toni spürt es. Toni spürt, dass sie sein Kind verliert. Er zählt, um sich zu beruhigen. Uno due tre quattro. Eins zwei drei vier. Bei vier ist es vorbei.

Als Kind fand Toni es entspannend, seine Lederschuhe zu bürsten. Mit gutem Lederfett und dem gleichmäßigen Geräusch der Schweineborsten. Auch heute tut Toni das noch gerne. Und Iolanda behauptet, er habe sich verändert, und deswegen habe sie ihn verlassen. Aber das Einzige, was sich an ihm verändert hat, ist sein Kontostand. Dass Iolanda Toni verlassen hat, weiß niemand. Denn sie will dieses verdammte Kind, und das Gleiche will ja Toni im Endeffekt auch. Deshalb versuchen sie es weiterhin, und Iolanda wird wirklich ein zweites Mal schwanger.

Weil Toni Lederschuhe bürstet und blonde Haare hat und sonst so ist, wie er ist, hat man Toni in Italien nur den Deutschen genannt. Das ist zufälligerweise auch sein Nachname. Ich kann mir nicht vorstellen, dass Toni jemals blonde Haare hatte. Er hat weiße Haare. Nicht sehr viele, aber sie sind da. Mutter sagt, Toni hat blaue Augen, deswegen könnte es schon stimmen. Das ist doch nicht logisch, sage ich. Die Natur sei nicht logisch, mischt sich Sabine in unser Gespräch. Man solle nur mich anschauen. Ich frage Mutter, ob man Sabine wegtun könne. Und Sabine sagt, das habe ihre Mutter auch Tom Jones gefragt. Alles nicht logisch.

Toni hört sein Kind schreien. Aber das kann nicht sein. Denn es liegt im Klo. Iolanda liegt auf dem Bett und schaut *Nur die Liebe zählt*. Toni sieht in die Schüssel. Er ekelt sich nicht. Das wundert ihn selbst. Allen Schleim und alles Blut sieht er nicht. Das ist sein Kind.

Bei der dritten Schwangerschaft fährt Toni Iolanda ins Krankenhaus nach Mutlangen. Sie hat Unterleibsschmerzen. Er steht im Flur und sieht auf den PVC-Boden. Er zuckt. Iolanda schlägt dem Doktor die Krankenakte auf den Kopf.

»Sie sind schuld!«, schreit sie. Toni rennt ins Zimmer und kann verhindern, dass sie den Doktor mit dem Infusionsschlauch erwürgt. Der hustet und sagt: »Das habt ihr verdient.«

Toni und Iolanda trennen sich jetzt wirklich, sie geben auf. Toni hat keine Kraft mehr. Er wird alleine sterben. Im Altenheim. Hätten ihn wenigstens seine Kinder dorthin gebracht. Aber es gibt keine Kinder. Keine Kinder, über die er sich beklagen kann. Keine Kinder, denen er versucht hätte, etwas beizubringen, um sich dann zu freuen, wenn irgendetwas hängen geblieben wäre. Keine Kinder, die Spaß daran haben, den Mittagstisch zu demolieren. In die Nudeln greifen, die Tassen auf den Boden werfen und dann weinen, dass sie ihre Lieblingstasse zerstört haben, sodass man sie trösten muss.

Aber Toni muss nicht alleine sterben, er hat ja mich. Es klingelt. Toni schaut mich an, seine Augen werden groß, meine Augen werden groß. Ich bereite mich vor, ein zweites Klingeln, ein drittes.

»Jetzt«, sagt er, und ich verlängere den Hals wie ein Löwe, der brüllt, und ahme so gut ich kann das Faxgeräusch nach. Toni setzt jetzt auch an. Die letzten Gäste vor der Mittagspause lachen, aber meine Mutter sagt: »Lasst die Damen in Ruhe zu Mittag essen.« Ich lasse mich nicht vom Finale abbringen, auch Toni nicht. Er ist so gut, dass er mit einem anderen Faxgerät kommunizieren kann. Da bin ich mir sicher. Doch plötzlich hört er auf. Sein Mund wird schmal, und er sagt: »Es ist Zeit zum …« Er beendet den Satz nicht, nur ein leises Oh, lang gezogen und noch leiser werdend, folgt darauf. Dann fällt er um. Etwas Weißes läuft ihm aus dem Mund. Meine Mutter und die Frauen rennen zu Toni.

»Es ist Zeit zum …«, schreie ich. Zeit zum. Zeit zum. Und dann mache ich Ohhh. So ein Oh, wie er es gemacht hat, dann ein Oh, als hätte er etwas Schönes gesehen, dann ein Pavarotti-Oh und dann immer wieder das Oh, das lang gezogen ist und leiser wird. Ich sehe, wie Toni blau wird. Seine Augen weiß. Aber ich höre nichts. Ich höre meine Mutter nicht. Die Frauen nicht. Nicht die Sanitäter, die kommen. Nicht meinen Vater, der aus der Küche kommt. Ich höre nicht einmal mein Oh. Und niemand hört mich. Und so verlässt Toni den Krug.

VII

In dem es um den Tod und Kakerlaken geht und darum, wie wir alles verlieren könnten

Das Telefon klingelt. »Klingelingeling«, sage ich. Niemand macht mit. Niemand macht das Geräusch nach. Und obwohl es laut ist, ist es ganz still. In mir. Mutter ruft, ob jemand anders ans Telefon gehen könne. Die letzten Tage wurde genug gesprochen. Mutter und Vater mussten sich um die Beerdigung kümmern. Außer uns hatte Toni niemanden. Sie diskutierten, welche Lieder die Sopranistin singen sollte. Letztendlich sang sie »Time To Say Goodbye«. Welche Blumen schön aussehen. Rot oder Weiß. Chrysanthemen oder Lilien. Auf dem Sarg war ein Gesteck aus roten Rosen und weißen Lilien. »Das Telefon«, ruft Mutter. Schließlich rennt sie selbst zum Telefon. Sie meldet sich mit »Krug, hallo« und sagt dann lange nichts mehr, sie sieht aus wie bei der Beerdigung. Dieser starre Blick.

»Ach, Franco, tut mir leid, irgendwie, du hast dich angehört, irgendwie wie ...« Sie spricht nicht zu Ende. Sie legt auf. Vater läuft zu ihr, rennt fast. Er nimmt sie in den Arm, und in dem Moment schmilzt sie. Wie das Wachs einer brennenden Kerze, das auf den Tisch tropft und dann auf den Boden. Wie Wachs, das man versucht wegzukratzen.

»Ich verstehe das nicht«, sage ich, obwohl ich es verstehe, aber es nicht will. Wenn ich es einsehe, wird es echt.

Mutter sagt nichts.

»Toni kommt immer zum Arbeiten. Auch wenn er Urlaub hat. Er kann sich doch nicht entspannen«, sage ich.

»Ich hab dir doch schon gesagt, dass er nicht im Urlaub ist«, sagt Mutter.

»Papa hat gesagt, er ist im Himmel, das ist aber auch keine Erklärung.«

»Jessy, bitte, du bist jetzt neun Jahre alt. Du wirst das doch verstehen können. Ich habe dir doch erklärt, wie das funktioniert. Falls Nonna stirbt.«

»Die ist Unkraut!«, mischt sich Vater ein. »Die überlebt uns alle noch.«

Mutter zieht ihre Mundwinkel nach oben, ich weiß nicht, ob das ein Lächeln sein soll.

»Hast du Mutter verstanden? Können wir weitermachen?«, sagt Vater wie immer auf Italienisch. Aber dann fügt er in einem deutsch-englischen Gemisch hinzu: »De Sow musse gehen.« Ich glaube, er meint »The Show must go on«.

»Also, Jessy, wo ist Toni?«, fragt er.

»Unter der Erde«, sage ich. Schließlich habe ich es gesehen. Aber glauben kann ich es nicht. Vielleicht war es ein anderer Körper, und Toni ist doch im Urlaub.

Vater schüttelt den Kopf und sagt: »Er ist im Himmel, verdammt!«

Mutter sagt schließlich, sie habe vergessen, mir etwas zu geben. Tonis goldenen, klobigen Ring. Weil er mir zu groß ist, zieht sie ihn auf eine goldene Kette. Der Löwenkopf starrt mich an.

»Er braucht ihn. Er bringt ihm Glück«, sage ich.

»Im Himmel braucht man keinen Schmuck und kein Glück«, sagt Vater, und Mutter sagt, eher zu sich, Toni sei er ein schlechter Glücksbringer gewesen, und dann sagt sie zu mir: »Dir wird er Glück bringen.«

Sie legt mir die Kette an. Und plötzlich verstehe ich. Ich spüre den Ring an meinem Schlüsselbein, und überall wird es kalt.

Vater meint, im Kunstwerk ist die Seele des Künstlers, im Buch die Seele des Schriftstellers, im zubereiteten Gericht die Seele des Kochs. Wenn das stimmt, dann steht es schlecht um Vaters Seele. Sie ist, unter anderem, bitter. Vater verpasst immer öfter den richtigen Zeitpunkt, zum Beispiel wenn er Sellerie für die Minestrone anbrät und die Gäste schwarze und bittere Minestrone bekommen. Die Gäste wissen jetzt: Nicht nur Liebe geht durch den Magen, auch Trauer. Und viele entscheiden: Sie zahlen nicht für Traurigkeit. Und deshalb zahlen wir keine Rechnungen mehr. Oder erst nach der dritten Mahnung. Aber ohne Mahngebühren, das klappt meistens und spart Geld. Außerdem spart es Geld, keine Schnäpse mehr zu verschenken. Das Licht zu dimmen, die Heizung auszudrehen, den Steuerberater zu entlassen. Das entscheidet alles Mutter, denn Vater kann sich zwar noch daran erinnern, dass er selbst kein Geld hatte, gespart hat er aber nie. Mutter verschenkt keine Schnäpse mehr, Vater verschenkt dafür Desserts, Mutter dimmt das Licht, Vater kauft Lichtspots für die Theke mit einhundert Watt, Mutter dreht die Heizung aus, Vater kauft für die Küche eine Klimaanlage auf dem neuesten technischen Stand, Mutter entlässt den Steuerberater, Vater stellt neue Küchenhilfen ein – übertariflich bezahlt, er weiß ja, wie es ist, kein Geld zu haben. Dann ist man ein Niemand.

»Niemand sollte ein Niemand sein«, sagt Vater und legt die Auberginen in die Pfanne, obwohl das Öl noch keine Blasen wirft. Die Auberginen saugen sich voll. Vater schaut nicht einmal hin. Auch ich kann es nicht mit ansehen. Vater starrt an die Wand und sagt hin und wieder: »So hässliche Fliesen. Diese gelben Fliesen, die sollte man mal einschlagen und austauschen.«

Man kann manche Dinge nicht einfach so austauschen. Ein Deutscher bewirbt sich auf Tonis Stelle. Aber er ist nicht

Il Tedesco. Er will die Löcher im Balken stopfen. Er schafft es nicht. Denn ich beiße ihn in die Seite, bis ich seine Rippe spüre. Vater nennt mich Robertina. Er ist ein bisschen böse, denn Mutter brauche doch Hilfe im Mittagsbetrieb. Ich meine, ich könne helfen. Ich sei alt genug. Auch wenn das Beißen das nicht unterstreiche. Aber Mutter sagt endlich: Sie werde keinen Ersatz für Toni einstellen. Denn es gibt keinen Ersatz für Toni.

Vater ist auch in den nächsten Wochen noch abwesend.

»Papa«, sage ich zu meinem Vater, der Sardellen auf eine Pizza legt.

»Papa«, sage ich und zwicke ihn in seinen dicken Bauch.

»Hurentochter«, schimpft Vater.

Das amüsiert ihn selbst, und er vergisst, dass ich ihn gezwickt habe.

»Papa, ich habe alle Kakerlaken beerdigt«, sage ich. Vater macht ein Kreuz, ruft Mutter und petzt. Ich habe nur Kakerlaken und Ratten in Thermoverpackungen gelegt, mit Alufolie verschlossen und im Müll vergraben. Mutter schaut mich an, ich schaue auf ihre Oberlippe, wo man der Entstehung neuen Lebens zusehen kann – Herpes. Dabei weiß sie noch nicht einmal von den Ratten. Sie trägt mich ins Mangelzimmer, vorbei an knutschenden Schwaben und klackenden Spielautomaten. Im Mangelzimmer sitzt eine illegal eingereiste Georgierin an der Mangel.

»Waschen«, sagt Mutter und schließt die Tür beim Hinausgehen.

»Bitte, Mama, ich hab schon geduscht, und ich habe die Kakerlaken nur mit zwei Fingern berührt, da muss ich doch nicht duschen«, rufe ich ihr hinterher.

»Hochgehen wir. Nach Hause«, sagt die Georgierin. Sie meint unsere Wohnung über der Trattoria, die weniger Zuhause als Ort der Verbannung ist.

»Bitte, Aayusha, bitte«, sage ich.

»Du weißt, was machen«, sagt die Georgierin.

Ich hole eine weinrote Tischdecke aus dem Wäschekorb und stecke sie zwischen zwei Walzen. Noch fünf Stapel.

»Erpresserin«, sage ich. Jetzt mache ich ihre Arbeit, damit ich in der Trattoria bleiben darf. Ich würde alles tun, um hierbleiben zu können. Dafür sabotiere ich auch Vaters und Mutters Träume.

Denn Mutter und Vater starren jeden Samstag in den Fernseher. Sie schauen zu, wie eine Frau mit toupierten Haaren Kugeln mit Zahlen aus einer Drehmaschine holt. Einmal in der Woche tun sie das. Und einmal in der Woche träumen sie. Von einer Jacht mit puderrosa Ledermöbeln. Vater sagt, wie schön Mutter aussähe, wenn das Salz an ihren langen Wimpern klebe. Warum haben sie das nicht gemacht, als sie Geld dafür hatten. Warum haben sie nichts angelegt. Gier, sagt Mutter. Was Mutter mit hundert Millionen Mark machen würde, fragt Vater. Schwäbisch Gmünd aufkaufen, eine Mauer darum herumbauen und den Kommunismus einführen, sagt Mutter. Du würdest mir also meinen Ferrari wegnehmen, fragt Vater, und dann träumen sie davon, nicht mehr zu arbeiten. Den Krug zu schließen. Alles hinter sich zu lassen. Ein bisschen tun sie mir leid. Weil sie keine Chance haben. Das wissen sie natürlich nicht. Also, sie wissen, dass die Chance, den Jackpot zu gewinnen, bei eins zu hundertvierzig Millionen liegt. Aber bei ihnen liegt die Chance bei null. Denn ich spüle jede Woche die Spielquittung die Toilette runter. Ich habe nach der Schule im Kiosk gefragt, was passieren muss, damit ein Lottoschein ungültig ist.

Weil Mutter und Vater nichts gewinnen, sind wir also immer noch hier, und als ich von der Schule komme, frage ich: »Haben mir die Kakerlaken Geschenke gebracht?« Mutter sieht meinen Vater an und sagt: »Wenn ich nicht wüsste, dass sie aus mir geflutscht ist, würde ich denken, du hast mich betrogen.«

Vater reagiert nicht auf Mutter und antwortet mir, dass nicht die Kakerlaken, aber die anderen Toten mir etwas gebracht hätten. Es sei schließlich Allerheiligen. Mutter schaut Vater an, sie mag wahrscheinlich das Wort »tot« nicht und sagt: »Nonna Concetta, die beiden Opas, Zio Luigi und alle, die wir lieben und die im Himmel sind, haben etwas für dich, damit wir sie nie vergessen.« Mutters Eltern sind schon früh gestorben, in ihrer Mietwohnung, bevor sie das Haus beziehen konnten, das sie in Italien gebaut haben.

»Was ist mit Toni?«, frage ich.

Vater zwickt Mutter in die Hüfte, woraufhin sie ihren Kopf neigt und flüstert: »Ich hab auch was von ihm gekauft.«

»Ich dachte, das sind Geschenke. Oder kaufst du es im Auftrag, weil es im Himmel keine Geschäfte gibt?«, frage ich.

»Natürlich gibt es Geschäfte. Zio Luigi würde sich ja sonst langweilen«, sagt Vater.

»Sie meint Läden«, sagt Mutter. Vater antwortet: »Das war ein Witz.«

Mutter atmet so tief ein, dass ihre Brüste riesig werden, und sagt: »Genug jetzt, Geschenke gibt es sowieso erst, nachdem wir auf dem Friedhof waren.«

»Spielverderberin«, flüstert mir Vater ins Ohr. Mutter geht in die Personaltoilette, in einer Hand hält sie ihren Lippenstift.

»Papa, bitte, nur eins«, sage ich.

Vater schaut auf die WC-Tür und sagt: »Such dir eins aus.« Ich lese die Namen auf den Geschenken. »Schneller«, meint Vater.

»Gefunden«, sage ich und öffne die Karte.

»An meine Ziehenkelin«, lese ich, »es tut mir leid, dass ich dir Angst gemacht habe, als ich so plötzlich umgefallen bin.

Ich wollte mich verabschieden, aber für ein Toröö war keine Zeit. Du sollst wissen, dass ich … Kannst du das lesen?«, frage ich Vater.

»Ja, klar kann ich lesen«, sagt Vater.

»Ich hab nicht gefragt, ob du lesen kannst, sondern ob du das hier lesen kannst.«

In nächster Zeit kommt niemand mehr von uns zum Lesen. Kein Ersatz für Toni und Geldsorgen machen »nur Stress und Ssseiße«, sagt Vater. Zum Glück sind wir auch an den anderen Läden beteiligt. Am Columbia und am Buongiorno, einer Spelunke, die meiner Tante gehört, aber gar kein Geld abwirft. Sie sind alle in der Nähe. Auf einer Landkarte würde es ein Dreieck bilden mit einer Seitenlänge unter hundert Metern. Überhaupt ist die ganze Familie in der Gastronomie, ein weiterer Onkel hat eine Eisdiele und einen Eiswagen in Bayern und eine Cousine eine Taverne in Stuttgart. Vaters Cousin dritten Grades hat ja die Pizzeria Mamma Rosa in Schwäbisch Gmünd und sein Bruder die Pizzeria Mamma Rosa in New York.

Wenn alle Tische im Krug besetzt sind und Vater und Mutter kochen und bedienen, schicken sie mich ins Columbia zu Nonna. Manchmal wollen sie mich vielleicht auch einfach loswerden. Nonna lässt mich stundenlang Pizzakartons falten. Ich finde das toll. Denn sonst habe ich nichts anderes zu tun, als die Gipsraumfähre an der Wand anzuschauen. Nonna meint, Kartons falten sei ein lustiges Spiel. Sie stellt die Eieruhr und sagt: »Wer schneller ist.« Ich bin immer schneller. Was daran liegt, dass Nonna nicht mitspielt.

Wenn im Columbia zu viel los ist, schickt mich Nonna weiter. Ins Buongiorno, das für meine Eltern nur zweite Wahl ist. Denn dort bin ich meiner Tante und den italienischen Spielern überlassen. Und die bringen mir bei, wie ich Männer töten kann, falls sie mir zu nahe kommen. Die Augen ausstechen. An die Schläfe schlagen. Oberschenkelarterie. Vater findet das wichtig und gut. Mutter weniger. Ich mag die Spieler. Die meisten sind zwischen vierzig und achtzig Jahre alt und haben alle etwas gemeinsam: verrückte schwarze Augenbrauen. Und sie sind alle Italiener. Wenn ein Deutscher die Bar betritt, schauen sie von ihren Karten oder Brettern auf oder vom Fernseher und den Automaten weg. Sie starren ihn an, bis er rückwärts wieder hinausläuft. Meistens laufen die Deutschen sowieso wieder rückwärts raus. Wahrscheinlich, weil sie wegen der grauen Luft nicht zum Tisch gefunden hätten. Oft fallen sie auch einfach um. Deshalb hatte mein Vater vor Kurzem die Idee, Eis aus dem Fenster zu verkaufen. Sodass die Deutschen ihr Geld im Vorbeilaufen dalassen können.

So wie ich im Krug sitzt im Buongiorno Giuseppe herum. Das ist mein Cousin. Er ist ein Jahr älter als ich, und dass er Giuseppe heißt, ist schwierig, denn wenn ich ihn rufe, drehen sich alle zu uns um. Alle außer Onkel Salvatore und Franco, weil alle anderen Giuseppe heißen. Im Buongiorno spielen wir fast immer Karten. Ich schaue sie minutenlang an. Die geschwungenen Knüppel, die wie Auberginen aussehen und mich hungrig machen. Dann bekomme ich von meiner Tante ein Panino mit Mortadella. Und wieder muss ich auf die Karten starren. Die blauen Schwerter und Goldmünzen mit Sternen. Ich schaue sie so lange an, bis ich die Runde verliere und fünfzig Pfennig abgeben muss. Fünf Ladungen Erdnüsse aus dem Automaten. »Spielerehre«, sagen die Augenbrauen. Ich mag die Karten sehr. Giuseppe mag Karten nicht besonders. Er mag Barbies. Das gehört sich aber nicht für einen Jungen, meint sein Vater. Er steckt ihn in einen Formel-1-Ferrari-Overall. Mein Vater ist anders als Zio Salvatore. Er hat Giuseppe eine Barbie geschenkt und mich in einen Anzug gesteckt. Wir waren auch schon am Hockenheimring und schauen uns regelmäßig gemeinsam die Übertragung im Buongiorno an. Auch heute gibt es ein Rennen. Es beginnt gleich. Giuseppe ist auch das zu langweilig. Er schläft im Sitzen ein und knallt mit dem Kopf auf den Marmortisch. Er wird ins Krankenhaus gebracht und genäht, und ich komme wieder in den Krug.

Im Krug sind auch oft Italiener, sie besuchen Vater. Die alten Italiener kommen gleich morgens. Sie lehnen sich an die Theke und trinken einen Espresso für eine Mark. Für sie haben wir auch Brioches mit Creme, Marmelade oder Schokolade. Dann gehen sie gleich weiter. Andere Freunde in anderen Lokalen besuchen und eine Runde auf dem Marktplatz drehen. Die Italiener, die arbeiten, kommen am Feierabend. Manche um drei, manche um fünf, manche um Mitternacht.

Schließlich geht es nicht mehr anders. Mutter und Vater suchen nach einem Ersatz für Toni. Aber es kommen fast nur Leute, die das Dokument vom Arbeitsamt unterschrieben haben wollen, das beweist, dass sie sich beworben haben.

»Können Sie hier unterschreiben?«, fragt eine Frau Mutter am Tresen. Ihre Haare sind matt braun. Ihre Haut rosig. Aber sie hat dicke, dunkle Polster unter den Augen. Sie hat einen weiten Rock bis zum Schienbein an. Die Frau sieht darin aus wie eine Bibelschwester.

»Bewerbt euch doch mal richtig. Irgendwann schwärze ich euch an, und dann könnt ihr sehen, wie ihr an Geld kommt«, sagt Mutter.

»Ich hab die Schnauze voll, mich anzustrengen und mich vorzustellen und doch keinen Job zu bekommen«, sagt die Bibelschwester.

»Also hast du aufgegeben?«

»Die anderen haben mich aufgegeben.«

»Warum? Du bist jung und bist gepflegt. Setz dich.«

Sie setzt sich etwas widerwillig hin.

»Weil ich in der JVA saß.«

»Hier in Gotteszell? Nett dort, oder? Ich habe dieses Jahr Plätzchen von euch gekauft. Als Spende.«

Schwäbisch Gmünd hat einen Frauenknast. Die Justizvollzugsanstalt Gotteszell. Vater sagt, das sei ein Wink mit dem Zaunpfahl. Gottes Zelle. Aber eigentlich heißt sie so, weil das früher, ab 1240, ein Dominikanerinnenkloster war. Seit 1808 wird es als Zuchthaus genutzt. Ein Jahr war es auch ein Frauenkonzentrationslager. Heute ist es ein Frauengefängnis. Zweihundertzwanzig Angestellte gibt es und bis zu dreihundertfünfunddreißig Insassen, von denen die Hälfte wegen Drogendelikten einsitzt. Aber auch welche wegen Mord. Einige Häftlinge sind erst sechzehn, andere schon fünfundachtzig Jahre alt. Manche sind mit ihren Kindern dort, damit Mutter und Kind nicht getrennt werden. Aber man merkt nicht viel von den Insassinnen. Sie sind versteckt hinter hohen Klostermauern, auf denen gerollter Stacheldraht befestigt ist. Nur manchmal gibt es einen Tag der offenen Tür. Also, nicht für die Frauen. Nur die Gmünder dürfen dann rein. Dann gibt es einen Rundgang, man kann die CD der knasteigenen Band Jail Mail kaufen und Bastelarbeiten und selbst gemachte Plätzchen.

»Die waren voll lecker«, sage ich.

»Ja, lecker Guatzle. Da habe ich mitgebacken! Die mit Ingwer waren besonders lecker.«

Als sie sieht, dass Mutter sich wirklich für sie interessiert, lächelt sie, wird aber auch etwas nervös.

»Also hast du schon Erfahrung in der Küche?«

»Ja, in der Anstaltsküche habe ich oft für die anderen Frauen mitgekocht.«

»Aber eins muss ich doch fragen. Ich habe ein Kind. Bist du eine Kindermörderin? Ja, Kindermörderinnen brauchen auch Jobs, aber jetzt wo ich Mutter bin …«

»Nein, nein. Ich war Prostituierte und habe einen Freier erschlagen, der zu weit gegangen ist.«

»Kannst du morgen anfangen?«, fragt Mutter.

Die Frau freut sich, Sabine dagegen gar nicht. Sie scheißt auf Mutters soziale Verantwortung. Sie möchte mit Katharina nichts mehr zu tun haben. Sabine hat mit ihrer Vergangenheit abgeschlossen. Vater freut sich über die Spülhilfe. Lieber wäre es ihm, wenn sie einen richtigen Ersatz fänden, einen wie Toni, der alles macht. Aber Katharina ist auch nicht schlecht, sie ist nett und zuvorkommend und schnell. Sie jongliert fast mit den Tellern.

»Ist Katharina da?«, fragt eines Tages ein Mann, als er zur Tür hereinkommt. Er hat eine orange-blaue Bomberjacke an. Hinter ihm ein Mann, der böse schaut.

»Die Bibelschwester?«, frage ich.

»Was für ein Mist? Hol Katharina.«

»Sie ist weg.«

»Was deckst du die Schlampe«, sagt er und rennt in die Küche. »Katharina!«

Vater fragt, was er will, und der Mann antwortet nicht, sondern schlägt ihm mitten auf die Nase.

»Papa«, höre ich mich sagen. Ich schaue auf den Löwenring, dann renne ich auf den Bomberjacken-Typen zu und trete ihm in die Eier.

»Bist du wahnsinnig«, sagt Vater leise, und dann wird er zu Bud Spencer. Er benutzt den Dampfhammer. Die Faust lässt er auf den Kopf des Typs fallen.

Aber der Freund holt eine Pistole raus.

»Schluss mit lustig«, sagt er.

»Ich fand das noch nie lustig«, sage ich, und er zielt mit der Waffe auf mich. Vater sagt, ich solle zum Hof hinausrennen, aber der Typ zielt immer noch auf mich. Dann fragt er seinen Freund in der Bomberjacke, der sich den Kopf hält: »Wenn wir schon da sind, können wir nicht gleich was mitnehmen?«

»Gute Idee, Walter. Die Kleine läuft jetzt zur Kasse und gibt uns alles, was drin ist.«

Ich gehe zur Kasse und ziehe die Scheine raus, vielleicht um die tausend Mark.

Der Mann mit der Waffe muss noch aufs Klo. Er gibt die Waffe an den Bomberjacken-Typen. Vater stellt sich vor mich. So ruhig habe ich ihn noch nie gesehen. Er weiß, wenn er was sagt, ist es vorbei.

Der Mann kommt aus der Toilette mit unserem Klobürstenhalter in Form einer Gans.

»Gutes Porzellan«, sagt er zu seinem Kumpel, der mit den Augen rollt.

»Ich sollte dich erschießen, du bist wirklich zu blöde«, sagt der und schießt.

»Du Arschloch«, sagt der Mann mit dem Klobürstenhalter.

Weil der Mann nicht tot ist, schließt Vater daraus, dass es sich um eine Schreckschusswaffe handelt, und auf einmal geht es ganz schnell. Er reißt dem Mann den Klobürstenhalter aus der Hand und schlägt ihm damit auf den Kopf. Das Porzellan zerspringt. Der Typ mit der Bomberjacke läuft zu Vater. Ich stelle ihm ein Bein, und er fliegt direkt auf den ersten Mann. Vater setzt sich auf beide. Und ich rufe die Polizei. Mutter, die im Lager war, hörte den Schuss und rennt hinein.

»Alles paletti«, sage ich, und als wir Mutter erzählen, was passiert ist, schwört sie, so schnell keine Sozialhilfe mehr zu spielen. Mir zuliebe und den teuren Gans-Klobürstenhaltern.

Als Katharina am nächsten Morgen wieder zur Arbeit kommt, denkt Mutter sich einen Kündigungsgrund aus. Doch als Mutter vor ihr steht, gibt sie ihr doch nur die Schürze und lächelt. Aber Katharina winkt ab. Nach fünf Wochen, die sie hier ist, weiß sie: nie wieder ein normaler Job. Sie dachte, sie wolle das. Nicht noch mal einen Freier mit der Lampe erschlagen müssen. Die Bibelschwester spricht weiter, sie sagt, acht Mark pro Stunde seien zu wenig. Mutter sagt, das sei für die Gastronomie schon gut. Die Frau antwortet, als Nutte bekomme sie fünfzig Mark pro Job, also in zwei Minuten. Plus das Arbeitslosengeld, weil sie denkt, man müsse Prostitution nicht anmelden. Als Drogendealer zahle man doch auch keine Steuern, sagt sie. Und so verlässt Katharina den Krug.

Ein Junge, vielleicht siebzehn Jahre alt, in Wirklichkeit aber fünfundzwanzig, betritt die Trattoria. Er heißt Matteo Lo Bello und bewirbt sich auf Tonis und Katharinas Stelle. Es ist Sonntag, 10 Uhr 30, ein komischer Zeitpunkt für Bewerbungen. Ich sitze am Tisch, freue mich, dass keine Schule ist, und blättere in unseren Abonnements. *Süddeutsche, Spiegel, Bravo, Bunte.* »Ein Ruck muss durch Deutschland gehen«, steht über einem Artikel. Die Arbeitslosigkeit sei hoch. Vater hat gerade erst angefangen zu arbeiten. Beim Vorbereiten des Gemüses muss er aufpassen, sich nicht in den Finger zu schneiden. Er fühlt sich nicht gut, vielleicht weil er gestern nach Feierabend, um drei Uhr morgens, mit dem wechselnden Personal noch Dame gespielt hat.

»Was kannst du?«, fragt Vater Matteo.

»Eigentlich nichts«, sagt er.

»Bist du der Junge von Calogero? Calogero Lo Bello?«

Matteo nickt. Er hat die gleichen Augen wie Sylvester Stallone. Irgendwie schief.

»Du warst also im Gefängnis?«, fragt Vater.

Matteo nickt wieder.

»Nein, wir spielen keine Sozialhilfe mehr!«, rutscht es Mutter raus, und sie schiebt Vater zur Seite, zum Teigmischer.

»Was ist mit der sozialen Verantwortung?«, fragt Vater.

»Wir haben jetzt Verantwortung unserer Tochter gegenüber«, sagt sie.

»Schau ihn dir an, was soll er ihr antun?«

Matteo steht in der Tür und beißt auf seiner Backe herum.

»Na«, sagt er, als er mich ansieht.

»Na«, sage ich. Ich frage ihn, ob er gern Monopoly spielt.

»Warum?«, fragt er.

»Wenn du hier arbeiten willst, musst du mit mir spielen.«

Er nickt und lacht, sodass ich all seine weißen Zähne sehen kann.

»Eingestellt«, sage ich und rufe zu Vater herüber: »Eingestellt!«. und er antwortet mit »Zum Teufel, ja!«, Matteo streicht sich vor Unglauben mit beiden Handflächen über das Gesicht, dann streicht er die langen Haare nach hinten. So sieht man seine großen Ohren, sein einziger offensichtlicher Makel. Sie fangen an, sich zu bewegen. Er sieht aus, als würde er gleich abheben, und sagt: »Ich mache es wieder gut.« Er weiß, dass die Italiener sowieso über seine Vergangenheit Bescheid wissen, und Mutter weiß wirklich Bescheid. Sie mischt die Salatsoße in einer ausgewaschenen Spülseifenflasche und sagt: »Nicht deine Verbrechen sollst du wiedergutmachen, sondern das, was du getan hast.«

Vater legt die Hände flach zusammen, bewegt sie rauf und runter und schaut auf die Abzugshaube: »Madonna, ist diese Frau kompliziert.«

Jetzt schaut Vater Matteo an.

»Keine Dummheiten«, sagt Vater. Matteo nickt und geht in die Küche, um mit dem Gutmachen anzufangen. Er schneidet Salami und hobelt Parmesan.

Vater stöhnt. Es gehe ihm nicht gut. Mutter meint, er sei nur müde. Vater sagt: »Aber wenn ich krank bin, stecke ich alle Gäste an.« Mutter sagt, das sei eine gute Ausrede, er solle ins Nebenzimmer und eine Runde auf der Gästematratze schlafen. Aber Vater will zum Arzt.

»Was willst du dort? Eine Krankschreibung? Du bist selbstständig!«, sagt Mutter. Vater aber besteht darauf, zum Arzt zu fahren, wenigstens bekomme er dort etwas verschrieben. Mutter muss mit, zum Übersetzen. Sie schließen den Krug ab und als sie zurückkommen, steht Matteo immer noch in der Küche. Vier Stunden lang hat er den Lagerraum leer gehobelt und geschnitten. Er sieht aus wie Dagobert Duck, nur dass sich um ihn herum statt Geld die Salami türmt. Mein Vater schimpft: »Bordello. Mannaggia. Casino. Porca. Puttana. Eva.«

»Matteo, wie fleißig du bist. Aber was machen wir jetzt mit den Bergen?«, sagt Mutter, ohne Vater zu beachten.

Der Fleischberg kommt in zehn Kartons und der Käseberg in fünf. Sie bringen einen großen Teil ins Lager, und den Rest verteilen sie an die italienischen Restaurants der Stadt, deren Besitzer mitleidig nicken oder ein Kreuz gegen das Böse schlagen, wenn Mutter und Vater von Matteo erzählen.

Matteo hat viele waagrechte Flecken an beiden Armen. Manche sind weiß, manche braun, manche sind rot mit einer Kruste, andere aufgeblasen und eitern. Matteo verbrennt sich oft am Pizzaofen. Matteo ist schon etwas seltsam.

Das fanden die Leute schon, als er noch ein Junge war. Nach der Grundschule kommt Matteo auf eine Sonderschule. Die Lehrer mögen ihn. Er ist höflich, macht einen Knicks vor ihnen und sagt immer »Ja«. Auch im Unterricht. Der Lehrer fragt ihn: »Stimmt es, dass die Erde flach ist?«, und Matteo sagt »Ja«. Im nächsten Satz sagt der Lehrer: »Aber die Erde ist doch rund?«, und Matteo sagt »Natürlich, ja.« Matteo will gemocht werden, geliebt werden. Hauptsache, kein Streit. Aber die Kinder sagen, er sei ein Fähnchen im Wind, ein Ja-Sager. Deshalb trägt er deren Rucksäcke und hilft ihnen im Kunstunterricht. Dabei erlernt er eine Technik, die ihm nützlich sein wird. Er sagt nicht, wenn ihm etwas missfällt. Er bringt seinen Klassenkameraden Falsches bei: Erst breite Pinselstriche, dann dünne Striche. Sie sollen außerdem viele Farben mischen, das gebe leuchtende Farben. Schließlich haben alle braunes Geschmiere auf ihren Blättern. Niemand nimmt es Matteo übel, dem kleinen, naiven Buben. Obwohl es sie schon wundert, warum Matteos eigene Bilder so schön sind. Besonders Kopieren gelingt ihm gut. Stillleben liebt er. Die Äpfel auf seinem Blatt sehen aus wie echte Äpfel. Der Übergang zwischen Hellgrün und Rot. Die kleine Unebenheit auf der Schale. Die Neigung nach rechts. Die Lehrer überlegen, wo Matteo sein Talent einsetzen könnte. Aber sie kommen zu dem Schluss, dass ihm wichtige Fähigkeiten für den Beruf des Künstlers, des Grafikers und des Goldschmieds fehlen. Er würde am Band landen. Traurig, aber wahr, sagen die Lehrer.

Das ist wahrscheinlich, denn Matteo kann sein Talent nicht einsetzen. Er braucht jemanden, der ihm sagt, was er tun soll. Und selbst dann macht er viele Fehler. Vielleicht ist es das, was ihn so unsicher macht. Dass er, obwohl er sich anstrengt, alles falsch macht. Später, als Teenager, soll er Bananennektar und Weizen in einer Zwei-Liter-Colaflasche mixen. Das Weizen schäumt aus der Flasche, tropft auf den Boden. Die Freunde, die auf der Banklehne sitzen, rollen mit den Augen, sagen, wie kann man so doof sein. Eine ältere Frau kommt vorbei, die mit ihrem Hund spazieren geht. Es ist ein sehr kleiner Hund. Vielleicht ein Chihuahua, nur mit mehr Haaren. »Musti, Matteo, schaut mal«, sagt ein Freund und zeigt auf die beiden. Matteo kennt das schon, und jetzt will er nicht »Ja« sagen. Matteo sagt: »Die hat bestimmt nichts – lasst das«, doch bevor er weiterreden kann, drückt ihm Musti den Kläffer in die Hand, Alex hält die Frau fest. Sie schreit, der Hund bellt. Aber als Matteo ihn streichelt, hört er auf. Lange schauen sich der Chihuahua und Matteo an. Das fasst die Polizei als Beihilfe zu Überfall und Körperverletzung auf, wobei auch der Chihuahua getötet wurde, und Matteo landet im Jugendarrest.

Die Wärter mögen Matteo. Die Inhaftierten auch. Matteo hat Angst, dass sein Aussehen nicht nur von Vorteil ist. Er bückt sich nicht, wenn die Seife auf den Boden fällt. Es passiert nichts. Und das ist das Problem. Die Tage sind lang, die Nächte sind lang. Je länger er da drin ist, umso mehr fühlt er, wie sich das Leben von ihm löst. Alles ist dumpf, alles ist dunkel. Immer die gleichen Gespräche und das gleiche schlechte Essen, Linsen mit Spätzle ohne Würstchen, Erbseneintopf ohne Würstchen, Welt ohne Freude, Welt ohne Frauen. Matteo ist mehr Hülle als Mensch. Er denkt manchmal nach. Aber er ist nicht so gut darin, im Denken, und er kommt zu dem Schluss, dass er schuld ist. An allem und besonders daran, dass eine alte Frau Angst haben musste. Die Angst in den Augen der Frau. Der unschuldige Chihuahua. Tot. Immer öfter bekommt auch Matteo Angst. In Schüben. Der Arzt nennt es Panikattacken. »Fasst mich nicht an«, ruft Matteo oft, obwohl ihn niemand anfasst, und er hechelt immerzu – wie der kleine Chihuahua, der ihm so lange in die Augen geschaut hat.

Nach dem Knast bricht Matteo mit seinen Freunden. Zur Schule geht er nicht mehr, dabei ist er gerade einmal sechzehn Jahre alt. Seine Eltern reden nicht mehr mit ihm. Er hätte sich gewünscht, dass sie ihn anschreien, irgendwas tun. Aber sie sind zu müde, sie arbeiten beide, der Vater in der Fabrik, die Mutter in der Wäscherei. Matteo würde auch gerne arbeiten, aber alle verlangen sie ein Führungszeugnis. Draußen ist es so dumpf wie drinnen. Aber er fängt wieder an zu zeichnen, zu malen, sein Kopf löst sich langsam aus der Glocke, und er fragt sich, warum er das nicht im Jugendarrest getan hat. Er zeichnet Äpfel, Gläser, Rosenkränze. Er beginnt mit den Fotos seiner Familie. Seine Oma mit Kopftuch auf dem Baststuhl. In der Knoblauchdose findet er einen Hundert-DM-Schein. Er schaut ihn lange an, es kribbelt ihn. Wenn sie nur echt wäre, die Clara Schumann. Er setzt sich hin, fängt an mit ihrer ovalen Gesichtsform, das Kinn, die Mulde über den Lippen, die Kreise in den Augen. Der warme und feste Blick. Der Schatten unter ihrer Nase. Matteo ist sorgfältig und geduldig. Seine Beine sind unkoordiniert, aber die Hand ist ruhig. Er hat ein Gefühl für Proportionen, das merkt auch ein Freund der Familie, der abends manchmal zum Espressotrinken kommt. Ihm gehört zu dem Zeitpunkt der Krug. Was Matteo davon hielte, wenn er ihn als Pizzabäcker und, nun ja, sagen wir: Zeichner einstellte. Matteo freut sich über die Aufgabe, aber er ist nicht ganz sicher, ob er das darf. Ob er dafür wieder ins Gefängnis muss. Denn nur der Gedanke daran macht ihm den Mund ganz trocken. Der Freund, ein Signore Zerilli, ist aber nett. Er besorgt für über fünfzehntausend Mark einen Scanner, eine Siebdruckanlage, Offsetmaschinen und das Papier. Er richtet im kleinen Bügelzimmer neben der Küche eine Werkstatt ein. Matteo versteht die ganzen Geräte nicht, aber er hat eben das Gefühl für Proportionen und, wie sich herausstellt, auch für Mischungen und Farben und auch für Maschinen. Er verändert die Seriennummern des Hundert-DM-Scheins und fasst zwölf Scheine zu einem Bogen zusammen, belichtet die Filme und stellt die Druckplatten her. Nach einigen Fehlversuchen macht Signore Zerilli den gleichen Gesichtsausdruck wie beim Schlürfen von Austern mit Zitronen, und Matteo fühlt sich das erste Mal wertvoll.

Aber er arbeitet nicht lange für die Zerillis. Als er eines Morgens zur Arbeit kommen will, sieht er Blaulicht und Polizisten und geht schnell wieder nach Hause. In der Zeitung liest er, dass die Zerillis alles abstreiten und schweigen. Sie seien Opfer von Verleumdern, anderen Italienern, die den Markt manipulierten. Die Zerillis wollen, wenn der Prozess vorüber ist, wieder nach Italien. Die Besitzer des Columbia sollen den Krug übernehmen. Matteo sieht sie wenige Monate später in der Zeitung. Da lacht eine schöne Frau mit einer protzigen Kette, daneben ein Mann mit Zigarette im Mund. Auch Matteo will wieder lachen. Er denkt darüber nach, sich den beiden vorzustellen. Es beweisen, dass er auch anders kann. Er will ehrlich sein, er will kein Großkrimineller mehr sein. Aber sobald er das Haus verlässt, werden sie ihn wieder ins Gefängnis stecken. Und so errichtet Matteo sein eigenes Gefängnis. Jahrelang verlässt er das Haus nicht, er träumt von Arbeit, von Liebe, von Sex. Und als er eines Tages auf der Suche nach einer sauberen Unterhose ist, weil ihn schon alles juckt, findet er unter dem Bett den Zeitungsausschnitt. Lachen, Klunkerkette, Zigarette. Wenn die Polizei ihm bis jetzt nicht auf die Spur gekommen ist, werden sie es nicht mehr tun. Er stellt sich am nächsten Tag, gewaschen und rasiert, einem Herrn Renzo Spada und einer Frau Tiziana vor. Und so kam Matteo in den Krug.

Nicht nur, dass wir die Gans-Klobürstenhalter und Toni verloren haben, vielleicht verlieren wir auch das Restaurant. Vielleicht hätte ich die Lottoversuche meiner Eltern nicht sabotieren sollen. Der Umsatz ist niedrig, weil Vater immer noch schlecht kocht. Ich habe fünf Kilo abgenommen, und jetzt haben wir auch noch Konkurrenz, sagt Vater, obwohl Mutter betont, dass der Dönerimbiss nie eine Konkurrenz sein kann. Der ist jetzt im selben Haus, rechts neben dem

Krug. Dort, wo früher der Bortenwirker Borten herstellte, schneidet der Dönermann Streifen vom Lammfleisch. Mutter sagt, ich solle ihn nicht Dönermann nennen, sondern Dönerfachverkäufer. Gerade wir wüssten, wie hart er arbeite, und das müssten wir wertschätzen. Der Dönerfachverkäufer verkauft am meisten »Canzone«. Über den Teigtaschen, die man sich durch das Fenster geben lassen kann, steht es deutlich: »Canzone« – »Lied«. Ich stelle mir vor, wie die Leute hineinbeißen und dann eine Melodie aus dem tropfenden Käse dröhnt: »Zombie-ih-ih-ih.« Aber Vater hat den Käse der Canzones schon einmal probiert, und er hat nichts von einer Melodie erzählt, nur dass der Käse Gouda gewesen sei. Das sei sicher sein Verkaufsgeheimnis. Vater sieht aus, als würde er nachdenken. Er murmelt: »Mainstream.« Denn der Dönermann bediene nur den schlechten Massengeschmack. Das habe nichts mehr mit Kunst zu tun. Ich bin verwundert, dass er das Wort kennt, auch wenn er »lo Mainstream« mit gerolltem »r« dazu sagt. Dann sagt er: Er nehme jetzt türkische Pizza auf die Karte und verwende Schwein für das Hackfleisch. Dann sähe der Dönermann, wie das sei. Ganz so kommt es nicht, aber trotzdem gibt es eine Identitätskrise.

»Wie kommt das in unser Restaurant?«, fragt Mutter. Ihre Oberlippe wird so schmal, dass sie nicht mehr zu sehen ist. Sie zeigt auf die Theke, die jetzt in Weiß erstrahlt und umrahmt von Säulen ist. Mutter fährt mit ihren Fingerkuppen über die Rillen der Säulen.

»Überraschung«, sagt Vater.

»Die Akropolis?«, fragt sie. »Sind wir Griechen?«

Vater schlägt sich auf die Brust, sagt: »Ich bin ein Grieche«, und fragt mich: »Bist du ein Grieche?« Ich stehe auf und schlage mir auf die Brust. Ein wenig zu stark, denn ich falle auf den Stuhl zurück, aber schaffe es noch, »Ich bin Griechin« zu sagen.

»Dann sind wir auch Araber und, ja, auch Staufer. Wollt ihr Deutsche sein?«

Vater sagt, Mutter solle kein Theater machen.

»Wofür ist denn dann diese Kulisse hier da?«, sagt sie. Ich glaube, sie versucht, ein bisschen leidend auszusehen. Doch ihre Mimik sieht eingefroren aus.

Vater setzt sich zu mir und zuckt mit den Schultern.

»Auf Sizilien haben wir doch überall solche Säulen«, sagt er.

»Ja, aber ein italienisches Restaurant in Deutschland sieht anders aus. Es hat höchstens toskanische Säulen.«

Mutter setzt sich auch hin, schaut die Akropolis an und sagt: »Uns glaubt ja kein Mensch mehr, dass wir Italiener sind.«

»Was soll das heißen? Wir sind Italiener?«

»Warum formulierst du das denn als Frage?«

»Lassen wir das. Ich wollte ja nur Tonis Rat befolgen: ›Wer dauerhaften Erfolg haben will, muss sein Vorgehen ständig ändern‹«, sagt Vater.

Keiner von uns traut sich, Vater zu sagen, dass wir nicht unser Vorgehen ändern müssen, sondern dass er wieder gut kochen muss. Denn sonst verlassen die Gäste den Krug.

AKT 4

VIII

Über die Liebe, die Schule und warum man Matteo teilen muss oder: Ein ganz gewöhnlicher Hochzeitstag

Es ist das Jahr, in dem ich elf werde. Ich sitze unter unserem Stammtisch. Mutter fragt, woher ich das blaue Auge hätte. Ich erzähle ihr, dass die Kinder aus meiner Klasse mich »Spaghettifresser« nennen. Ich habe zu ihnen gesagt, dass ich fast nie Spaghetti esse, aber oft Schnecken. Die Zwillinge Tina und Nina hielten sich die Hand vor den Mund und kicherten. Ich fragte mich, warum sie die Hand vor dem Mund haben. Tina und Nina sagten, sie sammelten jetzt schleimige Schnecken, die ich schlucken müsse. Ich sagte: »Ich esse sie nicht roh, sondern aus dem Ofen mit Kräuterbutter.« Das machte es nicht besser. Nur blauer. Mutter hält mir ihre oval gefeilten roten Fingernägel hin, an einem Finger hat sie einen Bernsteinring. Mutter sagt: »Komm, Mami macht dir erstmal dein Lieblingsessen. Ich mach dir auch die doppelte Portion. Zwölf statt sechs.« Sie schaut jetzt unter den Tisch. Vom Weinen angelockt, stecken auch die Küchenhilfen und Aushilfskellner ihre Köpfe unter den Tisch. Mutter vertreibt sie mit einer Handbewegung.

»Deine Mitschüler und ihre Eltern essen doch bei uns. Sie sind auch Spaghettifresser«, sagt sie.

»Tina und Nina nicht. Die essen beim Metzger Feifel.«

»Dort gibt es zu allem Spätzle. Dann sind sie eben Spätzlefresser.«

»Aber sie sind keine Zitronenschüttler«, sage ich.

»Ja, dann eben Apfelschüttler.«

»In Italien isst man auch Äpfel«, sage ich. Mutter lacht ihr Kunstlachen und sagt, dass ich auch ein Schwabe sein werde, wie jeder andere hier.

»I ben au koi Neigschmeckte mä«, sagt Mutter.

Ich schaue sie an.

»Wer gut schafft, der wird akzeptiert und geschätzt, egal ob Kanake oder Itaker. Hai capito?«

»Ja«, sage ich.

»In Schwäbisch, das macht es einfacher.«

»Ha noi«, flüstere ich.

»Falsch«, sagt Mutter.

»Ha freile«, flüstere ich.

Dass die Kinder in der Schule mich nicht mögen, macht mir eigentlich nichts aus. Ich will nur von einem gemocht werden. Denn nun sehe ich es auch: Matteo ist schön. Mutter sagt, er sei so schön, dass es zu schade sei, ihn in die Küche zu stecken. Matteo hat schwarze, dichte Haare. Seine Augen sehen so noch grüner aus. Man sieht ihn nicht nur sofort, man hört ihn auch. Auf Holz knarzt es. Auf Fliesen knallt es. Das liegt an seinem Gang. Matteo ist leicht. Aber sein Gang ist ruckig und hart. Und bei jedem Schritt fliegt ein Knie in die Höhe. Vater sagt, Matteos Kopf sei langsam, dafür seien seine Füße und Hände schnell.

Matteo sagt oft: »Der Krug ist ein Ort der Liebe.« Und eigentlich meint er damit, dass er dort alle Frauen kennenlernt, mit denen er nachts nach Hause geht. Und auch für Sabine ist der Krug ein Ort der Liebe. Mutter sagt, es sei nur eine Frage der Zeit, bis sie sich gegenseitig abschleppten. Und so kommt es auch.

»Tizi, a Viertele und a Ramma. Mei Mutter hat ins Gras gbisse«, sagt Sabine.

Mutter bringt ihr eine doppelte Lasagne. Da Mutter gerade beschäftigt ist, sagt Sabine zu Matteo: »Matti, a Viertele.« Matteo hört ihr den ganzen Abend zu. Und als ich ins Bett muss, um elf Uhr, hat Matteo Feierabend. Und Sabine trägt Matteo aus der Tür.

Sabine unterhält sich gerne, bevor sie mit einem Mann schläft. Das führt zu intimerem Sex, meint sie. Wenn sie etwas von sich preisgibt, tut es der andere auch. Und die Anonymität ist aufgehoben.

Einen Tag später kommt Sabine in den Krug und hält ein wasserstoffblondes Büschel in den Händen. Sie schreit, reißt sich die Haare aus und weint. Dann isst sie sie und spuckt sie wieder aus. Ich denke, Mutter wird sie diesmal mit keiner doppelten Portion beruhigen können. Mutter rennt auf sie zu. Matteo rennt in die Küche. Ich glaube, mir klebt ein Haar am Gaumen.

»Er hat überall erzählt, er hätte mich abgeschleppt«, sagt Sabine.

»Wir wissen, dass das nicht wahr ist«, sagt Mutter und tut, als würde sie etwas Schweres heben.

»Nein, diesmal ist es aber anders, der Schlappschwanz.«

Das Wort »Schlappschwanz« ist gemein, aber das Wort »abschleppen« auch, finde ich. Sabine ist ja kein Auto. Obwohl sie manchmal schnurrt wie ein Motor. Das muss sie auch tun, um attraktiv zu wirken, meint Rudi. Denn Sabine ist orange und redet wie ein Bauer, sagt Rudi.

Mutter geht in die Küche zu Matteo und redet mit ihm über die Nacht mit Sabine. Das höre ich diesmal. Aber ich verstehe kein Wort.

»Weißt du, du hast ihr wehgetan«, sagt Mutter.

»Ja eben nicht«, sagt Matteo, und Mutter schaut verwirrt.

»Sie hat gesagt, ich soll sie schlagen, da konnte ich nicht mehr.«

»Dass du so prüde bist, hätte ich nicht gedacht.«

»Sie hat gesagt: Mei Mo, der hat mi immer windelweich ghaue.«

»Ich wusste nicht, dass du Schwäbisch nachmachen kannst.«

»Sie ist verrückt, sie reißt sich die Haare aus!«

»Sie kriegt nicht gerne einen Korb.«

Niemand mag Körbe. Matteo passiert das eher selten, zum Glück. Denn wenn Matteo mit jemandem zusammen ist, ist auf einmal die Unsicherheit weg, das Gefühl überleben zu müssen, unehrlich sein zu müssen. Dann gibt es keinen Tag, der nicht schön ist. Keine Jahreszeit, die nicht schön ist. Im Sommer liebt er die Wärme. Den Schweiß, der wie das Meer schmeckt. Die Mädchen mit festen Schenkeln, aber auch die mit Cellulite. Orangen seien doch toll. Die Italiener in Gmünd reden deshalb über ihn. Sie sagen, er springe alles mit zwei Beinen an. Wahrscheinlich auch alles mit vier Beinen. Das Ziegengerücht hält sich hartnäckig.

Im Herbst liebt Matteo den Wind, der seine Ohren noch mehr abstehen lässt. Den Schlamm, weil die Erde Wasser bekommt. Die Mädchen mit Stiefeln und ganz besonders die, die sich die Füße nass gemacht haben.

Im Winter liebt er den Schnee, wenn er kniehoch ist, sodass seine Füße vor Kälte absterben könnten, dann fühlt er das Leben. Er liebt die Mädchen mit Wollmützen und auch die ohne.

Im Frühling liebt er die Pollen, wenn sie so schön in der Luft fliegen. Das erste Mal grillen, die Häschen ansehen und den Osterhasen spielen, weil er dann hoppeln darf.

Ja, Matteo ist verliebt in die Liebe. Die warmen Wangen. Die feuchten Lippen. Die schweren Lider. Das Blut in seinen Venen. In seinen Zehen. Den Optimismus. Die Zukunft.

Immer wenn er verliebt ist, kann er sie sehen. Die Zukunft. Immer wenn er verliebt ist, hat er keine Angst. Wovor er genau Angst hat, das weiß er eigentlich selbst nicht so genau. Vielleicht davor, zu sterben, oder noch mehr: nicht gelebt zu haben.

Matteo trägt jeden Tag Jeans. Am meisten mag er die, über die sich Vater lustig macht. Vater meint, er sei mit der Hose in Chlor gefallen, denn sie hat überall weiße Flecken. Matteo mag diese Waschung, das mache ihn wilder. Außerdem sei sie voll modern. Ist sie auch. Gewesen. In den Achtzigern. Jetzt schreiben wir das Jahr 1998. Die Lieblingsjeans trägt Matteo auch abends, wenn er mit einem Gast ausgeht oder mit seinen Freunden. Er ersetzt nur sein weißes T-Shirt durch ein weißes Hemd. Und er legt sich einen Perlmutt-Rosenkranz um. Die Perlen glänzen weiß, seine Haare schwarz.

Matteo erzählt Vater, dass er sich am Ruhetag mit einem Araber in Stuttgart getroffen habe. Wie die Griechen, sagt Matteo. Vater versteht nicht, und Matteo beichtet, dass er manchmal Männer küsse und so. Vater schreit den ganzen Tag, perdonami, Gott solle ihm verzeihen. Ich verstehe nicht, was Matteo falsch gemacht haben soll.

Vater kündigt Matteo nicht. Es ist alles wie immer. Matteo schneidet die Gurken, Vater macht Feuer. Nur eins ist anders. Vater nennt Matteo nur noch Boy George. Boy George, hast du die Spaghettizange gewaschen. Boy George, die Butter ist hart. Ich verstehe überhaupt nicht richtig, worüber sie reden. Ich weiß nur, dass Matteo klug ist. Andere finden, er sei dumm. Aber ich glaube, dass er klug ist, weil er manchmal kluge Dinge sagt. Wie jetzt. Matteo sagt, ich hätte bereits Freunde. Denn er habe eine Familie. Er zeigt auf sich. Und dann auf den Gastraum.

In meiner Klasse sind die Mädchen auch schon alle verliebt. In Nick Carter von den Backstreet Boys oder in Leonardo DiCaprio. Sie zeigen Fotos von ihnen und stecken sie in aufblasbare Fotorahmen. Ich zeige ein Foto von Matteo. Und die Mädchen rufen »Ist der süß!« und kopieren sich das Foto im Lehrerraum der Schule. Das ist das Blöde mit Matteo. Matteo muss man teilen.

»Wenn ich groß bin, heirate ich dich«, sage ich zu ihm.

»Das ist süß«, sagt er.

»Das meine ich ernst.«

»Das geht aber nicht.«

»Warum nicht?«

»Weil du jünger bist als ich.«

»Aber irgendwann werde ich ja groß.«

»Dann bist du trotzdem noch viel jünger als ich.«

»Das Mädchen, das gestern an dem Tisch gesessen hat, war auch viel jünger«, sage ich und zeige auf den Tisch.

»Jessy, das geht einfach nicht.«

»Du kannst nichts dagegen tun.«

»Es gehören zwei dazu«, sagt Matteo.

»Du wirst schon sehen«, sage ich.

Nicht nur ich bin verliebt.

»Du hast wirklich unseren Hochzeitstag vergessen«, sagt Mutter.

Vater lächelt. Auf diesen Moment hat er seit heute Morgen gewartet und die armen Leute im Mangelzimmer auch. Wie Vater alle sechzig Menschen dort hineinbekommen hat, muss eine Art Zauber sein. Es ist 13 Uhr 27. Vater gibt mir ein Handzeichen. Ich laufe ins Mangelzimmer, beziehungsweise mache die Tür auf, und dann kommen sie alle herausgepurzelt. Vaters Überraschung. Matteo und ein paar Gäste stellen schnell Stühle in einen Halbkreis. Vater führt Mutter zu ihrem Stuhl in der Mitte. Ich stelle mich neben sie und fange wahllos an, mit meinen Armen zu fuchteln. Die Violinen beginnen. Ich sehe nicht, was Mutter macht, aber ihr Blick ist bestimmt super. Ich werde ihn mir im Nachhinein anschauen. Matteo filmt.

Vater beginnt: »Bella, bella impossibile …« Pop hört sich bei Vater immer nach Oper an. Er singt von ihrem südlichen Geschmack. Ich habe schon mal an Mutters Hand geleckt, aber »mediorientale« schmeckt sie nicht. Jetzt rascheln die Gäste. Sie holen die Blätter, die Vater vorhin ausgeteilt hat, aus ihren Taschen. Sabine setzt zu früh ein und singt lauter als Vater. Ich werfe ein Feuerzeug nach ihr. Die übrigen Gäste singen jetzt auch mit. Ich verstehe kein Wort, weil die meisten kein Italienisch können. Mein Einsatz kommt, das ist die Stelle, an der Gianna Nannini normalerweise eine Pause macht. Das Kammerorchester wird leiser, ich drehe mich zu Mutter um und singe: »È' l'alba e amor nasce col sol così e all'alba il sole ti dirà che è così.« Ich sehe Mutter weinen und muss sie einfach umarmen. Das Orchester spielt alleine weiter. Und als Vater den letzten Ton singt, kommt er zu uns. Das Orchester spielt jetzt ein langsameres Lied. Ich höre, wie Vater Mutter zuflüstert: »Alles Gute zum zwölften Hochzeitstag.«

»Wie kitschig«, höre ich Sabine sagen. Aber sie ist es auch, die so laut schluchzt. Vater löst sich aus der Umarmung und sagt zum Orchester: »Tu vuò fà l'americano.« Die Männer holen ihre Saxofone aus dem Koffer. Der Mann mit dem Kontrabass schlägt in die Hände, als sie die ersten Töne spielen. Vater sagt: »Alles aufs Haus. Whiskey, Soda e Rock'n'Roll.« Jetzt klatschen alle. Und Sabine hört auf zu weinen.

Matteo ist kein Typ, der neidisch ist. Aber wenn er Mutter und Vater anschaut, spürt er etwas in sich, das ihm wehtut. Wenn die beiden sich in den Arm nehmen und vergessen, dass die Sahne einkocht. Und dann küsst Mutter Vater auf die Stirn, und Vater sagt: »Auf geht's«, als hätten sie einen Kampf gemeinsam zu bestreiten. Matteo will auch jemanden, mit dem er nicht nur nachts ins Bett geht und vielleicht morgens sogar wieder aufsteht, sondern jemanden, mit dem er Tag für Tag ins Bett geht und Tag für Tag aufsteht. Aber die Frauen verstehen es einfach nicht. Sie verstehen nicht, dass er sie liebt. Sie sagen: »Matteo, das war nur Sex«, oder: »Matteo, du bist nicht in mich verliebt. Du bist verliebt in die Liebe.«

Ich bin auch verliebt in die Liebe. Am liebsten will ich den ganzen Tag an Matteo denken und nichts tun. Und besonders will ich nicht in die Schule. Was wir dort lernen, hilft mir sowieso nicht.

»Guten Morgen, Amore, steh auf, gehen wir hoch. Du musst duschen. Deine Lehrerin bestellt uns wieder in die Schule, wenn deine Haare nach Rauch riechen«, sagt Mutter und rüttelt an mir. Sie weckt mich auf, aber ich gebe vor zu schlafen. Um besser an mich ranzukommen, schiebt sie den Tisch beiseite. Sie kitzelt mich am Bauch.

»Ich will heute nicht in die Schule«, sage ich.

»Ich wusste, du wirst müde sein, und ich lass dich trotzdem hier schlafen. Nächstes Mal kannst du weinen, so viel du willst. Ich Rabenmutter.«

»Ich bin nicht müde«, sage ich und setze mich auf. Die Bank knackt dabei. Ich schaue auf die große Uhr an der Wand mit den römischen Ziffern. Der Zeiger steht auf V und ein Strich. Schon sechs Uhr. Wahrscheinlich war heute Nacht ein Geburtstag oder irgendwas, ich habe aber nichts gehört.

»Ich will bloß nicht in die Schule.«

Mutter schließt die Augen und fährt mit Daumen und Zeigefinger über sie. Dann berührt sie den Nasenansatz. Ich frage mich, ob die Schminke schon davor verschmiert war.

»Ich diskutiere jetzt nicht«, sagt Mutter.

Sie steht auf, geht hinter die Theke und holt die letzten Gläser vom Nachbartisch. Sie legt die drei Weizengläser in die Maschine. Sie macht die Maschine aus und stellt einen Eimer davor. Sie bleibt gebückt, und ich sehe, dass ihre Augen geschlossen sind. Sie sieht wie eingefroren aus.

»Mama?«, frage ich. Sie öffnet die Augen und lässt das Wasser aus der Maschine.

»Was willst du als Vesper?«, fragt sie.

»Da drüben haben welche ihre Pizza nicht aufgegessen. Kann ich die mitnehmen?«, frage ich.

»Du bist so eklig«, sagt Mutter.

»Wie kannst du zu deinem Kind sagen, dass es eklig ist«, hören wir es aus einer Ecke sagen. Mutter erschrickt. Ich lache.

»Sabine!«, ruft Mutter. »Ich habe schon abgeschlossen. Ich rufe ein Taxi für dich.«

Dann schaut sie mich an und sagt, ich solle hochgehen und meine Zahnbürste mitnehmen, die ich gestern in der Personaltoilette gelassen habe. Sie geht zum Telefon. Ich setze mich neben Sabine. Ihr Kopf hängt von der Bank.

»Gemütlich, oder? Sag Mama, dass man hier gut schläft«, flüstere ich ihr zu.

»Jaja, im Krug schläft man gut, isst man gut, liebt man gut«, sagt Sabine und übergibt sich auf meine Schuhe. Man sieht, was sie gegessen hat: Spaghetti.

IX

In dem es um Essen geht,
ein Geheimnis verraten wird und
mehr Leute fallen als wieder aufstehen

1999. Eine schöne Zahl, genauso schön wie der Umstand, dass sich wieder eine Routine eingestellt hat. Vater muss nicht mehr so oft an Toni denken, und das Essen ist wieder wie früher, und viele Gäste sind nicht nachtragend und kommen wieder. Aber eben nicht alle. Ich bin auch Teil der Routine. Jeden Morgen freue ich mich auf meine Aufgabe. Ich rufe Mutter, und sie sagt: »Warte, wir wissen noch gar nicht, was wegmuss!« Und dann bespricht sie mit Vater, was es mittags zu essen gibt. Und endlich reicht sie mir mit der rechten Hand den Kellnerblock, und noch feierlicher übergibt sie mir die Kreide. Wie ein Ritterschlag. Deshalb verbeuge ich mich auch, und Mutter wundert sich, aber sie fragt nicht nach.

Ich putze erst die Tafel mit einem nassen Schwamm und wische dann mit einem trockenen Tuch darüber. Trotzdem warte ich ein bisschen, obwohl ich fast nicht mehr warten kann. Wenn man zu ungeduldig ist, ist die Tafel noch feucht und die Kreide stockt und der Strich bekommt Leerstellen. Ich nehme die Kreide, und eigentlich mag ich das Gefühl nicht, wenn es so mehlig wird zwischen den Fingern, aber ich mag, wie es aussieht. Die weiße Kreide auf der schwarzen Tafel. Man darf nicht zu leicht drücken und nicht zu stark, sonst bröselt die Kreide. Ich schreibe langsam und mache große Bögen. Penne all'arrabbiata. Seewolf mit Salat. Wenn ich alles aufgeschrieben habe, schaue ich die Tafel von Weitem an. Und dann wische ich eine Zeile weg, und weil man sieht, dass da früher etwas anderes stand, wische ich alles weg und fange von vorne an. Wenn ich wirklich fertig bin, schaue ich die Tafel an. Mindestens zehn Minuten lang. Das ist mein Lieblingsmoment. Nicht einmal das Schreiben selbst.

Die Tage gehen schnell vorbei, wenn etwas zu tun ist. Schon ist es Abend, und ich habe mich über vier Stühle gelegt, den Kopf auf Mutters Schoß. »Vier. Vierundsechzig«, flüstert Mutter.

»Minus tausend vom letzten Monat«, sagt sie und tippt drei Zahlen in ihren Riesenrechner ein, dann eine Pause und vier Zahlen, und die letzte Taste drückt sie so hart, dass der Tisch wackelt.

»Hör auf zu rechnen«, meint Vater.

Mutter macht »Schhh«.

»Sprich mit mir Italienisch«, sagt Vater

»Ssst«, macht Mutter und sagt: »Jessy schläft.«

»Umso besser«, sagt Vater, und ich höre einen nassen Schmatzer über mir. Ich trete ihn und tu so, als würde ich mich im Schlaf drehen.

»Wir bringen sie zu meiner Mutter.«

Ich trete ihn.

»Und dann gehen wir tanzen, oder wir lassen das Tanzen und ...«, sagt er. Vorausschauend packt er meinen Fuß. Seine Hand umschließt meinen ganzen Knöchel. Ich stelle mich tot.

»Renzo, bitte, das macht sich nicht von selbst.« Sie tippt wieder. Ihre Fingernägel machen ein schönes Geräusch auf Plastik.

»Du bist ein bisschen langweilig, weißt du das.«

»Renzo«, sagt Mutter. Aber es ist kein mahnender Ausruf.

Es hört sich nach einer Frage an, und auch Vater merkt das und fragt: »Was?«

»Es fehlen fünfhundertdreiundzwanzig Mark.«

»Diesen Monat?«

»Diese Woche.«

»Dann hatten wir eine gute Woche«, sagt Vater.

»Sei mal ernst«, meint Mutter.

»Du hast bestimmt einen Lieferschein oder so nicht mitgerechnet«, sagt er.

»Kann nicht sein«, sagt sie.

»Morgen feuere ich alle, und jetzt gib mir einen Kuss.«

Am nächsten Morgen postiert sich Vater vor die Angestellten. Sie stehen alle nebeneinander. Es sind Aushilfen dabei, die ich noch nie gesehen habe. Oder nur ein oder zwei Mal. Meistens ruft Mutter sie, wenn mehr als dreißig Leute auf einmal in den Krug kommen oder abends alle Tische besetzt sind. Und da kann es sein, dass ich schlafe. Vater stellt sich ganz dicht vor die Angestellten. Er streckt beide Arme in die Luft, reißt sie dann in die Tiefe und zeigt auf seinen Schritt. Er dreht sich, schlägt sich auf den Kopf, ballt die Fäuste, legt einen Arm in den anderen Arm, streicht sich mit der Außenhandfläche über das Außenkinn. Es sieht aus wie eine Ballettinszenierung des Teufels. Seine Waden sind auch so angespannt wie die von Balletttänzern.

»Wenn ich herausgefunden habe, wer es war, hacke ich ihm die Hand ab«, sagt Vater auf Italienisch. Mutter übersetzt für die deutschen Aushilfen.

Vater hält dieselbe Rede wie schon einmal. Sie funktioniert. Vater meint, der Erste, der weint, sei der Täter. Oder eine Heulsuse. Er fragt dann Mutter, die mit ihrer Menschenkenntnis entscheidet, was von beidem zutrifft.

»Wir haben gute Tag, ihr habt gute Tag. Wenn wir wenig Geld, ihr trotzdem Geld«, sagt Vater auf Deutsch.

Eine Drehung.
»Ihr bekommt zu essen.«
Ein Sprung.
»Wenn ihr mehr verdienen wollt, dann hättet ihr studieren müssen.«
Er trippelt.
»Ich werde den Dieb in den Küchenmixer stopfen!«
Mutter stellt sich hinter Vater, lächelt einmal in die Runde und flüstert Vater ins Ohr: »Halt dich mit den Drohungen zurück, wir haben schon genug Klagen.«
Sie übernimmt.
»Wenn ihr es nicht sofort zurückzahlen könnt, dürft ihr es abarbeiten. Wenn ihr Probleme habt, dann sprecht doch mit mir«, sagt sie und schaut jedem in die Augen. Sie fordert Matteo auf, schon einmal an die Arbeit zu gehen, damit die Gäste später nicht hungrig bleiben. Sie sagt, sie wolle nicht unfair sein, aber Matteo sei es sicher nicht gewesen.
»Er ist wie ein Sohn für uns«, sagt sie.
Ich sitze mit Sabine an der Theke. Ihr habe ich einen Pfeffi eingeschenkt und mir etwas Cola in einem Schnapsglas. Dann höre ich ein Schluchzen. Ich drehe mich um.
»Matteo?«, fragt Mutter.
»Heulsuse oder Täter?«, fragt Vater und schaut Mutter dabei an.
»Heulsuse«, sagt Mutter, aber Matteo sagt: »Es tut mir so leid.«
»Judas«, schreit Vater. Faustdick habe Matteo es hinter seinen Dumbo-Ohren. Die ganze Zeit habe er ihn an der Nase rumgeführt. Ein Krimineller bleibe eben kriminell.
»Die Hand«, schreit Vater weiter, und Sabine wird übel, weil sie an ihre Ausbildung denken muss, und Matteo weint.
Mutter sagt nur: »Wir sind enttäuscht.«

Am nächsten Morgen ist alles wie immer. Denn wie wir aus den Gerichtsfilmen wissen, gibt es auch mildernde Umstände. Mutter glaubt, dass Matteo vielleicht eine leichte geistige Behinderung hat. Vater dagegen glaubt, dass Matteo ganz schlicht ein Opportunist ist. Er habe einfach die Gelegenheit gesehen und genutzt. Wir vergessen es trotzdem, außerdem sind wir beflügelt, da es bei uns wieder etwas besser läuft. Es sind zwar keine Amerikaner mehr da, dafür aber mehr Schwaben. Einige Gäste trinken schon nach dem Mittagessen Schnaps. Zum Verdauen. Auch einige Spießer, wie Sabine sie nennt. Die meisten Spießer trinken zum Mittagessen eigentlich keinen Alkohol, sie bestellen am liebsten Apfelschorle. Sie wollen etwas Erfrischendes. Denn wenn sie später arbeiten müssen, möchten sie nicht nach Bier stinken, Cola ist zu zuckrig, und für Wasser geben Schwaben kein Geld aus.

Rudi ist so ein Schnapstrinker. »Rudi, der Raudi«, sagt Mutter. Sie lacht und sieht sich um, als warte sie auf Applaus. Die anderen Gäste schauen nicht einmal von den Automaten auf. Rudi setzt sich an die Theke und bestellt einen »Ramma«. Mutter bückt sich, um die gekühlte Flasche zu holen, ihr Bleistiftrock rutscht ihr bis fast unter die Brust. Rudi beobachtet sie mit seinen hängenden Lidern. Sie verdecken seine Iris. Aber was man noch von ihr sehen kann, ist grau. Wie ein Schleier liegt das Graue über der schwarzen Pupille. Mutter stellt ihm den Ramazzotti hin und schiebt ihren Rock wieder in Höhe der Taille.

»Du bist 'ne Mutter, die gefickt werden muss«, sagt er dann. Einfach so.

»Du suchst nur Stress, weil du keine Frau hast, mit der du dich anlegen kannst«, antwortet Mutter.

Rudi holt mit der Faust aus und trifft Mutter damit am Schlüsselbein. Vater kommt aus der Küche, und ich weiß, warum er seine blecherne Pizzaschaufel nicht weglegt. Er braucht sie aber nicht, denn Mutter kommt ihm zuvor. Sie schlägt Rudi vom Barhocker, und Rudis »Ramma« fließt ihm in seine Nasenlöcher. Mutter tritt aus dem Barbereich und versenkt ihren Pfennigabsatz in Rudis Schenkel.

Vater fragt verwundert, ob Mutter wieder schwanger sei, und als Rudi zuckt, hält Vater seine Schaufel in die Höhe.

»Ist doch okay jetzt. Und außerdem nicht vor dem Kind«, sagt sie.

Die Gäste, auch in Angriffspose, entspannen ihre Muskeln. Mutter zeigt auf mich.

»Ich bin kein Kind. Ich bin zwölf!«, sage ich und will zu ihr laufen, aber Matteo hält mich zurück. Und dann weiß ich nicht, warum es doch passiert. Matteo hält mir Augen und Ohren zu. Aber so stark kann er gar nicht gegen mein Trommelfell drücken. Ich höre trotzdem. Rudi schreit. Und obwohl ich schon zwölf bin, passiert das: Matteos Hände werden feucht, weil er schwitzt, und auch meine Hosen.

Rudi hat in mehreren Kneipen schon Hausverbot bekommen. Weil er seine Faust benutzt, wenn ihm danach ist. Normalerweise findet er jemanden, mit dem er das machen kann. Mit Mutter geht das nicht. Sie hat ja schon ganz andere Gegner besiegt und ganz allein die Pershing aus Gmünd vertrieben. Glaube ich. Zum Glück regt sie sich schnell wieder ab. Am nächsten Morgen sind alle wie immer, wir sind gut im Vergessen. In aller Ruhe knabbern wir an unseren Biscotti und trinken Espresso.

Die Gmünder dagegen essen jeden Morgen oder in der Mittagspause das Gleiche. Einen Briegel. Morgens belegt mit dünnem, kaltem Leberkäse. Mit sauren Gurken. Und mittags mit einer dicken, warmen Scheibe Leberkäse. Mit Senf oder Ketchup. Für den kleineren Hunger gibt es den Lkw. Leberkäsweckle. Den Briegel gibt es nur in Gmünd. Es gibt vielleicht eine Abwandlung in den Nachbarstädten. Aber dort heißt er »Schwäbische Seele«. Ein passender Name. Trotzdem ist er nicht zu vergleichen mit dem Briegel. Der ist knusprig und braun. Und eher breit als länglich. Mit Salz und Kümmel darauf. Es sieht aus wie ein kleines Brot.

Sabine isst nur einmal am Tag. Und das nur abends. Wenn sie aufsteht, trinkt sie einen Kaffee. Schwarz. Dazu raucht sie eine. Wenn ihr Magen schlimm knurren sollte, schüttet sie etwas Haferflocken dazu, die sich auflösen. Mittags ist sie meistens schon bei uns im Restaurant. Und da hat sie keinen Hunger. Weil sie trinkt. Und wenn doch, raucht sie einfach mehr. Abends dann isst sie ein großes Nudelgericht. Am liebsten eines mit Sahne. Nie bestellt sie Fisch, Fleisch oder Salat. Wenn Mutter ihr Gemüse unterjubelt, lässt sie es liegen. Sabine fragt dann, ob sie aussehe, als brauche sie Vitamine. Wenn sie nach dem ersten Teller immer noch Hunger haben sollte, bestellt sie ein zweites Nudelgericht. Und dann merkt sie meistens, dass sie gar keinen Hunger mehr hat. Aber essen tut sie es trotzdem.

Mein zweitliebstes Essen, nach den Schnecken, ist mit Pilzen. Tagliatelle mare e monti. Mare wegen der Scampi und monti wegen der Steinpilze. Ich liebe Garnelen und am meisten den Kopf davon. Daran sauge ich, bis das Beste rauskommt. Ich mag auch die Steinpilze. Mutter sagt, ich esse so viele Pilze, dass sie sich nicht wundern würde, wenn ich eines Morgens als Pilz aufwache. Ich würde mich auch nicht wundern, denn mit meiner neuen Frisur sehe ich sowieso schon aus wie ein Pilz. Ich habe einen Bob mit Pony bekommen. Jedenfalls mag ich Scampi, und ich mag Steinpilze, und beides zusammen ist besonders gut, dann muss ich mich nicht entscheiden.

Sabine meint, mare e monti, das würde zu mir passen. Das Meer, weil meine Eltern aus Sizilien kommen. Und die Berge, weil ich mit der Schwäbischen Alb groß werde. Ich will Sabine nicht sagen, dass es auf Sizilien fast nur Berge gibt. Damit sie sich nicht blöd fühlt. Ich sage, dass ich das Meer leider nur einmal im Jahr sehe. Und die Schwäbische Alb nur, wenn ich zur Schule laufe. Sabine sagt: Dann hätte ich ja alle Sehnsüchte auf einem Teller.

Rudi isst gerne Saitenwürstle. Aber beim Metzger sind sie zu teuer. Deshalb kauft er sie im Supermarkt. Da heißen sie Wiener Würstchen. Gerne auch in Dick. Bockwurst. Bevor er in den Krug kommt morgens, isst er ein Päckchen. Mittags, wenn er eine Runde auf dem Marktplatz dreht, isst er das zweite Päckchen. Und nachts isst er das dritte und vierte Päckchen. Nur alle zwei Wochen gönnt er sich die Schwäbischen Rauchpeitschen von Herrn Obermaier.

Beim Essen spart Rudi. Aber nicht beim Alkohol. Denn Alkohol aus dem Supermarkt kaufen und einsam in der Wohnung trinken findet er asozial. So alleine trinken, das sei nichts für ihn, sagt er. Dabei ist er auch bei uns allein. Die letzten Gäste gehen um 14 Uhr 30, Rudi sitzt alleine an der Theke – seit gestern Nacht. So etwas wie Langeweile kennt Rudi nicht. Was andere Langeweile nennen, ist für ihn Freiheit, ist für ihn Gemütlichkeit. Manche Leute stören diese Gemütlichkeit. Weil sie zu hoch reden. Oder weil sie nicht antworten. Oder weil sie Magenbitter trinken und nicht Ramazzotti. Oder weil sie atmen. Und dann bekommen sie eben auf die Fresse. So ist Rudis Welt nun einmal.

Wie Ramazzotti. Süß schmeckt es. Aber auch bitter. Die perfekte Verbindung, meint Rudi. Wenn er einmal das Bedürfnis gehabt hätte, ein Gedicht zu schreiben, dann wäre das jetzt. Eine Ode an den Ramazzotti.

Mutter läuft an mir vorbei. Ich rieche Essig. Ich rieche Parmesan. Pfeffer. Olivenöl. Ich rieche Knoblauch. Ich liebe Knoblauch. Eine Ode an den Knoblauch. In der Schule sagt die Lehrerin: »Von wegen Bergamotte. Rauch und Knoblauch ist der Duft Italiens.« Mutter trägt auf ihrem linken Arm zwei Salatteller. Am Mittelfinger ihrer rechten Hand hängt der Parmesan, auf ihren restlichen Fingern liegt ein Teller. Ich sehe nicht, was darauf ist, weil sie ihn hochhält, aber es müssten Spaghetti aglio e olio sein. Mutter läuft zu Tisch fünf und sagt »Einen Salat für die Dame« und stellt ihr den Salat hin. »Und einen Salat für den Herrn.« Mutter serviert den Salat von rechts, die Spaghetti sind nah am Gesicht des Gastes. Mutter läuft mit den Spaghetti weiter, plötzlich höre ich einen Knall. Ein weiterer folgt. Die Spaghetti liegen auf dem Boden. Und auch der Mann.

»Wie kommt es, dass ich mehr Leute fallen als aufstehen sehe«, sage ich.

»Philosophier jetzt nicht«, sagt Mutter. Sie ruft nach Vater, der aus der Küche gerannt kommt und sofort zu dem Mann läuft. Die Frau, die mit ihm hier ist, schreit nur: »Knoblauch. Teufelszeug! Teufelszeug!«

»Ey, amico«, sagt Vater und gibt dem Mann auf dem Boden eine Ohrfeige. Hilft nichts.

Er beatmet ihn. Hilft nichts. Legt ihn in die Seitenlage. Nichts.

Mutter sieht aus, als denke sie nach.

»Er ist allergisch gegen das Teufelszeug«, sagt die Frau.

Vaters Gesicht entkrampft sich als erstes.

»Eine Idee«, sagt er. »Jede Tag eine Knolle Knoblauk für meine Tokter – keine Jungs für Tokter«, sagt er in Deutsch-Italienisch.

»Das ist deine Idee?«, fragt Mutter.

»Die Idee ist brillant. Knoblauch als Verhütungsmittel!«, sagt ein schaulustiger Gast.

»Ist das Ihr Ernst?!«, sagt die Begleitung des Mannes. »Tun Sie doch was!«

Vater winkt ab und sagt, der Mann sei nur ohnmächtig. Er stehe gleich wieder auf. Tatsächlich öffnet der Mann die Augen und richtet sich mit dem Oberkörper auf.

»Alles klar, amico?«, fragt Vater.

Der Mann nickt und sagt kaum hörbar: »Ich bin empfindlich.«

»Sie lebensmüde, amico. Sie sind bei de Italiener!«, sagt Vater. Matteo kommt jetzt auch aus der Küche. Wahrscheinlich hat er nichts gehört, weil sein Radio immer sehr laut ist und er dazu singt. Er beugt sich über den Mann und fragt: »Was mit dem los?«

»Ha… Haben Sie Knoblauch gegessen?«, fragt der Mann.

»Ich bin Italiener«, sagt Matteo und haucht ihn an. Der Mann geht zu Boden, und Matteo erschrickt so sehr, dass er weinen muss.

Weil andere Leute essen wollen, haben wir fast keine Zeit mehr für uns. Aber das ist ja gut.

»Ich muss schon seit heute Morgen auf die Toilette«, sagt Mutter.

»Matteo«, ruft sie, »geh an Tisch sechzehn.«

»Das kann ich doch auch machen, Mama«, sage ich.

»Mach deine Hausaufgaben fertig«, sagt sie und geht. Ich schreibe in das obere Kästchen »Gemeinschaftskunde« und in das untere »Klasse 8b«. Matteo geht zur Kasse, drückt auf den Knopf und reißt den Zettel ab. Er geht zu Tisch sechzehn und fragt: »Alle für alle?« Die Gäste lachen und wiederholen es. Einer zeigt auf einen Mann in der Runde mit grauen Schläfen und sagt: »Einer für alle.« Der Mann hält Matteo einen Hundert-DM-Schein hin. Matteo lächelt und bewegt sich nicht.

»Ja, Sie dürfen ihn behalten. Passt so«, sagt der Mann. Matteo lächelt weiter.

»Matteo«, rufe ich. Er blinzelt und nimmt den Schein entgegen.

»Scusa. Grazie«, sagt er und geht. Er setzt sich zu mir und schaut ihn an. Er erzählt, dass er ein Verbrechen aus Leidenschaft begangen habe. Ich weiß nicht, was er meint, aber ich frage nicht. Leute sagen mehr, als sie wollen, wenn man sie nicht fragt.

»Dieses Band in den Haaren und die Perlenohrringe«, schwärmt er. Dass sie einen nicht direkt anschaue, mache ihn verrückt. An was sie wohl denke? Es sei ein Lächeln da, aber sie sehe nicht glücklich aus. Die Mona Lisa habe keinen Ausdruck dagegen.

Matteo seufzt und sagt schließlich: »Ich hätte sie glücklich gemacht.«

Er habe oft genug bewiesen, dass er Frauen glücklich machen könne, sage ich.

»Nicht so. Ich hätte mit meinen Händen. Ich hätte ihr ein Haus gebaut. Ich hätte ihr ein Klavier gebaut.« Er nickt sich selbst zu.

»Sie hätte nicht mit Robert zusammen sein dürfen. Der war zu intelligent. Sie hätte einen Mann wie mich gebraucht. Einen, der sie …« Er überlegt.

»Einen, der sie lässt. Sie üben lässt. Sie machen lässt, was sie braucht«, sagt er und benutzt beide Hände, die auf und ab gehen. Er macht wieder eine Pause. »Oder besser: einen, der sie ernster nimmt als sich selbst.«

Ich schaue jetzt auch auf den Hundert-DM-Schein. »Du bist also in eine blaue Tote verliebt, deren Lebenslauf du gelesen hast«, sage ich. Und ich bin also auf eine blaue Tote eifersüchtig.

Matteo schüttelt den Kopf. »Es war eine Doku«, sagt er und steht auf. Er legt den Schein in die Kasse und sagt: »Ich wollte so viele Bilder von ihr haben, wie es geht.«

Dann schaut er auf den Bildschirm an der Wand, ein Mann wird gerade von der Polizei abgeführt. Man kann sein Gesicht nicht sehen, er hat sein T-Shirt über den Kopf gezogen, und ich schaue auf seinen Bauchnabel. Komisch, dass auch Verbrecher einen Bauchnabel haben. Wie wir alle. Matteo sieht aus, als habe er sich das Gesicht gewaschen und nicht abgetrocknet. Überall laufen ihm die Tränen. Von der Wange über den Hals bis in sein weißes Hemd. Ich frage ihn, warum er sich Nachrichten anschaue, wenn er immer weinen müsse.

»Ich müsste das da sein«, sagt er und zeigt auf den Fernseher. Ich frage ihn, was er meint, und er fragt, ob ich etwas für mich behalten könne. Ich küsse meine zwei Finger, wie mein Vater es tut, wenn er auf die Madonna schwört.

»Ich bin ein schlechter Mensch«, sagt Matteo.

»Ich kenne dich ewig, und du warst immer Zucker«, sage ich.

»Ich hab euer Geld geklaut. Renzo hatte recht. Aber wie hätte ich die Nachzahlung zahlen sollen. Ich hab mich auf der Straße gesehen«, sagt Matteo. Ich weiß nicht, was ich sagen soll. Das ist nicht Matteo, wie ich ihn kenne. »Ich habe eine Frau ins Koma geschlagen«, sagt er plötzlich.

Und dann kommt die ganze Geschichte aus ihm raus: Matteo ist um acht Uhr verabredet, das war kurz bevor die Sache mit den Zerillis zu Ende ging. Er hat vorher ein Mädchen in der Disco getroffen. Sie hat einen Freund, der freitags »mit seinen Jungs« unterwegs ist. Gerne wäre er der Freund, der freitags mit den Jungs unterwegs ist, und an den anderen Tagen würde Matteo mit dem Mädchen fernsehen, während es ihm durch die Haare fährt. Da merkt Matteo, dass sein Haargel Extra Strong leer ist. Er streicht mit der Handfläche die letzten grün schimmernden Reste aus der Dose. Er braucht aber mehr, er muss gut aussehen, damit sich das Mädchen in ihn verliebt. Er will zum Friseur, wo er sich den

Tiegel gleich für ein halbes Jahr kauft. Zu Hause hat er kein Geld mehr und auf dem Konto sowieso nicht. Da sieht er Clara. Wie eine Erscheinung. Hellblau, auf dem Nachtkästchen. Die Clara hat er nicht zum Bezahlen gemacht oder vielleicht doch – für seinen Chef. Aber er will ehrlich sein, er will kein Kleinkrimineller mehr sein. Aber die Clara, wie sie da liegt. So verführerisch.

»Auch du liebst mich nicht«, sagt Matteo und schnauft, »ich benutze dich jetzt.« Es ist ihm nicht so ganz wohl, als er vor dem Friseursalon steht.

»Wir haben schon geschlossen«, sagt die Chefin. Sie hat gekreppte Haare.

»Buona sera, ich möchte eigentlich nur das ›Hard head‹, das grüne dahinten«, sagt Matteo.

»Italiener sind meine besten Kunden. Wie sagt ein Italiener zu Haarewaschen?«

Matteo zuckt mit den Achseln.

»Ölwechsel«, sagt die Frau und prustet. Matteo hält ihr den Hundert-DM-Schein hin, und bevor die Frau ihn in die Kasse legt, zögert sie. Sie reibt den Schein zwischen ihren Fingern, schaut ihn an und hält ihn gegen das Licht. Matteo fühlt sein Herz in der Kehle. Und auch der Frau steckt das Lachen in der Kehle fest.

»Wollen Sie mich verarschen? Das ist eine Blüte«, sagt sie und greift zum Telefon. »Wer ist schon so blöd, mit einem falschen Hunderter bezahlen zu wollen? Fünfzig sind schon auffällig.«

Matteo holt Luft, flüstert, dass er nicht blöd sei, und sagt mit festerer Stimme: »Telefon weg.« Das hilft nicht. Die Frau wählt schon eins-eins-null. Er holt noch einmal Luft, aber sein Brustkorb ist zu.

»Bitte nicht«, sagt Matteo und denkt daran, wie es im Gefängnis war – wegen des Chihuahuas. Aber die Frau schüttelt den Kopf, und Matteo weiß nicht, wie es passieren kann, aber da ballt er die Faust und schlägt auf die Frau ein. Und während er seine Fäuste spürt, wie sie brennen, denkt er: Warum bin ich nicht einfach gegangen, und: Du kannst noch gehen. Geh. Er hört auf, da ist noch ein Zucken. In ihm. In der Frau. Matteo nimmt das Geld und das Gel und geht.

»Die Frau liegt noch im Koma. Die Polizei vermutet einen Ausländer hinter der Tat.« Beim Verlassen des Friseursalons sei ein dunkelhäutiger Mann gesehen worden sein. Matteo schaltet den Fernseher aus. Er ist bei einem Bekannten gemeldet, der einige Monate auf Montage ist. Er legt sich ins Bett und schläft zwei Wochen. Er steht nur auf, um aufs Klo zu gehen, Zeitung zu lesen und ein bisschen Zwieback zu essen. Zwischen seinen Schenkeln haben sich Furunkel gebildet. Er stinkt und hat blaue Tränensäcke unter den Augen. Matteo blättert die Zeitung durch. Er braucht lange, um diese Überschrift zu finden. Langsam liest er sie sich noch einmal vor: »Friseurin aus dem Koma erwacht – keine Erinnerung an den Überfall«. Früher oder später wird die Polizei ihn finden, er ist in der Datenbank. Die Polizei wird durch diese Tür treten. Aber die einzige Tür, die eingetreten wird, ist die Tür zum Krug. Als er eines Morgens in die Ochsenbacher Gasse einbiegt, um den Zerillis zu sagen, dass er jetzt anständig werden wolle und vielleicht bei ihnen als Putzmann weiterarbeiten kann, sieht er Blaulicht und Polizisten. Die Zerillis werden wegen Geldfälschung und Geldwäsche festgenommen. Matteo lebt jahrelang mit der Angst, dass auch seine Tür eingetreten wird. Er bleibt den ganzen Tag zu Hause, regungslos, statisch, gleichgültig. Bis ihm der Zeitungsausschnitt über meine Eltern zum zweiten Mal in die Hände fällt.

Als er bei uns zu arbeiten anfängt, kommt Matteo alles, was vorgefallen ist, weit weg vor. Es sind viele schöne Mädchen im Krug, er spielt Scopa oder Briscola, trinkt und lacht und lässt sich hin und wieder von Mutter umarmen. Auch die Arbeit macht Spaß, jetzt ist er ein echter Pizzabäcker. Vater bringt ihm bei, wie man die perfekte Pizza macht. Wie man sie ausrollt, wie lange sie im Ofen bleiben muss, wie die Bräunung des Bodens auszusehen hat, irgendwas zwischen Dalmatiner- und Kuhfell. Aber den Teig will Renzo selbst herstellen, bis er ihm vertraut, denn das Rezept ist ein Geheimnis. Dass auch Matteo Geheimnisse hat, blitzt in ihm immer wieder auf. Zum Beispiel, wenn er die Schürzen und Tücher aus dem Bügelzimmer holt. Aus seiner ehemaligen Werkstatt. Er kann nicht glauben, dass er wegen eines Chihuahuas verurteilt wurde, aber die Fälschung und die Sache im Friseursalon unentdeckt bleiben. So kam Matteo also wirklich in den Krug.

Matteo redet schnell, eine Beichte, eine Erklärung, die keine sein kann. Das, was er erzählt, ist so schrecklich, dass ich versuche, es zu vergessen. Weil er sowieso leidet und die Frau hoffentlich nicht mehr, und weil ich keine alten Wunden aufreißen will. Weil ich weiß, dass Matteo wie ein kleines Kind ist, weil ich nicht will, dass er so etwas getan hat, weil ich nicht will, dass er gehen muss, dass er wieder ins Gefängnis muss. Das ist nicht mein Matteo. Ich glaube, ich werde ganz kurz ohnmächtig. Warum mehr Leute fallen als wieder aufstehen, denke ich. Matteo beugt sich über mich und fragt: »Schwörst du, dass du es für dich behältst?«

Ich öffne meine Augen, und Matteo sagt: »Schwör!«

»Auf die heilige Mutter Gottes, Maria«, sage ich und küsse meine Finger.

X

Über eine Kirche und das Rauchen, wovon man alles abhängig sein kann und wie Sabine einen Graben hinunterrollt und beschließt zu heiraten

Anno Domini 2000. Die Computer laufen weiter, die Welt ist nicht untergegangen und ich bin immer noch zwölf Jahre alt. Wir feiern Silvester auf dem Marktplatz, wo so viele Leute sind, dass wir in Richtung des Münsters gedrängt werden. Für eine mittelgroße Stadt wie Schwäbisch Gmünd ist das Heilig-Kreuz-Münster unverhältnismäßig groß. Im Jahre 1320, zur Zeit der Erbauung, muss das Vorhaben noch größenwahnsinniger gewirkt haben. Als Gmünd nur etwa dreitausend Einwohner hatte. Das Münster ist ohne Dachreiter einundvierzig Meter hoch, achtundsiebzig Meter lang. Es ist die erste große Hallenkirche Süddeutschlands. Ein frühes Beispiel der Deutschen Sondergotik.

Damit das Münster errichtet werden konnte, musste erst eine etwa zweihundert Jahre alte dreischiffige Basilika zerstört werden. Man entschied sich aber, die zwei Türme der Basilika zu integrieren. Die zwei Türme gibt es nicht mehr. Sie stürzten 1497 in der Karfreitagnacht ein. Zu der Zeit waren Gewölbe modern, und damit auch das Münster eines bekommen konnte, wurde wieder renoviert. Weil ein Bogen die Sicht in den Chor versperrte, wurde er entfernt. Aber er verband und stützte die Türme. Der Stadtschreiber Rudolf Holl schrieb, dass sich vier Schüler und zwei alte Männer beim Einsturz im Turm befanden. Sie blieben unverletzt, waren aber eingeschlossen durch die Trümmer. Sie schrien, und die Leute, die das draußen hörten, lehnten eine Leiter an das Fenster, schlugen es ein und halfen ihnen heraus. Das Münster hatte nun ein großes Loch. Aus einer Ablasstafel, die im Seitenaltar des Münsters eingelassen ist, kann man ableiten, dass Menschen für den Wiederaufbau der Türme gespendet haben. Die Kirchen-Oberen erließen ihnen dafür das Fegefeuer. Was mit dem Geld passiert ist, weiß man nicht. Denn das Münster ist noch immer eine Kirche ohne Turm. Das Geläut kommt aus einem separaten Glockenturm.

Das Münster dient heute der katholischen Heilig-Kreuz-Münster-Gemeinde und der italienischen Gemeinde San Giovanni Bosco. Vater steht immer sehr lange mit seinen italienischen Freunden vor dem Münster und raucht. Oft ist er auch während der Messe draußen und beschwert sich, dass die Kirche keine Lautsprecher hat. So wie in Sizilien. Die Kirche hat aber Wasserspeier, vor denen ich als Kind Angst hatte. Mutter sagte dann, sie könnten jetzt niemandem mehr etwas antun. Gmünd habe sie gestopft, damit sich im Winter keine Eiszapfen bilden, die herunterfallen und jemandem das Auge ausstechen.

Das war früher. Heute gehen wir kaum noch raus. Wir haben keinen Ruhetag mehr, wir brauchen das Geld, wir sind einfach immer da. Sogar nachts. Ich huste. Vater und seine Freunde sitzen an unserem Stammtisch. Sie haben alle goldene Plomben im Mund, und alle halten sie eine Zigarette in der Hand. Ihre Schachteln liegen auf dem Tisch. Marlboro, Marlboro, Marlboro und Camel.

»Warum rauchst du nicht Marlboro?«, frage ich den Freund, vor dem die Camels liegen.

»Siehst du, sogar die Kleine versteht was von Qualität«, sagt einer.

»Camel ist was für unter Dreißigjährige«, sagt der andere zustimmend.

Ich schaue mir die Schachtel an. Sie ist beige mit einem gelblichen Stich. Darauf ist ein Kamel. Eigentlich ein Dromedar, es hat nur einen Höcker.

»Dromedar ist was für Leute unter dreißig«, wiederhole ich.

»Franco raucht Dromedars, hört ihr«, sagt einer und pustet ihm Rauch ins Gesicht.

Ich frage, warum sie alle rauchen, und lasse mir sagen, dass ich zu viele Fragen stelle. Ob ich wisse, was auf Sizilien gemacht wird mit Menschen, die zu viele Fragen stellen. Ich weiß es nicht und erfahre es nicht, weil Franco fragt: »Die Frage ist: Warum rauchst du nicht?«

»Weil Kinder nicht rauchen«, sage ich.

»Du bist doch kein Kind mehr. Hast doch schon fast Brüste«, sagt er.

»Ich bin jetzt dreizehn«, sage ich und sehe Vater, wie er die Hände ineinanderfaltet und mit dieser Doppelfaust auf Francos Schritt schlägt.

»Hast doch fast Eier«, sagt Vater mit der Zigarette im Mund.

Alle lachen. Franco weint. So sei das, wenn man die Töchter von anderen als Frauen sehe, sagt ein anderer Freund am Tisch und lacht.

Vater setzt sich neben mich und erklärt mir, dass alle rauchten, weil man als Mann früher rauchen musste. Seine Mutter zum Beispiel hätte seinen Vater zum Rauchen gezwungen. Für jede Zigarette in der Schachtel, die nach der Arbeit übrig geblieben sei, habe er eine Ohrfeige bekommen. Damals habe man noch nicht gewusst, dass Rauchen krank macht.

»Die Zigarette klaut dir ein Bein, wenn du schläfst«, sagt er und balanciert eine Zigarette auf seinem Zeigefinger.

»Und den Willen dazu. Du kannst nicht aufhören, sogar wenn du willst.«

Er hält mir die Zigarette vor die Augen.

»Du wirst zum Roboter. Sie schneidet dich auf und schließt eine Maschine an dein Herz an«, sagt er weiter.

Die meisten von Vaters Freunden sind wie ich inzwischen von Vater abgerückt.

Sie haben ihre Zigaretten ausgedrückt.

»Komm her«, sagt Vater und zieht mich am Fuß, so stark, dass mein falscher weißer Buffalo auf den Boden fällt. »Sie malt deine Lunge schwarz an. Wie meine.«

Er greift nach meiner Hand und legt seine Lippen auf meinen Handrücken.

»Papa!«, sage ich.

Sein Brustkorb bläht sich auf, und plötzlich lässt er die ganze Luft raus. Ich spüre den Druck auf meiner Haut. Als er ablässt, schaue ich auf meine Hand. Dort ist ein großer brauner Fleck. Und ein schwarzer Kreis. Schleim.

»Mamma mia!«, sagt Franco.

»Meine Zehen sind taub«, sage ich.

Mutter antwortet nicht, sie tippt die Bestellung ein. Ihr Finger fährt auf dem Bildschirm auf »Capricciosa«, fünf Mal drückt sie darauf.

»Ich habe eine Blutblase, die größer als dein Kopf ist.«

»Wir haben dich nicht zum Opfer erzogen«, sagt Mutter mit Blick auf die Kasse.

»Wie hältst du das aus?«

»Wir stehen erst seit zehn Stunden. Und heute geht es bestimmt noch bis um drei. Sei doch froh, dass endlich mal was los ist!«

»Ich hasse Fasching«, sage ich, und schaue auf die Guggenmusiker, die extra schiefe Töne spielen. Katzenmusik.

»Tust du nicht«, sagt Mutter und schaut mich dabei an. Ich solle die Kellnerschuhe tragen, sagt sie.

»Auch wenn sie hässlich sind?«, frage ich.

Dann könnten die Schmerzen ja nicht so schlimm sein, sagt sie, und ich antworte, Kellnerschuhe seien auch keine Wunderschuhe. Wenn ich sie alle zwei Stunden wechselte, merkte ich aber den Unterschied, meint sie. Das reicht mir noch nicht, und ich frage noch einmal: »Wirklich, wie hältst du das aus? Dein ganzes Gewicht drückt doch auf deine kleinen Füßlein.«

»Wie konntest du so gemein wie dein Vater werden?«, sagt Mutter.

»Du bist auch gemein. Du bist eine Sklaventreiberin.«

»Na komm, setz dich.«

Sie bietet mir an, mir heute Abend die Füße mit Pferdebalsam zu massieren. Wenn man Mutter vorwirft, sie sei eine Rabenmutter, oder es auch nur andeutet, wird sie sanft. Die Taktik wende ich an, seit ich fünf war.

»Es sind ja nicht nur die Füße«, sage ich und stemme das Tablett mit den neun Pils. »Es sind auch die Handgelenke. Sie können nichts mehr tragen.« Während ich das ausspreche, schwankt ein Bier, ich versuche auszubalancieren, mit der anderen Hand an das Tablett zu greifen. Es ist zu spät. Die hohen Gefäße zerspringen auf dem Boden, und das Schäumen ist in meinen Ohren lauter als der Knall.

Die Gäste klatschen, pfeifen. Einer von ihnen steht auf und ruft: »Wer Bier umschütten kann, kann auch Kinder töten.«

Mutter ist eine Lokomotive. So hört sie sich jedenfalls an. Sie pfeift und kann nicht einmal Melodien daraus machen. Seit einigen Wochen pfeift und rasselt sie und holt ganz tief Luft. Der Arzt sagt, der Krug habe sie krank gemacht. Mutter muss ans Meer. Oder wenigstens die Gaststätte zur Nichtraucher-Gaststätte erklären. Aber sie meint, dann könnten wir uns genauso gut alle drei mit einem Becher in der Hand auf den Marktplatz setzen. Als die letzten Gäste um drei Uhr morgens gehen, packe ich mein Schulzeug aus. Ich habe die Hausaufgaben vergessen. Sabine und Rudi sind noch da, wir haben aufgehört, ihnen zu sagen, dass wir schließen. Wir schließen einfach, und wenn wir morgens wiederkommen, sind sie immer noch an der Theke. In der Position, in der wir sie als Letztes gesehen haben.

»Soll ich euch ein Taxi rufen?«, frage ich.

Rudi antwortet nicht. Sabine antwortet nicht. Ihr blauer Lidschatten ist so verschmiert, dass es aussieht, als wäre sie verprügelt worden. Sie trinkt auch so, als wäre sie verprügelt worden. Ich habe nicht vor, sie zu trösten, ich muss die Mathematikhausaufgabe machen. Aber sie ruft immerzu: »I ben a Heifle Elend.«

»Was hast du?«, frage ich dann doch. Sie tut, als wolle sie es nicht sagen, sagt was von »Ach, das wissen doch alle hier« und trinkt ihren Ramazzotti aus.

»Ich weiß es nicht«, sage ich.

»I han Krebs«, sagt sie.

Ich schaue sie an. Ich spüre einen Stich an meiner Schläfe.

»I han dacht, es got mir besser, wenn i a Witzle reiß.«

»Geht's dir besser?«, frage ich.

»Noi.«

»Was war denn nun?«

Sabine erzählt, sie habe ein Date in einem Carrera gehabt, und der Typ habe gesagt, sie sei gut im Bett.

»Oder eben auf dem Rücksitz«, ergänzt Sabine.

»Das ist doch gut, oder?«, frage ich.

»Na ja, ich hab ihm oinen gblase, und als er ihn reigsteckt hot …«

»Sabine! Kannst du dich nicht zensieren?«

»Des isch wichtig für die Gschichte. Er steckte ihn rei, und i frag: ›Isch er drin?‹«

»Mit drei Worten das männliche Ego ruiniert«, sage ich.

Sabine nickt und sagt, das habe der Typ wahrscheinlich auch so gesehen, denn er habe die Tür aufgemacht und sie auf die B29 geschmissen. Wie so einen Sack Müll. Sie sei den Graben runtergepurzelt und musste zehn Kilometer nach Hause laufen.

»Selber schuld«, sagt Rudi am anderen Ende der Bar.

Sabine zieht ihr Oberteil aus und will es Rudi in den Mund stecken. Sie wiederholt: »Dreckige Fresse, du«, und: »I stopf se dir.« Rudi ist so betrunken, dass er sich nicht einmal wehrt. Er sagt nur so etwas wie: »Öh«, und bewegt seinen Arm in Zeitlupe. Ich ziehe an einer von Sabines blonden Locken. Sie lässt schnell ab und setzt sich wieder auf den Barhocker. Es stört sie nicht, dass sie nur im BH dasitzt. Im neonpinken BH. Ich frage mich, was Mutter so lange in der Küche macht und was sie sagen wird, wenn sie das hier sieht.

»Merk dir, alle Männer …«, sagt Sabine.

»… sind Schweine, außer Papa«, vervollständige ich den Satz.

»Außer *dein* Papa. Meiner war ein richtigs Schwein. Glaub i jedenfalls.«

Sie zündet sich eine Zigarette an, eine von diesen langen weißen und sagt dann: »Die Kippen und der Sex. Scheiß Sucht. Koi Bock mäh. I werd sesshaft.«

»Willst du keinen Sex mehr haben?«, frage ich.

Sabine wirft ihren Kopf in den Nacken. Ihr Lachen macht mir Angst. Als sie fertig ist, schaut sie mich ernst an.

»Ich heirate John. Des isch a guter Kerle«, sagt sie.

Mutter kommt aus der Küche und sagt: »Sabine, zieh dich an. Es ist kalt.«

»Die Gäste sagen: Leute, die mit jedem schlafen, sind erbärmlich«, sage ich zu Sabine und muss an Matteo denken.

»Du weisch doch gar net, was erbärmlich ist, Hosenscheißer«, sagt sie.

»Ich weiß nicht richtig, was Sex ist. Aber was erbärmlich ist, weiß ich.«

»Ja?«

»Ja, du.«

»Okay, dann isch des halt so, aber Gefühle hab i trotzdem.«

»Tut mir leid.«

Sabine nimmt das Schnapsglas, das bis zum Rand gefüllt ist. Sie bugsiert die grüne Flüssigkeit vorsichtig zu ihrem Mund. Erst schlürft sie, dann kippt sie sie sich in den Hals, ohne zu schlucken. Sie schaut mich an und sagt: »Sagsch du des wege dem Carrera-Typ oder dem Dreier mit dem Bürgermeischder?«

»Jetzt weiß ich, wer der Dritte war«, sage ich.

Sabine bestellt bei Mutter noch einen Pfefferminzschnaps und sagt rechtfertigend, sie habe heute Morgen keine Zähne geputzt.

»Wenn i so darüber nachdenk, und Schnaps hilft beim Denken«, sagt sie und lässt sich die Flüssigkeit in den Rachen laufen, »dann sind Menschen, die nie nageln, eigentlich erbärmlich. So wie du«, fügt sie hinzu.

Ich halte es für wichtig zu erwähnen, dass ich dreizehn Jahre alt bin. Aber Sabine interessiert mein Alter nicht. Sie spricht weiter.

»Nur weil i mir nemm, was i will, soll i erbärmlich sein?«

»Das denken jedenfalls die Gmünder und auch die Italiener«, sage ich.

»Ja, weil se eingefahren sind.«

»Weil sie Romantiker sind.«

»Die jedem ihre Liebe aufzwänget.«

»Willst du nicht geliebt werden?«

»I bin vierzig Jahre lang ohne Liebe klargkomme«, sagt sie lauter.

»Und willst du nicht lieben?«

»I lieb doch. Ich liebe Ramma, ich liebe Pfeffi, ich liebe Schwänze.«

»Ich bin raus«, sage ich und verstecke mich hinter meiner Formelsammlung.

»I au. I will heirade. Noch mal«, sagt Sabine.

»Ich dachte, du kommst ohne Liebe klar.«

»Du bisch net nur a Hosenscheißer, sondern au a Korinthenkacker«, sagt Sabine, und ich denke daran, dass ich auch heiraten werde. Und er kann nichts dagegen tun.

XI

In dem über die Zukunft und ihre Prüfungen nachgedacht wird und ich ein Streuselkuchen werde

Schließlich werde ich vierzehn. Johns Einsatz in Korea ist zu Ende. Und das auch schon länger. Zwischendurch war er bereits in Albanien und in Bayern. Aber jetzt besucht er uns endlich, und wir bekommen die Souvenirs aus Korea. Für alle hat er Algenchips mitgebracht. Abgelaufen. Die schmecken nicht so schlecht. Aber von der Kimchi-Schokolade bekomme ich Gänsehaut. Kimchi ist wie Sauerkraut, nur scharf. John isst das gerne, sagt er. Er mag ja auch Sauerkraut und mixed pickles. Aber Schokolade mit Sauerkraut-Füllung ist pervers. Mutter und Vater schenkt er koreanische Figuren, die aussehen wie sie. Nur dass sie Kronen und bunte Gewänder tragen. Naja, und eigentlich haben sie andere Haare und Augen, aber es ist ein Paar. Ich bekomme ein Gewand, ein Hanbok, geschenkt. In Pink und Türkis, und es soll direkt unter der Brust beginnen und bis weit auf den Boden gehen. Ich passe nicht einmal mit einem Bein rein, denn er hat es für ein Kleinkind gekauft.

Das letzte Mal habe ich John gesehen, als ich drei Jahre alt war. Am 13. Mai 1991. Aber er hat Briefe geschrieben. Und komischerweise habe ich ihn gleich erkannt, als er zur Tür reingekommen ist. Die Glatze hat er noch. Es wäre auch komisch gewesen, wenn ihm mit vierzig noch Haare gewachsen wären. Die große Narbe links an seiner Stirn hat er auch noch. Ein paar weitere Narben und Dellen sind dazugekommen. Als er sieht, dass ich daraufschaue, sagt er: »PTSD – post traumatic stress disorder.« Er träume schlecht. Eigentlich hat John als Soldat gar nicht so traumatische Erfahrungen gemacht. Die meiste Zeit sah es so aus: ABC-Schießübungen, Sport, chillen, kickern, saufen. Tote Hose. Die anderen warten fast darauf, dass etwas passiert. John ist froh, dass es keinen Ernstfall gibt. Der Tag fängt dann von vorne an, »exercise and running«, duschen, Flagge hissen, Anschiss (schon wieder sind die GIs aufgefallen, weil sie betrunken in der Stadt rumtorkeln und »Born in the USA« grölen), dann Schießübungen. Manchmal haben die amerikanischen Soldaten gemeinsam mit deutschen Soldaten im Feld ein Manöver. Während John ballert wie ein Irrer und ihm die Patronen um die Stiefel fliegen, schießen die Deutschen ein-, zweimal ab. Und später laufen sie im Feld herum, klauben die Patronen auf und dokumentieren schriftlich, wie viele sie verbraucht haben.

John fragt, ob die Deutschen sich inzwischen verändert hätten.

»Sie sind italienischer als früher«, sage ich, »Freizeit wird wichtiger, la dolce vita und Genuss, glaube ich.« Er fragt auch, was man in Deutschland jetzt so trinke. Ich sage, Hugo bestellten sehr viele. Aber die wahren Lieblinge seien die von früher, Apfelsaft, Cola und Bier.

»Weiße«, sagt er und verbessert sich. »Weizen, bitte.« John war, als er nach Deutschland kam, zuerst in Bayern stationiert und sagt deshalb Weißbier, bevor er Weizen sagt. Die schwäbischen Gäste haben versucht, es ihm auszutreiben, bis sie sich mit dem Teilerfolg zufriedengaben.

»Was machst du hier?«, frage ich ihn und zapfe sein Weizen.

»Was machst DU hier?«, fragt er.

»Was meinst du?«

»There's such a lot of world to see«, singt er.

Ich sage nichts, stelle ihm sein Weizen hin und schaue ihn an.

»Glaubst du, die Säufer hier schätzen deine Intelligenz? Hast du mit drei schreiben gelernt, um Bestellungen auf deinem Block zu notieren? Ach, musst du ja gar nicht, weil du sie dir merken kannst«, sagt er und lehnt sich so weit zu mir herüber, dass ich seinen Atem riechen kann. Weizen.

»Komm mir nicht mit Moon River. Nicht alle können dem Ende eines Regenbogens hinterherjagen. Manche müssen auch Geld verdienen«, sage ich. John lehnt sich wieder zurück, geschlagen, als hätte ich ihm alle Illusionen genommen.

»Hast du denn das Ende des Regenbogens gejagt?«, frage ich John. John nickt. Jahrelang hat er nur an die eine gedacht. Nach Korea ist John Jane vor die Füße gefallen und sagte, er wolle es versuchen. Trotz seines Berufes. Sie sagte, sie wolle es auch versuchen. Und er näht ihr ein Hochzeitskleid und heiratet sie und nimmt als Zeichen der Wertschätzung Janes Nachnamen an. Jetzt heißt er John Love. Noch im selben Jahr kriselt es zwischen den beiden, weil John einen Auftrag bekommt: 3rd Battalion, 58th Aviation Regiment, Wiesbaden, Germany. Und jetzt sitzt er hier und freut sich, in Deutschland zu sein. Er fährt extra zweihundertfünfzig Kilometer, um uns zu besuchen. John trinkt ein Weizen nach dem anderen und spielt mit mir Hangman. Ich buchstabiere: J-A-N-E. Ich buchstabiere: F-O-O-L neues Wort F-O-R neues Wort L-O-V-E.

Mutter kassiert am Tisch nebenan ab. Es gibt nicht besonders viele Schwaben, die jede Mark umdrehen müssen. Die meisten tun es trotzdem. Mutter sagt, das sei ein altes Klischee, und steckt die zehn Pfennig Trinkgeld in den Geldbeutel. Das sei nur ein Idiot gewesen.

»Italienischer, ja?«, fragt John und bezieht sich auf meine Aussage von vorhin. Ich zucke mit den Schultern und sage, manche Dinge änderten sich nie. Sabine zum Beispiel. Wenn sie jemand nach einer Zigarette fragt, rückt sie eine raus, lächelt gönnerhaft und sagt: »Weisch ja, du schuldest mir fünfundzwanzig Pfennig.«

Es gibt viele Gmünder, die jede Mark umdrehen müssen. Nämlich die, die eingewandert sind. Ich frage John, ob mir mit dieser Einsicht automatisch alle Chancen auf Reichtum verwehrt blieben. John schüttelt den Kopf, ich solle doch meinen Vater anschauen. »Na ja«, murmle ich. Vater hört es nicht, nickt und sagt, meistens sei es wirklich so. Weil die Ausländer in Gmünd blöd seien. Die kämen alle aus dem Dorf, und während das Dorf sich weiterentwickelt, bleibt es im Kopf der Emigranten stecken. Wer in Italien studiert habe, bleibe auch dort. Jetzt mischt sich auch Rudi ein und sagt: »Aber um dich, Jessy, steht es schlecht. Du bist eine Frau und Ausländerin, du müsstest nur noch wie der da schwarz sein, dann hättest du es ganz versaut.« Ich will antworten, dass ich gar keine Ausländerin bin, ich war schon immer Inländerin, aber ich antworte: »Und was ist deine Ausrede?« Rudi lächelt sarkastisch, und ich zeige ihm den Mittelfinger.

Rudis Ausrede: Rudi war Dachdecker. Das war ein schönes Gefühl, den Menschen ein Dach über dem Kopf zu bauen. Rudi erinnert sich genau daran. Aber er kann sich nicht mehr daran erinnern, warum es ihm damals nicht egal war, ob die Menschen ein Dach über dem Kopf haben oder nicht. Rudi und seine Kollegen arbeiten an einem dreigeschossigen Einfamilienhaus. Ein Kollege will gerade hinuntersteigen. Rudi schubst ihn und sagt: »Pass doch auf!« Rudi hält ihn dabei an der Schulter fest. Es ist ja nur ein Witz. Aber der Kollege kommt ins Straucheln und fällt. Er fällt nicht alle drei Stockwerke hinunter, sondern nur zwei, auf die Garage. Im Schock sagt Rudi: »Siehst du, dafür braucht man eine Sturzsicherung.«

Einen Monat bevor Rudi seine Ausbildung beenden kann, wird ihm also gekündigt. Wegen eines Witzes. Eines Witzes, der drei Wirbel brach. Zum Glück waren es nur drei, denkt Rudi. Der Kollege bekommt sein Leben lang eine Berufsunfähigkeitsrente. Rudi bekommt Arbeitslosengeld.

Ein arbeitender Mann brauche Fleisch, so John. »Man, I am hungry«, sagt er und bestellt ein Steak. Ich freue mich, wenn jemand Steak bestellt. Mutter dagegen ärgert sich. Der Fleischkonsum sei zu hoch. Ich freue mich, weil es sich anfühlt, als wäre ich ein Kind. Ich darf den Gesichtstest machen. Stirn: durch. Nase: medium. Kinn: englisch.

Vater schneidet das große Stück Fleisch, legt eine Scheibe auf die Grillplatte. Und wenn er es wendet, darf ich testen. Ich lege meinen Zeigefinger auf das Fleisch. Mit der anderen Hand taste ich Vaters Stirn, Nase, Kinn ab.

»Kann das so die Küche verlassen?«, fragt er.

»Noch zu englisch«, sage ich. Er solle noch warten. Vater murmelt, das werde nichts. Er wartet trotzdem.

Ich teste. Stirn, Nase, Kinn, und sage: »Holzbrikett.«

Vater öffnet die Mülltonne und flucht: Fünfzehn Mark Einkaufswert hätte ich ihn gekostet. Wenn ich Köchin werden wolle, müsse ich mich konzentrieren. »Weißt du, das Leben ist voller Prüfungen, und manchmal fällt man eben durch«, sagt Matteo in einem Moment der Weisheit. Die Momente, die er manchmal hat, bevor er sich vor einem toten Fisch erschrickt oder stolpert.

»Ist das Staub da an den Lampen?«, fragt ein Gast eine Woche später. John ist schon längst wieder in Wiesbaden, und mit ihm meine Träume vom Welt-Sehen.

»Nein, das muss Ihr grauer Star sein«, antworte ich.

Der Mann ist einer von der nervigen Sorte. Das merke ich sofort. Er will Vater und Mutter sprechen. Aber die sind heute Morgen in Stuttgart Fisch besorgen gegangen. Sie müssten bald zurück sein. Ich bediene ihn schon einmal mit Getränken, er will einen Cappuccino. Ich wische mit einem Lappen über die Aufschäumstange. Dann nickt er.

»Bitte?«, frage ich.

»Alles okay«, sagt er.

Ich stelle ihm den Cappuccino hin. Sabine bestellt einen Kaffee mit Schuss. Dann setzt sie sich neben den Mann.

»Was machst du so?«, fragt sie ihn.

»Beruflich?«, fragt der Mann.

»Dein Beruf interessiert mich nicht. Sonst so?«

»In diesem Moment?«

»Nein, sonst so?«

»Ich habe Hobbys.«

»Aha.«

»Ich züchte Pilze«, sagt der Mann.

»Ich züchte auch Pilze«, sagt Sabine.

»Wirklich?«

»Ja, willst mal sehen?«

»Sehr, sehr gerne, ich kenne niemanden, der sich auch für Pilze interessiert. Haben Sie sie im Keller? Ich hab meine im Keller. Steinpilze und Champignons. Die optimale Feuchtigkeit«, sagt der Mann.

»Bei mir auch. Optimal feucht da unten.«

Ich bin genervt. Ich stelle Sabine den Kaffee hin. Ohne Schuss.

»Junge Frau, werden Ihre Eltern bald da sein?«, fragt er mich dann. »Ich bin von der Lebensmittelkontrolle.«

»Ach, kommt diesmal nicht der Kurt?«

»Der Kurt ist tot.«

»Oh. Ich habe ihn nur zehn Mal oder so gesehen. Einmal pro Jahr zur Kontrolle. Aber er war ein netter Mensch.«

»Hier geht es nicht um Nettsein. Wollen Sie mir die Küche zeigen?«, fragt er und stiefelt gleich los.

»Wird hier geraucht?«, fragt er.

»Natürlich nicht«, sage ich.

»Da liegt eine ausgedrückte Zigarette auf dem Seifenspender.«

»Sie züchten also Steinpilze, ja?«

Ich bin sehr froh, als Mutter und Vater endlich hereinkommen.

Vater bekommt einen kleinen Anfall, dass der Lebensmittelkontrolleur sich von mir die Küche zeigen lässt. Als er sich beruhigt hat, zeigt er ihm den Kühlschrank.

»Alles in Tupper«, sagt er.

Der Mann nimmt eine Probe von dem Fleisch mit.

»Ich sehe keine toten Kakerlaken, keinen Kot, keine Ameisen.« Vater sagt in seinem schlechten Deutsch, das sei vor zehn Jahren gewesen, »de sseiß drecke Geldwäscher Zerilli« habe ihm die vermacht, und der Kurt habe gesagt, das sei normal in Fachwerkhäusern und wir hätten das doch jetzt im Griff, und trotzdem nervten die immer noch.

»Herr Spada, es ist alles in Ordnung. Der hygienische Zustand ist sehr gut, außer dem Fauxpas mit der Zigarette. Ich muss deshalb noch einmal vorbeischauen. Bis dahin haben Sie den Seifenspender auch wieder aufgefüllt.«

Beim Hinausgehen läuft er an Sabine vorbei und sagt: »Die Dame an der Theke züchtet keine Pilze, oder?«

»Doch, aber anders, als Sie denken«, sage ich.

»Bis ich nächstes Mal komme, sollte sie also auch entfernt werden«, sagt er.

Wenn so etwas passiert, wünsche ich mir, in einem Haus mit Garten aufzuwachsen. Mutter würde die Rosen beschneiden, Vater würde den Rasen mähen. Ich hätte einen Bruder. Wir hätten alle Polo-Shirts und weiße Hosen an. Ich würde Taschengeld bekommen. Ich ginge aufs Gymnasium. Samstags gingen wir alle etwas später ins Bett. So um 22 Uhr. Sonntags hätten wir alle frei. Und wenn wir Besuch bekämen, würden wir Kaffee servieren, der nicht erst ein mittelschweres Erdbeben auslöst, weil die Kaffeemaschine so laut ist, und der Besuch würde sagen, wie groß ich schon geworden sei, und nicht, wie groß meine Brüste schon geworden seien.

Ich frage mich, warum ich nicht auf dem Gymnasium bin. Eigentlich lerne ich gerne, aber nicht in der Schule. Ich habe inzwischen fast einen Hauptschulabschluss und noch keine Aussicht auf einen Ausbildungsplatz. Die Schule ist langweilig. Was will ich vom Leben? »Hast du mit drei schreiben gelernt, um Bestellungen auf deinem Block zu notieren?«, geht mir Johns Satz durch den Kopf. Für mich ist klar, dass ich Vater und Mutter helfen muss. Dass ihre Probleme meine sind. Denn davon gibt es bei uns genug für alle. Und sie kommen immer alle auf einmal.

»Renzo! Matteo! Nonna hat angerufen, der Zoll war im Columbia und im Buongiorno. In der Trattoria und bei den Asiaten waren sie auch schon. Wollte ich nur sagen, damit sich Matteo nicht wie letztes Mal erschrickt«, sagt Mutter kaum eine Woche nach der Gesundheitskontrolle. Und tatsächlich sind sie ziemlich schnell da. Es kommt ein ganzer Trupp zur Tür herein. Die Gäste schauen von ihrem Essen auf. Ich schaue in die Küche, dort haben sich zwei Beamte vor den Hinterausgang gestellt. Ihre Hand haben sie in Höhe ihrer Waffe.

Matteo versteckt sich unter seiner Arbeitsfläche, bei den Zehn-Kilo-Tomatendosen. Wie eine Maus. Vater zerrt ihn raus und sagt, dass die nachher noch glaubten, wir hätten etwas zu verstecken. Als der Zoll zu ihm kommt, fuchtelt Matteo mit dem Pizzaschneidemesser herum. Er lächelt. Komisch, dieses Lächeln. Die Beamten halten die Waffe jetzt in der Hand.

»Jessy, geh in den Gastraum«, sagt Mutter. Und zu Matteo sagt sie: »Hör zu, das läuft wie immer ab. Du setzt dich jetzt auf diesen Stuhl. Du musst einen Fragebogen ausfüllen. Sie fragen dich, wie viel du verdienst, und checken, ob du illegal hier bist oder schwarzarbeitest. Okay?«

»Werden Sie mich wieder mitnehmen? Wie, als das mit dem Chihuahua war …«

»Nein, niemand wird dich mitnehmen. Du bleibst hier«, sagt Mutter, und Matteo setzt sich.

Ich habe währenddessen ein anderes Problem: Ich bin fünfzehn Jahre alt, aber das kann man nicht erkennen. Denn jede freie Stelle in meinem Gesicht ist mit einem roten oder weißen Punkt versehen. Sabine nennt mich Streuselkuchen. Und Vater sagt, irgendwann werde man mich in der Küche verstecken müssen. Damit es keine Umsatzeinbußen gebe. Ich verstecke mich freiwillig zwischen dem gelben Sack und der Spülmaschine.

»Steck doch gleich deinen Kopf in die Spülmaschine. Wenn du jeden Tag die Dampftherapie machst, hast du keine Pickel mehr«, sagt Mutter.

Ich stecke meinen Kopf in die Spülmaschine. Mit einer Hand schiebe ich den Deckel ganz nah an meinen Kopf. Ich fühle mich wie in einer Guillotine. Der heiße Dampf auf meinem Gesicht beruhigt mich aber.

»Komm raus, Marie Antoinette«, sagt Mutter. »Weißt du, den Kopf in den Sand stecken ist auch keine Lösung. Obwohl Sand ja auch ein gutes Peeling ist.«

Vater fragt, was denn mit uns los sei. Ich sei doch eigentlich die Gelassene und Mutter die Einfühlsame. Mutter sagt, dass das Restaurant voll sei, es gebe gerade keine Zeit für Einfühlsamkeit. Ich höre, wie die Tür zugeht.

»Mama ist draußen, du kannst jetzt auch rauskommen.«

»Ich komme nicht raus, bevor ich nicht schöner geworden bin«, sage ich.

Vater sagt nichts.

»Papa?«, frage ich, aber ich höre nur Mutter, die ruft: »Hast du heute Morgen die gefüllten Gnocchi vorbereitet? Dann zwei mit Spinat und zwei große Salate.«

»Papa?«, frage ich, und er nennt mich »Brutta«. Das heißt »die Hässliche«. Ich will weinen, aber er summt die Melodie von »Brutta« von Alessandro Canino. Es geht um ein Mädchen, das sich hässlich findet und sich einsam fühlt. Ein Junge singt, dass sie ihm aber gefalle. Genauso, wie sie ist. Vater ist überzeugt, dass das kein Verehrer singt, sondern ein Vater für seine Tochter. Als würde ich kein Italienisch verstehen. Vater singt jetzt: »Lo vedi che non sei brutta. Crescere è sempre una lotta. Ma conta su di me. Perché per me non sei brutta. La vita fuori ti aspetta. Ti aspetta insieme a me. – Du siehst, dass du nicht hässlich bist. Erwachsenwerden ist immer ein Kampf. Aber zähl auf mich. Denn für mich bist du nicht hässlich. Das Leben draußen wartet auf dich. Es erwartet dich mit mir zusammen.« Ich finde das furchtbar kitschig und sage das auch. Aber ich denke, dass die Welt ein schönerer Ort wäre, wenn man den Kitsch ertragen könnte. »Das Leben draußen wartet auf dich«, singt Vater. Aber draußen wartet überhaupt nichts auf mich. Alles, was ich zum Leben brauche, ist hier.

»Wir haben schon seit Ewigkeiten keine Liebe gemacht«, sagt Vater zu Mutter. Ich sitze am Stammtisch und lese. Ich blicke auf, um zu schauen, ob er das zu Mutter sagt. Sie stehen hinter der Theke.

»Du hasst mich! Gib es zu«, sagt Vater.

»Renzo, du nervst. Du bist wie ein kleines Kind. Ich habe keinen Kopf dafür. Ich muss darüber nachdenken, von was wir leben«, sagt Mutter.

»So ernst bist du. Komm schon, sag mir was Schmutziges«, sagt Vater.

»Küche und Bad«, sagt Mutter.

»Bist du wieder schwanger?«, fragt Vater.

»Du verstehst gar nichts. Manchmal fühle ich mich wirklich allein«, sagt Mutter.

»Komm schon, gib mir nur ein bisschen Liebe. Zeig mir, was du drunter trägst.«

Mutter fasst mit einem Daumen in den Bund ihres Rockes und zieht ihn von ihrem Bauch weg. Vater schaut rein. Sie lächelt. Widerlich. Aber aus der *Bravo* reißt sie mir die Dr.-Sommer-Seiten raus. Ich lese weiter, und plötzlich regt sich Vater auf. Mutter sei wahnsinnig geworden. Sie würde uns alle ins Unglück stürzen. In letzter Zeit bekommen sie sich immer öfter wegen irgendwas in die Haare.

»Eine lila Unterhose!«, presst Vater aus der Kehle.

»Ich bin wahnsinnig? Wahnsinnig ist, dass ich all deinen Wahnsinn ertrage«, sagt Mutter.

Ich schaue wieder auf. Wenn so oft das Wort Wahnsinn fällt, sollte ich meine Eltern im Blick behalten. Mutter greift unter ihren Bleistiftrock und zieht sich die Unterhose aus. Die Schuhe behält sie dabei an. Sie schwenkt die Hose in der Luft und läuft weg, immer noch mit ausgestrecktem Arm. In der Bewegung sieht sie aus wie die Frau aus der Französischen Revolution. Das Bild haben wir uns erst letztens in Geschichte angeschaut. Statt der Fahne hält Mutter aber die Unterhose hoch. Mutter dreht sich jetzt um. Ich finde, die

Unterhose sieht eher rosa aus, vielleicht ein bisschen flieder. Mutter wirft Vater die Unterhose ins Gesicht. Er fängt sie reflexartig auf. Dann wirft er sie von einer Hand in die andere. Dabei stößt er kleine Laute aus. Er schafft es, die Unterhose auf die Stahloberfläche zu werfen. Dann nimmt er das Feuerzeug, das danebenliegt. Mit dem Feuerzeug macht Mutter sonst die Kerzen an den Tischen an.

»Papa, das ist nur ein Aberglaube«, sage ich. Er lässt sich nicht abhalten und hält das Feuerzeug an das winzige Stück Stoff mit Spitze. Es macht klick. Die Unterhose hätte bei Stiftung Warentest versagt. Schnell entzündlich. Sie riecht nach Plastik. Mutter öffnet den Hahn hinter der Bar. Wegen des Gummischlauchs kann sie ihn auf die Unterhose richten. Sie spült die Unterhose vom Tresen. Dann zielt sie auf Vater.

Als sie sich beruhigt haben, sagt Mutter, dass sie es eigentlich süß fände, dass Vater sie noch immer schön findet und so liebevoll sei. Vater klopft sich auf die Schulter.

»Ich weiß, dass du jetzt schon unseren Hochzeitstag planst«, sagt Mutter.

Vater unterbricht sie und meint, sie seien jetzt schon sechzehn Jahre verheiratet, sie würde doch nicht glauben, dass er was geplant habe. Mutter sagt, sie wolle nur mal gesagt haben, dass sie dieses Jahr etwas ruhiger feiern möchte.

»Ich will keinen Baby-Tiger geschenkt bekommen, keinen Flashmob, kein Tulpenfeld, das ich wieder verkaufen muss«, sagt sie.

»Warum nicht?«, frage ich sie, da ich mich immer auf den 2. Februar freue.

»Erstens: Wir haben nicht mehr so viel Geld wie früher«, sagt sie. Dann sagt sie nichts mehr.

»Zweitens?«, fragt Vater.

»Ein Pils, bitte«, ruft ein Mann von draußen. Mutter geht aus der Küche.

Vater holt sein Handy und drückt auf Wahlwiederholung.

»Ey, amico, kein Feuerwerk«, sagt er. Er legt auf und fragt mich, was ich glaube, was der zweite Punkt sei. Ich überlege und antworte, dass Mutter sich romantisch vielleicht anders vorstelle, nicht mit so viel »Pompon«.

Vater schaut verwirrt und sagt, dass er dachte, Frauen wollten große Gesten.

»Vielleicht will Mama mal was, das nur euch beide angeht«, sage ich.

Vater hält jetzt beide Hände in die Luft und macht die typisch italienische Handbewegung. Sie soll heißen: »Was will sie von mir?«

»Vielleicht geht ihr was essen. Nur ihr beide«, sage ich.

»Langweilig«, sagt er.

»Ein Nachtspaziergang?«

»Im Ferrari?«, fragt er.

»Nein.«

»Langweilig.«

»Ja, dann kann ich dir auch nicht helfen«, sage ich.

Vater seufzt. So hat er sich das Leben nicht vorgestellt. Ohne Ferrari. Keine volle Fahrt voraus.

»Ist das unsere Zukunft?«, fragt er.

»Keine Ahnung, ich bin ein Streuselkuchen und keine Glaskugel«, sage ich.

XII

In dem alle wahnsinnig werden, obwohl sie es schon immer waren, oder: Der Liebeskummer und meine Melonen

Schließlich werde ich sechzehn Jahre alt. Auf einmal sind sie da, fast ein bisschen spät. Die Brüste. Sie sind so schnell gewachsen, dass die Haut platzt. Und Sabine platzt vor Stolz. Wie prall und schön sie seien. Ich mag die roten Streifen darauf nicht. Und auch nicht, dass es warm in der Hautfalte wird. Ich mag auch nicht, dass die Männer so schauen. Ich schaue ja auch nicht auf ihren Schritt. Obwohl ich es versuche. Damit sie sehen, dass es nervt. Bei Rudi klappt es nicht. Er sabbert nur mehr als vorher und versucht, seinen Kopf zwischen meine Brüste zu quetschen. Es ist das erste Mal, dass ich etwas Abstand gebrauchen könnte. Zu dem allen hier. Aber Mutter ruft: »Wechsle mal das Bierfass, ich bin kurz im Keller.« Ich ziehe den Schlauch vom Fass, und auf einmal spüre ich es in meinem Gesicht, ein Strahl, eine Fontäne. Ich höre es klatschen, und mein T-Shirt ist ganz nass. Es ist klebrig. Alle schauen mich an.

»Wet T-Shirt Contest«, sagt ein Typ.

»Jaja, lustig, jetzt her mit dem Trinkgeld«, sage ich.

Ich gehe zu dem Typen und strecke meine Hand aus.

»Ist ja nicht verboten«, sagt der.

»Ich bin minderjährig«, sage ich, er steckt mir zwanzig Euro zu, und Sabine platzt wieder, weil ich so gerissen wie meine Brüste bin.

Mutter kommt zurück, ich habe mir ein neues T-Shirt angezogen. Früher wollte ich gerne Vater und Mutter helfen und durfte nur manchmal. Heute muss ich helfen und will nicht. Kellner sind uns zu teuer geworden. Ich nehme die Bestellungen auf, ich schenke Bier ein, ich rolle das Besteck, ich hole Lebensmittel aus dem Keller.

»Das ist Kinderarbeit«, sage ich zu Mutter.

»Ich habe schon mit neun gearbeitet«, sagt Vater.

»Ich kann ja das Jugendamt anrufen«, sage ich.

»Früher waren die Kinder nicht so respektlos. Die haben einfach geholfen und nicht gedroht«, sagt Vater.

»Andere Teenager helfen auch beim Abwasch«, sagt Mutter.

»Andere Teenager werden schwanger«, sage ich.

Ich bin gar nicht so weit davon entfernt, ein schwangerer Teenager zu werden. Denn ich habe vor, einen Jungen zu küssen. Matteos Cousin. Er arbeitet seit einigen Wochen bei uns. Er kommt auch aus Sizilien und will keine Orangen mehr auf der Plantage pflücken. Er ist auch sechzehn Jahre alt. Und so heiß, er sieht aus wie Matteo früher. Schwarze Haare, leichte Muskeln. Nicht zu dicke und nicht zu dünne Lippen. Als er in den Keller geht, um einen Kasten Coca-Cola zu holen, folge ich ihm. Es riecht nach Feuchtigkeit. Es ist dunkel. Und dann drücke ich ihn gegen den kalten Stein und küsse ihn. Er küsst mich. Es fühlt sich furchtbar an, und vor allem: Er riecht nach Limette und nicht nach Moschus und Meer.

Matteo dagegen riecht nach Moschus und Meer, hat aber nichts verstanden. Als ich die Blumengestecke von gestern in den Müll werfe, reißt er sie mir aus der Hand und stellt sich an das Fenster.

»Wunderschöne Frau, schöne Blumen für Sie«, sagt er und reicht einer vorbeilaufenden Frau mit Rollator die Blumen.

»Schloimiger Italjeener, Sie. Schämet Sie sich was, i bin neunzig!«, sagt sie.

Als Vater das hört, klopft er Mutter in seinem Lachanfall so fest auf die Schulter, dass sie den ganzen Tag nicht mehr mit ihm reden wird. Das weiß ich.

Matteo dreht sich um. »Blumen wollen sie keine. Aber Geld wollen sie bestimmt. Die Schwaben«, sagt er. Während er zur Tür läuft, sagt er, dass er zur Bank gehen wolle, um sein Gespartes in Hundert-Euro-Scheine zu wechseln. Diese wolle er dann von der Johanniskirche mit dem schiefen Turm werfen. Er wolle unbedingt noch etwas Gutes tun. Matteo rennt raus. Die Frau, die noch keine drei Meter weitergekommen ist, ruft um Hilfe und dass man den Vergewaltiger schnappen solle.

»Ja, renn ihm hinterher, Jessy. Er ist wahnsinnig geworden. Das ist der jahrelange Umgang mit deinem Vater«, sagt Mutter.

»Ich bin zu alt zum Rennen. Mein Rücken. Ich bin fast siebzehn!«

Trotzdem gehe ich. Ich gehe gerne dorthin, wo Matteo hingeht. Aber ich finde ihn nicht mehr.

Als Matteo zurückkommt, sieht er müde aus.

»Die wollten mir nicht alles auszahlen. Obwohl das mein Geld ist. Aber fünftausend Euro sind jetzt unter den Menschen. Jetzt kann ich zufrieden sterben.«

»Du hast fünftausend Euro verschenkt?«, fragt Vater, und Mutter sagt, dass Matteo doch nicht sterben müsse. Jedenfalls nicht, bevor er hundert Jahre alt werde.

»Doch!«, sagt Matteo. »Es ist früher als gedacht, aber wenn das Jesus' Wille ist. Ich liebe euch. Versprecht mir, dass ihr alle meine Liebhaber und Liebhaberinnen auf meine Beerdigung einladet.«

Vater sagt, da hätten wir aber viel zu tun, und ich spüre eine Herz-Rhythmus-Störung. Ich schlage mir auf die Brust, als könnte ich das ausgleichen, wie bei einem kaputten Fernseher. Ich glaube Matteo nicht, aber das Gefühl ist da.

»Warum denkst du das? Warst du beim Arzt?«, fragt Mutter.

»Nein, den brauche ich nicht. Ich hatte Blut in meiner, na ja, in meiner Kacka.«

»Das muss nicht schlimm sein. Geh zum Arzt und sag, dein Stuhl ist rot.«

»Mein Stuhl ist aber braun«, sagt Matteo und schaut hinunter. Während die beiden aneinander vorbeireden, fällt es mir ein.

»Barbabieto agrodolci al finochietto«, sage ich lauter als geplant.

Die beiden schauen mich an.

»Wir haben gestern alle Rote Bete gegessen«, sage ich.

Matteo versteht nicht.

»Mein Stuhl war nicht rot, aber lila«, sage ich.

Kurz darauf werde auch ich wahnsinnig. Vielleicht, weil jeder will, dass ich wahnsinnig werde. Damit es ins Bild passt. Ein Kind, das in einer Kneipe aufwächst, kann nicht normal werden. Ein Kind, das so frech ist, das bringt Schwierigkeiten mit sich. Früher oder später. Früher oder später muss es einen Fehler machen. Und später, nämlich jetzt, mache ich einen Fehler. Aber ich muss ihn machen. Ich will unbedingt. Ich gehe zu Matteo. Er ist hinter der Theke, wo er gerade einen Kasten Coca-Cola abgestellt hat. Vater und Mutter sind einkaufen. Und irgendwie bin ich gar nicht nervös, aber als ich etwas sage, oder etwas sagen will, ist mein Brustkorb zu klein für meine Lungen. Matteo fragt, was mit mir los sei. Ich sage, ich fühle mich wie ein Kreisel. Mein Kopf ist ein Kreisel. Ich drehe ihn und Matteo legt beide Hände auf meine Wangen, damit ich aufhöre. Seine Hände sind so warm. Und mein Herz ein Kreisel. Und dann küsse ich ihn einfach. Es fühlt sich richtig an. Vor allem: Er riecht nach Matteo. Nach Moschus und Meer. Dann schubst er mich einfach weg und sagt, er fühle sich wie Woody Allen. Ein Vater, der mit seiner Adoptivtochter rummacht. Er schubst mich so stark, dass ich gegen die Gläserwand falle. Ich spüre das Regal an meinen Knochen, und es löst sich, drückt mich zu Boden. Ich höre Matteo meinen Namen sagen. Die untere Reihe mit Gläsern geht zu Boden. Die Gläser fallen über meine Schulter, über meinen Kopf. Wie ein Wasserfall. Es hört gar nicht auf. Und dann sitze ich so zwischen dünnen Weinglasscherben und dicken Schnapsglasscherben. Und ich denke, eigentlich ist es schön, wenn etwas passiert, das dem Gefühl entspricht. Viele Scherben für einen Korb. Meine Hände jucken. Überall Splitter. Bisschen Blut.

Vater wundert sich kurz darauf, wo die ganzen Melonen sind. Er kauft jeden Tag eine, um daraus Melonensorbet zu machen. Wenn sie verschwindet, ist er zu faul, noch mal eine kaufen zu gehen, denn die guten Wassermelonen gibt es nur beim Türken auf dem Hardt. Dann macht er eben normale Granita, Gefrorenes mit Zitrone. Wenn Vater die Melonen bringt, warte ich, bis er aufs Klo muss, auch wenn das dauern kann. Dann stelle ich mich vor die Melone und sehe mir die grüne Schale mit hellgrünen Streifen an. Ich klopfe mit der Handfläche darauf und trage sie auf den Hof. *Ich habe eine Wassermelone getragen.* Dort lasse ich sie ganz sachte fallen und sehe zu, wie sie zwischen Stadtmauer und Ladenwand rollt. Ein kleines Versteck. Ich hebe sie auf, gehe drei Meter zurück und ziele auf den Spalt.

»Das ist für dich, du mieses Arschloch, du Herzensbrecher, du Arsch von Matteo«, sage ich und werfe die Zehn-Kilo-Melone hinein und sehe zu, wie sie explodiert, das rote

Fruchtfleisch herausquillt und die schwarzen Kerne auf dem schwarzen Beton fast nicht mehr zu sehen sind. Das erleichtert. Dann hebe ich ein Stück auf und schüttle es ein wenig, aber die Kieselsteine bleiben dran kleben. Ich nehme einen großen Bissen, und die Kieselsteine knirschen zwischen meinen Zähnen. Andere essen Eis, wenn sie Liebeskummer haben, oder schauen einen Liebesfilm aus den Fünfzigern oder trinken Alkohol – ich werfe Melonen. Tag für Tag.

Dabei bin ich nicht die Einzige mit Liebeskummer.

»Einen Gin, bitte«, sagt ein Gast an der Theke. Er fährt mit den Fingern über die Thekenplatte, als würde er etwas schreiben. Ich kenne ihn nicht, aber Mutter umarmt ihn und sagt: »Lange her.«

Dann sagt sie: »Ich dachte, du bist trocken?«

»Das ist mein Bier. Gib mir den Gin«, sagt er.

»Das willst du nicht wirklich«, sagt sie.

Er sagt: »Gin«, und ein leiseres: »Bitte«.

Mutter holt die Flasche aus dem Glaskasten und öffnet sie.

»Was ist los?«, fragt Mutter in einer so zärtlichen Stimmlage, dass jeder ihr antworten würde. Der Gast fährt weiter mit der Hand über die glatte Platte.

»Sie hat mich verlassen«, sagt er.

»Ihr müsstet doch jetzt Bronzehochzeit haben«, sagt Mutter.

»Nicht meine Frau. Das würde sie niemals tun.«

Mutter schaut fragend, und in dem Augenblick klingelt sein Handy.

»Dieses Jahrzehnt ist zum Kotzen«, sagt er zu Mutter.

»Schatz, ja, kann gerade nicht.« Er keucht vor sich hin. Ein sterbender Hund.

»Auf was wartest du? Nein, ich rede nicht mit dir. Schlag auf! Verdammt. Fifteen Love! Aber jetzt, jetzt zeig ich's dir. Nein, ich meinte nicht dich. Bis später, Schatz«, sagt er schnell und legt auf.

»Tennis«, sagt Mutter.

»Ich kann jeden Tag zwei Stunden weg und dann geduscht nach Hause kommen.«

»Du siehst nicht aus, als würdest du jeden Tag Sport machen.«

»Hat meine Frau auch gesagt«, sagt er. Dann nimmt er die Flasche aus Mutters Hand und sagt: »Ein Glas. Ein Liebeskummerglas.«

Als er weg ist, erzählt mir Mutter, dass sie einmal Liebeskummer wegen diesem Mann hatte. Früher hatte er Grasflecken vom Kiffen auf der Wiese, heute vom Hinknien, wenn er den Golfball sucht. »Oder ein anderes Loch«, ruft Sabine zu uns herüber.

»Ich dachte, du hörst schlecht«, ruft Mutter zurück und erzählt, sie hätte niemals gedacht, dass sie über ihn hinwegkomme, und er hätte nie gedacht, dass er ein Spießer wird. »Das Leben ist ein offenes Kunstwerk«, sagt sie.

Hoffentlich brauchen Vater und Mutter nicht bald auch ein Liebeskummerglas. Ich weiß nicht, wann es passiert ist, aber auf einmal hassen sich meine Eltern. So wie ich Matteo jetzt hasse und die Gäste uns, denn das Restaurant ist immer öfter leer, bis auf Rudi und Sabine.

»Wir hassen uns doch nicht«, sagt Mutter.

»Also, ich hasse dich«, sagt Vater.

»Klappe!«, sagt Mutter und schaut mich mit einem lieben Lächeln an, bevor sich ihre Lippen verziehen und sie einen Hustenanfall bekommt.

»Mach nur weiter so, dann müssen wir noch schließen, weil die Leute denken, du bist erkältet!«

»Die Leute wissen, dass ich Asthma habe«, sagt Mutter

und nimmt einen Zug aus ihrer pinken Spraydose und Vater einen Zug von seiner Zigarette.

»Du bringst mich noch um«, sagt Mutter und schnippt mit den Fingern gegen Vaters Zigarette. Dann meint sie, wenn wir schließen müssten, wäre das sowieso Vaters Schuld.

»Was sind das für Preise? Sechs Euro für eine Dorade, das kostet die schon im Einkauf«, sagt sie.

»Die Leute zahlen nicht mehr, schau doch mal den Inder an, der verkauft Pizza für drei Euro.«

»Ja, aber wir haben auch keinen Analogkäse. Dann kauf eben den billigeren Mozzarella.«

»Nein! Dann gehe ich lieber unter und nehme euch alle mit«, sagt Vater dramatisch.

»Dann wird es ein langsamer Tod«, sagt Mutter auch dramatisch und zählt Zahlen auf. Vater könne nicht kalkulieren, von Wareneinsatz und mal drei habe er noch nie gehört.

»Ich hätte zu Ende studieren sollen«, sagt Mutter, als wäre das Studium ein Garant für bessere Kalkulationen. Dann sagt sie, dass wir jeden Monat unser gespartes Geld in die zu hohe Pacht und den Einkauf steckten. Noch hätten wir genug Geld, um den Krug am Leben zu erhalten, aber wie lange noch?

»Ich brauche jetzt dringend eine Melone«, sage ich und gehe in die Küche.

Matteo steht dort. Und es ist, als ob nichts gewesen wäre. Kein Kuss. Keine Ablehnung. Matteo sagt, er habe für mich die Pizza Jessica erfunden. Vielleicht ist da doch was. Ein schlechtes Gewissen. Weil er jede Frau liebt, auch die toten, jeden Mann, jede Ziege – nur mich nicht.

»Magst du sie probieren?«, sagt er und hält mir ein Stück hin. Ich nehme es und werfe es ihm ins Gesicht. Dort bleibt es erst kleben, bevor es auf den Boden fällt. Ich tue nicht so, als wäre nichts gewesen.

»Deshalb ist die Pizza Jessica schärfer als die Diavolo«, sagt Matteo.

»Dir hängt irgendwas an der Augenbraue«, sage ich.

»Das kann nur scharfe Salami, Fenchel oder Ziegenkäse sein.«

»Ich erinnere dich also an Salami, Fenchel oder Ziegenkäse?«

»Ja, aber ich muss noch etwas ausprobieren: Möchtest du auch Feige sein?«

In nächster Zeit werde ich wirklich etwas feige sein, denn obwohl ich daran denken muss, wie seine festen Lippen sich auf meinen anfühlen und wie Matteo sich wohl ganz anfühlt, tue ich nichts mehr. Ich werfe ihm nichts ins Gesicht. Ich weine nicht. Ich fluche nicht. Ich werfe keine Melonen. Ich freue mich einfach, dass er noch da ist. Man kann einem Welpen, der auf den Boden pinkelt, nicht böse sein. Ich freue mich, dass er jeden Morgen sagt, was für ein wunderschöner Morgen es doch sei, dass er jeden Mittag mit uns Mittagsschlaf hält. Und abends mit mir alle Filme mit Bud Spencer und Terence Hill schaut, am liebsten *Vier Fäuste für ein Halleluja*, und dabei die Schlaggeräusche nachmacht. Puff und peng. Dabei essen wir Vaters Granita und haben hin und wieder einen Eisschlag im Gehirn.

XIII

Wie ein Feuer unser Leben verändern wird,
was man mit Zitronen machen sollte und
wie ich über mich hinauswachse

Ein paar Straßen vom Krug entfernt, in der Glockenwirtschaft, brach ein Feuer aus. Das war vor rund zweihundert Jahren. Am 17. Juli 1793 brannten siebenundzwanzig Gebäude ab. Die Gmünder hatten Angst, dass beim nächsten Feuer auch das Rathaus in Mitleidenschaft gezogen werden könnte. Also kamen sie dem Brand zuvor und zerstörten das Rathaus, bevor es zerstört werden konnte. Sie trugen das hölzerne Gebäude aus dem Jahr 1523 innerhalb von drei Wochen ab. Ganz. Das heutige Kornhaus sollte auch aus Vorsicht entweder an eine sichere Stelle verlegt oder abgetragen werden. Dafür war dann aber kein Geld mehr da.

Ich verdiene auch schon Geld, indem ich die Gäste beim Pokern besiege. Dann macht der Rauchmelder in der Küche einen Ton, der im Kopf wehtut.

»Dass die immer in der Küche rauchen müssen«, beklagt sich Mutter und läuft zum Fenster, weil ein Pärchen ihr ein Handzeichen macht. Da Vater den Rauchmelder noch nicht ausgestellt hat, laufe ich zur Küchentür. Ich sehe, dass Rauch durch die Ritzen kommt. Ich öffne die Tür, und in meinem Gesicht spüre ich es wie einen Schlag. Hitze. Ich kann überhaupt nichts sehen, nur Rauch und Feuer.

»Papa«, sage ich. Und dann »Matteo«, aber dann atme ich einmal tief ein und sage, so laut ich kann: »Raus! Es brennt.«

»Renn!«, ruft mir Mutter zu, aber ich überlege nicht lange, binde mir meinen Schal um die Nase, nehme den Feuerlöscher hinter der Theke und ziele in die Richtung, wo der Herd sein muss. Ich höre Trampeln. Wie eine Gazellenherde.

Mutter fragt: »Sind jetzt alle draußen?«

Ich höre Sabine, die hysterisch in den Telefonhörer weint. »Hab ich doch gesagt, Sie Penner. Feuer in der Ochsenbacher Gasse 7.« Dann schaut sie, ob Rudi betrunken unter einem Tisch liegt. Mutter sagt zu Sabine, sie solle um das Restaurant herumlaufen und die Hoftür öffnen, damit der Rauch entweichen kann. Ich spüre fünf Finger an meinem Arm, so fest, dass nicht nur der Druck, sondern auch schon die blauen Flecken schmerzen.

»Geh jetzt! Sonst trage ich dich raus«, sagt Mutter.

»Bitte schön«, sage ich, und Mutter sagt eine ganze Reihe Schmutzwörter, die ich noch nie aus ihrem Mund gehört habe. Aber sie merkt, dass ich ohne Vater und Matteo nirgendwohin gehe und dass jetzt keine Zeit mehr ist. Mutter geht und kommt wieder mit dem zweiten Feuerlöscher. Sie gibt mir den richtigen Rauchschutz, den ich mir über den Kopf ziehe und vor dem Mund platziere. Wir stehen nebeneinander wie Gangster mit ihren Waffen, und so langsam kann ich das Salz, die rosa Beeren, den Lorbeer auf dem Regal, den Ofen und Matteo am Boden erkennen. Es flammt nicht mehr, alles ist schwarz und die Luft grau. Aber da Sabine jetzt die Tür öffnet, wird es klarer. Ich renne auf Matteo zu, Mutter mir hinterher, ich packe Matteo unter den Armen und versuche, ihn zur Hintertür zu ziehen. Auf einmal entzündet sich an der Dunstabzugshaube wieder eine Flamme. Mutter ruft nach Vater und flucht.

»Hör auf, die Heldin zu spielen«, sagt sie und rennt in die Abstellkammer. Aber ich werde Matteo nicht liegen lassen. Ich höre die Feuerwehr.

»Ich sage denen, dass sie hier hinten parken sollen«, schreit Sabine. Sie sollte mir lieber helfen, aber da ist sie schon weg. Matteo ist schwer, und meine Arme möchten nicht. Ich ziehe ihn über die Stufe vor der Tür, und dann zieht es in meinem Unterleib.

»Noch ein paar Meter«, sage ich, die Schmerzen werden immer stärker, ich schaue auf Tonis Löwenkopf-Ring an meinem Finger, uno due tre quattro, etwa vier Meter weiter lasse ich mich auf Matteo fallen. Ich höre Mutter leise »Amore« sagen. Die Feuerwehrmänner laufen in die Küche und packen Mutter an der Schulter, die anfängt, mit ihren Armen zu rudern.

»Sie machen uns die Arbeit so nur schwerer«, sagt der Feuerwehrmann, und Mutter geht von alleine. Ein Sanitäter kommt auf mich und Matteo zugerannt. Ich huste und sage: »Papa.«

»Papa«, sagt jemand zu mir. Erst jetzt erkenne ich, dass es Vater ist. Eine Vater Morgana.

»Da gehe ich nur kurz einkaufen, und ihr fackelt das Restaurant ab?«, schreit er. Er wirft das Netz Zitronen auf den Boden. Ich sage: »Wenn das Leben dir Zitronen gibt, dann mach …«, und Mutter unterbricht mich und sagt: »Wage es nicht, Limonade zu sagen.«

»… Granita draus«, sage ich. Ich bin so erleichtert, ihn zu sehen, zu wissen, dass er nicht in der brennenden Küche steckt, dass ich zu heulen anfange.

»Ich war genau sieben Minuten weg«, sagt Vater. Matteo ist im Krankenwagen. Er ist wieder zu sich gekommen, jedenfalls kurz, und hat irgendwas von »Lasst mich sterben, das ist meine Strafe« geredet, aber er wird eher nicht sterben, auch wenn er eine Rauchvergiftung hat. Die Pfanne mit Öl sei in Flammen aufgegangen, und er habe versucht sie zu löschen. Mit Wasser. Dabei habe Vater ihm doch gesagt, dass man Fett nicht mit Wasser löscht.

»Der Junge ist nicht nur dumm, er ist gefährlich«, sagt Vater. Ich werde ihn nicht mehr loslassen. Es muss komisch aussehen. Mutter und ich haben Sauerstoffmasken bekommen, die wir wieder aufsetzen, ich klammere mich an Vaters linken Arm, Mutter an den rechten. Vater schaut auf die Trattoria und sagt: »Wir sind am Ende.«

AKT 5

XIV

Wie wir neu anfangen oder: Die Nervensägen und was Vater mit Arnold Schwarzenegger und Sylvester Stallone gemeinsam hat

Wenige Tage später: Die Dunstabzugshaube hat schwarze Tränen hinterlassen. Der Stahl der Arbeitsflächen ist fleckig, die weißen Fliesen braun. Der Herd ist eine schwarze Masse. Rauch und Ruß haben alles kaputt gemacht.

»Wir haben schon lang nicht mehr montags freigehabt«, sage ich.

Mutter wischt sich mit den gelben Handschuhen über die Stirn.

»Du bist kaltherzig. Eiskalt«, sagt sie.

»Wenigstens brenne ich nicht.«

»Ich will gar nicht daran denken, was alles hätte passieren können.«

»So ist das, wenn ihr Matteo zutraut zu kochen.«

»Pizza macht er unfallfrei, aber kochen kann er nicht.«

»Mir fällt gerade ein: Wir sind bestimmt in der Zeitung«, sage ich und laufe zur Tür. Dort wühle ich in dem Stapel von Regionalblättern, Wachtürmen und Aldi-Prospekten.

»Das war am 8. Juli, oder?«, frage ich. Bevor Mutter etwas sagen kann, rufe ich: »Gefunden!«

»Lies mal vor«, sagt Mutter.

»Um 19 Uhr wurde der Bereitschaftsdienst alarmiert. Das Küchenpersonal eines Restaurants in der Ochsenbacher Gasse hatte einen Brand am Herd bemerkt. Das Fett in der Pfanne hatte Feuer gefangen. Der Versuch der Küchenhilfe, den

Brand mit Wasser zu bekämpfen, war der Sache nicht dienlich gewesen.«

Ich mache eine Lesepause, weil ich lachen muss.

»Irgendwann wirst du an deinem Lachen ersticken«, sagt Mutter, und ich frage mich, wann sie merkt, dass ich nicht weiß, wie ich sonst mit den Dingen umgehen soll.

»Ach komm, das ist doch so … so Matteo.«

»Lies weiter.«

»Die Inhaberin und deren siebzehnjährige Tochter löschten einen Großteil des Feuers. Die Feuerwehr bekam mithilfe einer Löschdecke sowie speziellem Fettbrandlöscher die Lage endgültig in den Griff. Mit dem Druckbelüfter wurde der Küchenraum rauchfrei und mit der Kontrolle der Lüftungsanlage der Einsatz beendet. Verletzt wurde niemand. Der Schaden wurde durch die Polizei auf circa einhunderttausend Euro geschätzt.«

»Matteo ist ein Esel«, sage ich; »zum Glück zahlt das die Versicherung.«

»Wir haben vor zwei Wochen die Versicherung gewechselt. Dachte ich jedenfalls. Dein Vater hat vergessen, die Papiere einzusenden.«

»Papa ist auch ein Esel.« Und jetzt verstehe ich, was Vaters »Wir sind am Ende« zu bedeuten hatte.

»Pasquale! Was hat dir Matteo nur angetan«, sagt Vater und streichelt seinen Ofen. Ganz braun ist der einst silberne Stahl jetzt. Der blaue Türgriff ist geschmolzen. Vater schaut Matteo an. Matteos Lippe ist blutig, weil er die ganze Zeit auf ihr herumkaut. Er sagt kaum noch etwas, jedes zweite Wort ist: »Scusa.« Mutter schüttelt ununterbrochen den Kopf, ich warte nur auf ein Schütteltrauma.

»Was machen wir jetzt nur?«, fragt Mutter.

»Ich schätze, renovieren«, sage ich, und Mutter bedankt sich und sagt: »Das weiß ich auch.«

»Warum fragst du dann?«

Die Küche muss komplett renoviert werden, denn das Löschpulver ist überall eingezogen. Vater, ein paar Freunde und Handwerker werfen alles in den großen Container im Hof. Es dauert drei Wochen, aber wir sind immer noch nicht fertig. Der Estrich ist noch nicht gelegt und die Einrichtung nicht gekauft. Weil man nur kaufen kann, wenn man Geld hat. Das Geld, das Matteo uns gegeben hat, reicht gerade einmal für neue Gewürze und einen Kanister Olivenöl, und auch dass er erst einmal auf sein Gehalt verzichtet, hilft nicht groß weiter.

»Wir haben noch dreißig Euro für den Monat«, sagt Mutter.

»Tizia, wir müssen Jessys Sparbuch auflösen«, sagt Vater.

»Auf keinen Fall, das ist für ihr Studium«, sagt Mutter.

»Ich studiere nicht, ich werde Köchin«, sage ich, aber niemand reagiert darauf. Ich stehe vom Tisch auf, das ist mir zu negativ, das alles.

»Wo gehst du hin, Jessy?«, fragt Mutter.

»Flaschen sammeln«, antworte ich.

Jeden Tag, den der Krug geschlossen bleibt, machen wir Schulden. Mit dem Umsatz, der vom Columbia übrig bleibt, bezahlen wir die laufenden Kosten, die Angestellten. Mutter und Vater versuchen, einen Kredit aufzunehmen. Der Bankangestellte lacht und sagt: »Nicht kreditwürdig.« Vielleicht, wenn jemand bürgen würde. Aber der Bankangestellte kennt einen Investor, der am Columbia interessiert wäre. »Sie deutscher Mafioso«, sagt Vater zu ihm, aber Mutter legt ihm die Hand auf die Schulter, und er setzt sich wieder. Sie überlegen, den Krug zu verkaufen und im Columbia weiterzuarbeiten wenn man auch noch einen Lieferdienst anböte, könnte das Geld für Vater, Mutter und mich reichen.

»Ihr könnt doch nicht verkaufen, was ihr aufgebaut habt«, sage ich, und Mutter antwortet trocken: »Einen Tod muss man sterben.«

Mitternacht, 25. Juli 2005.

»Was hast du dir gewünscht?«, fragt Matteo, als ich die achtzehn Kerzen ausblase.

»Das fragt man nicht«, ruft irgendeiner von den Gästen.

»Blöde Fragen gibt es eben doch«, sage ich. »Du kokelst das Restaurant ab, was soll ich mir wünschen, neue Schuhe?«, sage ich und beginne die Ricotta-Torte zu schneiden. Als ich aufsehe und Matteo mit den wackelnden Ohren sehe, merke ich, dass ich mir immer noch IHN wünsche. Ich beuge mich zu Matteo und sage: »Dich«, und bereue sofort, dass mein Herz auf meine Zunge gerutscht ist. Ich schlucke es hinunter.

»Jetzt wird der Wunsch nicht wahr«, sagt Matteo. Wird er sowieso nicht. Weil Matteo schwul ist. Glaube ich jedenfalls, obwohl er auch mit Frauen schläft. Wahrscheinlich ist er homophob und braucht das, um sich besser zu fühlen. Ich brauche auch etwas, das mich mich besser fühlen lässt.

Am nächsten Morgen verstehe ich nicht, warum Vater und Matteo noch fröhlicher sind als sonst. Vielleicht, weil Matteo dem Tod knapp entkommen ist, obwohl es gar nicht knapp war. Aus der provisorischen Küche hört man immer wieder ein paar Liedzeilen. Von »Che bella cosa 'na jurnata 'e sole« bis zu »Durch den Monsun«. Sogar Mutter singt mit, und Vater verlässt schlagartig den Raum und sagt: »Damit die Gäste auch sehen, dass deine Mutter nur singt und ich sie nicht schlage.«

Nach »Like A Virgin« nehmen Matteo und Vater sich in den Arm und klatschen sich auf den Rücken. Dann sagt Vater: »Weißt du, Boy George, vielleicht muss ich dir danken.«

»Warum, Chef?«, fragt Matteo.

»Als du die Küche abgefackelt hast, ist mir klar geworden, dass wir sofort das Restaurant schließen müssen.«

»Feuerst du mich?«

»Nein, das kannst du selbst«, sagt Vater und lacht, obwohl er kurz Gänsehaut bekommt, wenn er an den Brand denkt, das kann ich sehen.

»Aber du weißt ja, dass wir gerade etwas Probleme mit dem Geld haben.«

»Du feuerst mich, oder?«

»Nein, hör zu, ich habe mit Tiziana darüber geredet, und wer dauerhaften Erfolg haben will, muss sein Vorgehen ständig ändern. Wir müssen neu denken. Ein neues Konzept!«

»Ein Konzept?«, fragt Matteo.

»Rudi raus, Reiche rein«, sagt Vater, und Matteo nickt, als hätte er verstanden.

Mutter und Vater bereiten die Unterlagen vor, sie treffen sich heute mit dem Mafioso.

»Wie viel kostet der Ofen noch mal?«, sagt Mutter.

»Dreißigtausend«, sagt Vater.

»Ihr könnt mich nicht obdachlos machen«, sage ich, und Vater sagt, er mache sich auch nicht obdachlos, denn er habe seine Heimat schon einmal verlassen müssen.

»Was heißt das?«

»Wir bleiben«, sagt Vater.

»Aber wir verkaufen das Columbia«, sagt Mutter. Vier Leute werden ihren Job verlieren. Das Columbia wird zu einem schicken Innenstadt-Büroraum. Nonna geht wieder nach Sizilien. Dreiunddreißig Stunden Hölle für den Busfahrer. Und wir können weiter renovieren. Doch trotzdem reicht es nicht für neue Stühle, Tische und Kleinkram. Und dann tut Sabine etwas, das niemand von ihr erwartet hätte.

Sie tut etwas Sinnvolles: Sie bürgt für uns. Wir nehmen einen Kredit auf und machen alles neu.

Bevor Nonna ein für alle Mal nach Sizilien zurück verschwindet, feiern wir gemeinsam Weihnachten, und Nonna kommt schon morgens. Die letzten Jahre habe ich versucht, ihr so wenig wie möglich über den Weg zu laufen. Aber jetzt macht das so einen Knoten im Hals, weil das Columbia nicht mehr da sein wird und sie auch nicht. Sie sagt, sie gehe zu ihrem Mann, dabei liegt der ja schon lange in seiner Schublade.

Sie bereitet die Dolci in der Küche zu. Vater sitzt am Fenster und schaut den Schnee an. Er ruft mich und sagt, dass es wirklich schneien würde, ich solle doch kommen. Den ersten Schnee hat er am 18. November 1977 gesehen, das weiß er noch genau.

Aber ich weiß, wie Schnee aussieht. Ich schaue lieber Nonna zu. Ich sitze, wo ich immer sitze, wenn ich in der Küche bin. Dort, wo die Pizzen gemacht werden. Weil Nonna die Küche im Krug nicht kennt und nichts findet, sagt sie hin und wieder: »Oh, signuruzzu.« Damit meint sie den Signore, den Herrn Jesus Christus. Aber der hilft ihr auch nicht. Nonna röstet Mandeln an. Es riecht gut. Noch besser riecht es, als sie fast ein Kilo Zucker in einen Topf schüttet. Ich springe von der Ablage herunter und schaue in den Topf. Aber Nonna schiebt mich weg, denn wenn es spritzen sollte, verliere ich nachher noch ein Auge, sagt sie. Ich verliere kein Auge. Niemand spielt mit meinen Augen Murmeln. Nonna lässt die heiße Masse auf ein Brett fließen. Wie Lava. Dann kommt der Torrone in den Kühlschrank. Und wird hart. Nonna isst gerne hart. Sie macht nie diesen weichen weißen Torrone. Abends probiere ich. Ich verliere einen Zahn und bekomme hinten links eine vergoldete Plombe eingesetzt, wie alle Italiener. Nonna lacht, und aus ihrem Mund blitzt es golden. Jetzt gehörst du zu uns, sagt sie.

Nonna hat noch ganz andere Pläne für mich. Sie kommt noch einmal wieder in die Trattoria, bevor sie fährt, sie trägt für die Unterbreitung ihrer Idee extra einen wadenlangen Rock und Lackschuhe. Sie ist mit einer Freundin gekommen. Deren Rock reicht ihr nur bis zum Knie. Das ist sicher skandalös in Nonnas Augen. Nonna kommt auf mich zu, ich lege die frisch gespülte Tasse auf die Kaffeemaschine. Ich küsse sie, sie greift mit einer Hand in mein Gesicht, drückt meine Backen zusammen und sagt: »Schau dir an, wie hübsch sie ist.« Ich hätte eine gerade Nase. Sie fährt mir über den Nasenrücken. Und erst meine Lippen. Die wären zum Küssen.

»Aber niemand küsst sie«, sagt sie und gibt mir einen Klaps auf die Wange.

»Waaaas«, sagt die Freundin so lang gezogen, wie sie kann.

»Schon achtzehn und immer noch keinen Mann.«

»Nicht einmal einen Verlobten?«, fragt die Freundin.

»Dass ich keinen Freund habe, ist kein Problem«, mische ich mich jetzt ein.

»Und ob das ein Problem ist«, sagt die Freundin.

»Meine Enkelin hat recht, das ist kein Problem«, meint Nonna. Jedenfalls nicht mehr, denn das Problem sei praktisch gelöst. Im Lokal seien genügend junge Männer. Die am letzten Tisch zum Beispiel. Ich sage, die seien Auszubildende bei der Kreissparkasse. Gerade mal siebzehn Jahre alt, das sei nicht so mein Fall, ich würde auf ältere Männer stehen.

»Besser, dass die jung sind, dann wirst du nicht so früh Witwe«, sagt die Freundin dazu.

»Ihr könnt mich ja gleich nach Sizilien verfrachten und mich dort verheiraten«, sage ich.

»Wir sind fortschrittlich«, sagt Nonna, »Sizilianerinnen werden nicht verheiratet.« Sie könnten sich aussuchen, wen sie möchten. Wie sie damals. Sie saß auf der Terrasse auf einem Stuhl, und davor stand eine Schlange Junggesellen. Zu jedem, der ihr nicht gefiel, sagte sie, sie sei beschäftigt. Großvater aber fragte sie: »Wer sind deine Eltern?«, und er durfte sich mit ihr unterhalten. Dann meint Nonna, meine Idee sei gut.

»Ich hatte keine Idee. Das war ironisch«, sage ich.

»Das war ein Hilfeschrei«, sagt Nonna.

»Schau dir Lina an, die ist jetzt fünfundvierzig und muss die Zehennägel von ihrem Vater schneiden, statt die von ihrem Mann. Was für ein Leben.«

»Von ihrem Vater und nicht von ihrem Mann«, wiederhole ich.

»Genau, und deshalb lasse ich jetzt alles vorbereiten«, sagt sie, läuft zum Telefon hinter der Theke und wählt die Vorwahl 0039.

»Du kriegst auch den bequemsten Stuhl der Stadt«, sagt sie zu mir. Aber natürlich will ich nicht mit ihr nach Sizilien gehen, um zu heiraten, ich weiß ja, wen ich will. Nur er will mich nicht. Bisher zumindest.

Denn manchmal hat Matteo noch ein schlechtes Gewissen, vielleicht kann ich das für mich nutzen. Matteo hat unter dem Auge eine kleine Narbe von einem Fettspritzer zurückbehalten und vielleicht einen kleinen Knacks. »Das wollte ich nicht«, sagt er oft, aber Vater ist ja schon lange nicht mehr böse. Denn die Küche strahlt wie Vater selbst.

»Ist das alles für mich?«, fragt er. Wie ein kleines Kind freut er sich über den automatisierten Ofen mit Luftumdrehung, über die Spülmaschine in Hüfthöhe, über die kratzerlosen Stahlflächen. Für den Gastraum kauft er einen Kronleuchter, einen schönen Weinschrank, neue Fotos mit Stillleben darauf. Die Matteo daran erinnern, dass er seit dem Vorfall mit den Zerillis nicht mehr gemalt hat. Die Stühle sind jetzt aus Kirschholz und die Tische aus Marmor, billiger Marmor, aber immerhin. Die Spielautomaten kommen raus. Wir streichen den Krug, oder wie er jetzt heißt: das Palazzo. Ein kräftiges Blutrot. Mir gefällt es. Denn es ist nicht so ein Blutrot, wie kranke Menschen es haben, so tiefrot. Sondern eines, wie es gesunde Menschen haben, fließend, leuchtend, hellrot. Mutter meint, ich sei komisch, und Vater sagt, ich hätte schon recht. Das sei der Farbton, der das Restaurant zu einem gemütlichen Nest machen würde. Seine und meine Lieblingsfarbe: Ferrari-Rot. Mutters Lieblingsfarbe ist neben Gold, das auch keine richtige Farbe sei, Hellblau. Himmelblau. Babyblau. Aber sie denkt rational. Rot sei die richtige Wahl gewesen, weil sie Appetit anrege. Blau dagegen zügelt ihn. Man müsste nur aus blauen Tellern essen, dann wären alle dünn. Vater schaut auf seinen Bauch und fragt, ob das Rot nur auf die Kunden wirke oder auch auf ihn. Mutter antwortet, das würde man in einigen Wochen sehen.

Das Palazzo öffnet mit einer großen Feier, zumindest hätte es eine große Feier werden sollen. Draußen sind Banner mit dem neuen Namen angebracht. Vor dem Eingang liegt ein roter Teppich, mit Buchsbäumen an der Seite. Aber es kommen nur ein paar Neugierige. Die Tage ziehen sich, hier mal ein Wein, da Antipasti. Es ist langweilig. Auf die Gäste wirkt das Palastrot nicht. Aber auf Vater. Er hat schon zehn Kilo zugenommen. Obwohl das wahrscheinlich nicht an der Farbe liegt. Denn wir essen jetzt Nudeln nicht nur als Vorspeise, sondern als Hauptspeise. Jeden Tag Dorade oder Rumpsteak sind zu teuer.

»Buongiorno, Signora«, ruft eine Frau, die in unserem Gastraum sitzt, und winkt so stark, dass der Hautlappen unter ihrem Arm wie eine Welle im Meer aussieht. Sie hat ein Spaghettiträger-Shirt mit schwarzen Punkten an.

»Ich bin nicht verheiratet«, sage ich.

Die Frau sagt, das habe sie doch gar nicht wissen wollen, und ich erkläre ihr den Unterschied zwischen Signorina und Signora. Sie nickt sehr aufmerksam. Ihre Augen hat sie weit aufgerissen. Trotzdem sieht sie aus, als höre sie mir nicht zu.

»Sie sprechen wahnsinnig gut Deutsch«, sagt sie.

»Ich bin auch Schwabo-Italienerin«, sage ich.

»Wie nett! Wirklich, sogar mit Dialekt. Ich finde das gut, dass Sie sich so gut integriert haben. Es gibt ja so viele, die sprechen da ihr Türkendeutsch und arbeiten nichts. Gut, dass Sie arbeiten, wirklich«, sagt die Frau.

»Ich glaube, Sie wollen höflich sein, aber das sind Sie nicht. Kann ich Ihnen etwas zu trinken anbieten?«

»Meine Güte, das wird man doch noch sagen dürfen. Ich liebe Italien. Deswegen bin ich hier. Meine Enkelin hat gesagt, dass man hier echtes italienisches Essen bekommt. Und ich war ja gerade am Gardasee und alles so schön und ...«

»Ich liebe auch Deutschland, aber das echte«, unterbreche ich sie. »Trinken Sie immer Bier? Wo ist Ihr Dirndl? Warum lachen Sie nicht, haben Sie keinen Humor?«

Sie lacht nicht. Sie nippt nur an ihrem Grappa, und ich denke daran, dass jemand mal gesagt hat: »Hätten wir keine Vorurteile, die die Kompliziertheit der Realität reduzieren, würde die uns jeden Tag überfordern.« Und wie ich die Frau so ansehe, wie sie so traurig dasitzt, räuspere ich mich und spreche eine Oktave höher: »Signora, ik abe nu Sspas gemakt, komme Sie, nok eine Bicchierino.«

Sie lächelt.

Einige Leute kommen wirklich, weil sie hören, hier könne man essen wie in Italien. Wir haben sogar eine Fischtheke, jeden Montag, Mittwoch und Freitag. Mit frischen Austern, Seeteufel, Pesce di Spada usw. Aber das reicht nicht. Es reicht nicht zum Leben. An Fisch verdient man nichts. Zu teuer im Einkauf, ein paar Pfennig Gewinnspanne. Wir sollten die Preise erhöhen, dafür ist auch Mutter. Oder wir sollten wieder Pizza und Nudeln verkaufen, was kostet so ein Teig – ein paar Pfennig. Ich schlage das Mutter und Vater vor, aber jetzt ist es zu spät, zu viel haben wir in das neue Konzept investiert. Ein Luxus-Italiener mit echt italienischen Gerichten. Wir müssten noch Geduld haben, sagt Mutter. Ich sage, dann sollten wir wenigstens Werbung machen. Kein Geld. Aber irgendwas müssen wir ja tun. Alles versickert. Wie im italienischen Sand. Treibsand. Und ich muss einfach so zusehen.

»Ihr habt mich fünf Monate nicht bezahlt«, sagt Matteo zu mir. Er habe zwar gesagt, dass er nicht bezahlt werden wolle, aber dieses Mal werde er sein Erspartes nicht aus dem Fenster werfen.

»Hast du wieder Rote Bete gegessen?«, frage ich.

»Das ist nicht lustig. Ich kann nicht hierbleiben.«

»Was soll das heißen?«, frage ich.

»Manchmal muss man auch an sich denken«, sagt er.

Ich gebe ihm die kniehohe Asbach-Uralt-Flasche mit den Pfennigen. Matteo schüttelt den Kopf, er kommt näher, seine Bartstoppeln bohren sich in meine Backe. Er umarmt mich, und ich kann mich nicht bewegen. Wir schaffen das, will ich sagen. Das Personal verlässt doch kein sinkendes Schiff, will ich sagen. Man geht doch nicht einfach, wenn es schwer wird. Aber bevor ich etwas sagen kann, geht er.

Auch Vater und Mutter sagen nichts. Es ist ein komisches Gefühl, nicht zu schreien, nicht zu weinen, nichts zu werfen. Hin und wieder starren wir nur irgendwohin, in das Licht, auf die Uhr. Ein Zeiger, der aus dem Takt gekommen ist.

Aber die Zeit läuft weiter. Es ist zwar immer noch nicht viel los, aber mittags kommen alle auf einmal. Und wir schaffen nicht mal das, was wir früher geschafft hätten. Die Teller in der Küche stehen auf dem Boden. Auf keiner Fläche ist mehr Platz. Die Servietten, das Besteck und manche Essensreste liegen noch darauf. Einfach aufeinandergestapelt. Meine Mutter kommt in die Küche. Sie sieht, wie ein Teller in einem anderen mit Bolognese steht. Sie nimmt den Tellerboden und wird so rot wie er. Sie läuft raus. Ich gehe ihr nach. Hinter der Theke in der Ecke liegen die leeren Flaschen auf dem Boden. Die meisten davon Schweppes-Plastikflaschen. Unter der Zapfanlage sind gelbe Lachen und dicker Schaum. Überall stehen Gläser. Auf der Theke, dahinter, auf den Tischen. Überall liegen Kellnerblöcke. Mit Weinflecken. Salatblätter kleben daran. Auf unserem Stammtisch sind die Speisekarten verteilt.

»Die Getränke gehen aufs Haus. Tut uns leid. Auf Wiedersehen«, sagt Mutter zu den letzten Gästen. Sie ruft die drei Aushilfen. Studenten der Pädagogischen Hochschule.

»Ich habe euch eingestellt, weil ich Hilfe brauche«, sagt Mutter. Es ist komisch zu sehen, dass sie nicht mehr wie früher arbeiten kann. Sie hustet und schimpft weiter. Ein Mädchen weint. Mutters Gesichtszüge sind jetzt nicht mehr so hart. Sie fährt über die Schulter des Mädchens.

»Jeder will irgendwas von mir«, sagt sie.

»Du bist hier als Kellnerin«, sagt Mutter.

»Ich komme mit dem Stress nicht klar.«

»Du willst Lehrerin werden«, sagt Mutter.

Rosé rülpst aus dem Abflussrohr des Spülbeckens. Er sei verkorkt gewesen, hat jemand gemeint, der keine Ahnung von Weinen hat. »Du bist verkorkt«, denke ich. Die Wimperntusche liegt schwer auf meinen Wimpern. Es ist zu früh für

Schminke. Meine Hände riechen nach Kreide. »Cinghiale in umido 4,90 €, Polpo 5,90 €.« Dumping.

Ein grauhaariger Gast kommt herein und fragt: »Haben Sie einen Waffenschein?«, was auf Schwäbisch bedeuten soll: »Du hast große Titten.«

»Nein«, antworte ich dem Gast. »Und Sie, haben Sie einen Behindertenausweis?«

Ich hoffe, mein Vater hat das nicht gehört, denn ich darf nicht mehr frech sein. Wir haben jetzt ein feines Restaurant. Aber die Schwaben sagen statt Palazzo nur »Palascht«. Ein feines Restaurant für feine Leute. Jedenfalls tun sie so. Wie fein können sie sein, wenn sie immer Sahne wollen und Parmesan zu Fisch. Ich reibe ihnen Parmesan, ich fühle mich wie Vater und möchte sagen: »Hier haben Sie Parmesan«, aber ich lächle wie Mutter, für die ich einspringen muss. Ich lächle weiter und reibe. Bis ich mir die Haut von den Fingern rasple. »Hat es geschmeckt?«, frage ich dann. Ich fülle Essig und Öl nach, bringe Salz und Pfeffer, Besteck fehlt, da will jemand was trinken, aber nicht gekühlt. Tisch fünfzehn eine Sfincione ohne Sardellen. Dann fängt mein Vater an den Topf anzuschreien, die Gäste schauen mich an.

»Was hast du?«, frage ich ihn.

»Diesen Stress hatten wir früher nie«, antwortet er.

»Was redest du da? Im Krug war noch viel mehr los.«

»Ja, aber da wusste man auch, wofür man arbeitet«, sagt Vater und wirft das Handtuch.

»Mach die Teller sauber«, sagt Vater, und ich frage ihn: »Warum ist dein Stress eigentlich auch mein Stress?«

»Du redest wie eine Deutsche«, sagt Vater.

»Bezahlen, bitte«, ruft es von Tisch vier, neun Leute kommen zur Tür herein, Gläser überall verteilt, klebrige Kreise auf der Tischplatte. Die Neuankömmlinge setzen sich an den ungewischten Tisch mit den meisten dreckigen Gläsern und Tellern. Selbst wenn alle anderen Tische sauber sind. Das ist Gesetz. Wie ein Toast, der auf die Marmeladenseite fällt.

Wieder muss ich arbeiten, weil Mutter einen Asthmaanfall hatte. Dabei sollte ich eigentlich lernen. Aber selbst wenn ich nicht lernen müsste, hier will ich nicht sein. Ich will in Paris sein oder auf Partys oder in einer Sterneküche. Mit Vater zu arbeiten ist anstrengend. Alles ist falsch. Alles ist scheiße. Nach dem anfänglichen Andrang an Gästen wird es auch im Palazzo weniger. Die Leute mögen das Essen, aber das Fluchen nicht. Jetzt sind sie gegenüber, bei der Konkurrenz. Der Laden ist neu, und wir sprechen nicht darüber. Eine stille Übereinkunft. Mir fällt der Spruch ein, wer solche Freunde hat, braucht keine Feinde.

»Ihr bringt mich noch alle ins Grab«, sagt Vater, und ich ziehe vor zu glauben, dass er die Gäste meint.

»Stell doch eine Aushilfe ein oder einen Koch. Du brauchst auch einmal Ruhe«, sage ich.

»Und wer zahlt das, du? Geh studieren, sag ich dir, hier bekommst du erst Ruhe, wenn du unter der Erde bist.«

»Dafür muss ich aber lernen, um das Abi nachzuholen«, sage ich, und Vater hört schon gar nicht mehr zu. Er dreht das Rumpsteak durch den schweren Fleischwolf aus Stahl und macht Bolognese daraus. Denn es sind zu wenige Leute da, und bevor das Rumpsteak verdirbt, weil es niemand bestellt, verarbeitet er es.

»Drei Kilo Fleisch für hundertsechzig Euro für eine Bolognese«, sagt er und schüttelt den Kopf. »Vielleicht hat deine Mutter recht. Ich nix kalkulieren«, fügt er auf Deutsch hinzu.

»Ich nix kalkulieren«, sagt er noch mal, »das Finanzamt will Geld. So viel Steuern habe ich früher gezahlt, als ich reich war, und jetzt, wenn es nicht zum Leben reicht, nehmen sie mir das Letzte.«

Dann verliert er sich in Aufzählungen: »Kapitalismus. Armut. Finanzamt. Kakerlaken. Marlboro. Asthma. Absturz der Columbia, sieben Tote. Streit. Die Liebe. Ti amo, Tiziana«, sagt er, schaut mich an und setzt sich auf den Boden. Dass die Columbia vorletztes Jahr, 2003, abgestürzt ist, sieht Vater als Omen. Dass das nur Aberglaube ist, glaubt er nicht und sagt »aber«. Und vielleicht glaube ich es auch.

»Was hast du, Papa?«

»Ti amo, Tiziana«, sagt er.

»Soll ich Mama anrufen?«, frage ich.

»Ruf den Krankenwagen«, sagt er und fasst sich ans Herz.

»Fa male«, sagt Vater. »Es tut weh.«

»Amore«, sagt Vater.

Dann sagt er nichts mehr, und ich sehe nach langen Jahren Toni wieder. Wie er daliegt.

Da liegt Vater mit einem zugenähten Brustkorb. Seine Diagnose: Herzinfarkt. Die Ursache: »Stress«, oder wie wir es nennen: »Palazzo«.

»Einen zweiten Herzinfarkt überlebt er nicht«, sagt der Arzt. Er solle sich ausruhen. Vater kann kaum sprechen, ist gelb und fühlt sich nach Wachs an. Ich zeige ihm, was ich ihm mitgebracht habe. Sein Bauch geht hoch und wieder runter.

»Nicht lachen«, sage ich.

»Es ist ein komischer Zufall, aber es passt«, sage ich weiter.

Ich stelle ihm das eingerahmte Bild auf die verschiebbare Kommode. Darauf: Arnold Schwarzenegger und Sylvester Stallone. Mit freien Oberkörpern, nebeneinander im Krankenbett. Mit Schläuchen und einem breiten Lachen.

»Das war heute in der Zeitung«, sage ich.

»Sind die wirklich im Krankenhaus?«, fragt Vater. Ich kann ihn kaum verstehen.

»Nicht sprechen. Aber ja. Sind sie. Auch Actionhelden sind manchmal krank.«

XV

Über die Enttäuschung und die Zeit und warum Matteo einen Fleischhammer auf den Kopf bekommt und ich doch nicht über mich hinauswachse

Jetzt muss ich Vater und Mutter ersetzen, denn Mutter hustet nach Vaters Herzinfarkt schon, wenn sie den Krug nur sieht – pardon, das Palazzo. Und Matteo, Matteo ist ein Verräter. Ich war noch nie alleine. Ich stehe am Herd und schiebe die Ärmel der schwarzen Kochjacke hoch. Sie ist viel zu groß – sie ist ja auch von Vater.

»Es kommt keine Sahne in die Carbonara!«, schreie ich. Ich schlage zwei Eier an der Arbeitsfläche auf und trenne das Eigelb vom Eiweiß. Das Nudelwasser schäumt und kocht über. Es zischt, wenn es auf den heißen Herd tropft. Der Ofen piept, die Eieruhr läutet.

»I weiß nemme, was die scheiß Leit an Tisch acht ghabt hen«, sagt Sabine.

»Schreib es dir doch auf«, sage ich und versuche, den schweren Topf hochzuheben und das Wasser abzugießen. Auch ich vergesse alles. Ich habe vergessen, das Aluminiumsieb schon vorher in den Topf zu stellen, sodass ich das Sieb nur noch aus dem Wasser ziehen muss. Zehn Liter sind schwer. Der Henkel rutscht mir aus der Hand. Der Schenkel fängt an zu brennen. Es sind nur wenige Spritzer, aber ich merke, wie jeder Punkt Haut sich ablöst. Das Wasser überschwemmt den Herd und löscht die Gasflammen. Sabine löscht mich. Sie hat kaltes Wasser in den Putzeimer gefüllt und auf mich geschüttet. Ich weine. Ich war noch nie alleine.

»Nicht mal kochen kann ich«, sage ich und weine lauter.

»Flenn ruhig, Hosenscheißer«, sagt Sabine und legt mir die Hand auf den Kopf.

Ich kann nicht mehr allein sein. Ich möchte Matteo spüren. Seine schwarzen Locken an meinem Hals. Ich möchte Matteo töten. Ihm seine schwarzen Locken in den Hals stecken, bis er erstickt. Mutter und Vater sind zur Kontrolle im Krankenhaus. Ich schließe das Restaurant ab und gehe raus zum Rauchen. Die Zigarette wird mir ein Bein klauen, wenn ich schlafe. Aber ohne Herz brauche ich auch kein Bein. Ich ziehe an der Zigarette und sehe auf das Haus gegenüber. »Da Matteo«, lese ich dort, wie ich es immer tue, wenn ich hier stehe. Die Schrift ist in Serifen, in grauen Buchstaben. An den Fenstern sind hellgrüne Vorhänge. Hellgrün wie seine Augen. Niemand hat ihm das zugetraut. Dass er etwas alleine schafft. Das ist sexy und scheiße zugleich. Sabine sagt, Matteo habe den Kredit bestimmt nur gegen Sex erhalten, und ich finde es lustig, dass eine ehemalige Prostituierte das sagt. Ich hoffe, dass man ihn durchs Fenster sehen kann. So gerne würde ich ihn sehen und ihm nah sein. Ihm über die Narben an den Händen fahren. Und ihn fragen, wann er so geworden ist.

»Wieso hast du dich so verändert?«, frage ich Matteo, und dann frage ich mich, ob er nicht vielleicht schon immer so war und nur ich mich verändert habe. Der Diebstahl, die Frau im Koma. Ich muss krank sein, dass ich so fixiert bin. Vielleicht ist es Liebe. Wenn man etwas will, soll man nicht nur darüber reden, es zu wollen. So Sabine. Jetzt stehe ich da, und dreißig Gäste schauen mich an. Ein paar Gesichter kenne ich. Nicht nur, dass er unser Pizzateig-Rezept hat. Er hat auch unsere Gäste. Matteo kommt aus der Küche. An seinen Händen Mehl. An seiner Schürze Mehl.

»Wann hast du dich so verändert?«, frage ich noch einmal, weniger laut als vorher.

»Ich wollte das nicht«, sagt er.

»Immer diese Masche. Sei ein Mal ehrlich.«

»Dann muss ich *das* tun.«

Er kommt näher, die Gäste schauen uns an, als wären wir ein Film. Und als er mit seinen mehligen Händen meinen Kopf nimmt und das Mehl auf meine Wimpern rieselt, auf meine Nase, auf meine Schuhspitzen, muss ich an Vater denken. Und wie in einem Film kommt mir die Erinnerung, wie Vater Mehl über meinen Kopf rieseln lässt. Ein Verrat an Vater. Ich spüre Matteos Zunge in meinem Mund. Ganz leicht und vorsichtig. Dann flüstert er mir ins Ohr: »Ich brauche dich, Jessy. Dieses Restaurant braucht dich, Jessy.« Seine schwarzen Locken an meinem Hals. Seine Stimme in meinem Ohr. »Entscheide dich, Jessy.«

In den nächsten Tagen kommt mir das wie ein absurder Traum vor. Jetzt trinke ich auch mal mit, wenn mich jemand einlädt. Das bringt wenigstens zusätzliche Euros in die Kasse. Mutter schenkt sich, wenn niemand hinschaut, Cola statt Ramazzotti ein. Ich dagegen nehme alles, trinke Ramazzotti und Sambuca und Fernet-Branca und Grappa. Aber ich lande nicht unter dem Tisch. Ich lande auf dem Tisch. Meine Schuhabdrücke auf der weißen Tischdecke. Ich tanze. Ich strecke die Arme aus und bin frei frei frei. Und dann singe ich: »Ich will keine Schokolade, ich will lieber einen Mann.« Ich erwarte, dass Vater ausrastet und wieder irgendwelche Carbonara-Katastrophen passieren, aber er sagt: »Ich habe nicht aufgepasst, dass das Restaurant dich nie wieder betrunken macht«. Sabine sagt »Prösterchen«, und nach dem »frei frei frei« kommt der Absturz. »Ich hasse mich«, murmle ich. Sabine pikst mich mit dem ausgestreckten Finger in den Oberarm.

»Was tust du«, frage ich.

»Ich streichle dich«, sagt sie, und ich erzähle ihr von Matteo. Dass seine Annäherung ungefähr so unerwartet gekommen sei wie Fische, die vom Himmel fallen. Obwohl das angeblich wohl öfter schon mal vorgekommen ist. Auch Sabine ist überrascht.

»Was, die kloine Schwulette?«, sagt Sabine. »Der hat mi ja net mol ogfasst.«

Ich nicke. Boy George ist doch schwul, denke auch ich. Und warum jetzt? Und was ist nicht in Ordnung mit mir? Warum denke ich wirklich darüber nach, mich auf seine Seite zu schlagen? Ich sage: »Ich bin die unfeministischste Frau auf diesem Planeten.« Aber bei »unfeministischste« kommt nur ein Genuschel raus. Widerlich, wie abhängig man sein kann. Wie ich mich entscheiden werde, fragt Sabine dann. Eigentlich sagt sie: »Und? Was machsch?« Ich zucke mit den Schultern.

Ich stehe vor dem Da Matteo. Es ist dunkel, aber die Tür ist auf. Ich laufe hinein.

»Jessy?«, fragt Matteo.

»Warum sitzt du denn hier im Dunkeln?«, frage ich.

»Ich hatte so einen Gedanken.«

»Der Gedanke muss aber eine lange und einsame Reise in deinem Hirn gemacht haben.«

»Bist du hier, um mich zu verarschen?«

»Nein.«

»Warum dann?«

»Weil ich das Beste für dich will.«

»Was soll das sein?«

»Ich«, sage ich.

»Du bist das Beste?«, fragt Matteo.

»Ich meine … Mann, ich wollte sagen …« Ich mache eine Pause und wedle mit den Armen in der Luft herum, er kann es sowieso nicht sehen. »Ich mach alles für dich«, platzt es aus mir heraus.

»Komm«, sagt Matteo dann. Ich folge seiner Stimme und fühle seine warme Hand und seine Narben.

»Halt! Ich dachte, du bist schwul«, sage ich. Matteo schweigt und zieht mich auf seinen Schoß. Ich schließe die Augen, und er schiebt meinen Kopf an seine Brust. Er küsst mich auf die Stirn. Ich schließe die Augen. Sein Herz klopft schnell. Meines auch, und dann berührt er meinen Oberschenkel, meinen Bauch. Seine Finger leicht auf meiner Haut. Sie kitzeln fast. Seine Zähne an meinem Hals.

»Hattest du Spaß?«, fragt Mutter am nächsten Tag. Und ich denke: Alles ist erleuchtet, und Matteo ist ganz sicher nicht schwul.

»Ja, war schön«, sage ich.

»Gut, dass du mal rausgehst. Und du hast bei Katrin übernachtet? Wer ist das?«

»Kennst du nicht.«

»Wann hast du sie denn kennengelernt, du bist ja immer hier?«

»Hier.«

»Dann kenne ich sie bestimmt. Wie sieht sie aus?«

»Dunkelhaarig, grüne Augen und so sanft. Ich meine, sie hat eine sanfte Stimme.«

»Was hat sie getrunken?«, fragt Mutter.

»Koffeinfreien Kaffee, drei Stück Zucker«, sage ich.

»Ach, ›koffeinfrei, drei Stück‹ – jetzt habe ich ein Bild von ihr«, sagt Mutter, und ich hoffe, dass sie diese Katrin, die nicht existiert, im Gegensatz zu »koffeinfrei, drei Stück«, nicht anspricht.

»Ich muss mich ein bisschen hinsetzen, kannst du die Tische eindecken? Ich falte die Servietten«, sagt Mutter dann.

Ich hole aus dem dunklen Holzapothekerschrank das Besteck und die Servietten. Ich lege sie Mutter auf den Tisch. Sie atmet schwer, öffnet eine weiße Serviette, klappt eine Seite zur Mitte, dann die andere und stellt die Serviette auf. Sie nimmt ihr pinkes Asthmaspray. Beim Einatmen wirft sie ihren Kopf nach hinten. Wir rollen das Besteck nicht mehr wie früher. Ich lege es auf die Tische, links die Gabel, rechts das Messer und nach oben versetzt der Löffel. Ich schiebe das Besteck hin und her, bis alles symmetrisch ist. Ich überprüfe den Abstand der Besteckteile vom Tischrand. Daumenbreite. Der Abstand zwischen den Besteckteilen. Postkartendicke.

»Heute geben wir ein Dessert zu jedem Mittagsmenü dazu«, ruft Mutter.

Ich hole kleine Löffel und Gabeln.

»Die 69er-Stellung. Er liegt oben, sie unten. Nicht vergessen«, sagt sie.

»Wie oft willst du mir das sagen?«, frage ich.

»Ich versuche nur, deinen Vater zu ersetzen mit seinen blöden Witzen«, sagt Mutter.

Sie solle das lassen, meine ich. Vater finge bestimmt bald wieder an zu lachen. Ich lege den Löffel über den Teller. Darunter die Gabel. Ich gehe in die Küche, um zu sehen, ob Vater abends die Cassata Siciliana vorbereitet hat oder ob er Tiramisu machen muss. Vater sitzt auf einem Putzeimer, vermute ich jedenfalls, denn der ist vollständig von seinem Hintern verdeckt. Er raucht.

»Dein Herzinfarkt war ein tolles Ereignis«, sage ich.

»Stimmt. Ein toller Ausflug. Mit dem Krankenwagen, so schnell wie die Formel 1, nach Stuttgart in die Klinik. Ein schöner Ausblick aus dem Glascontainer. Auf die Weinberge. Und die Luft da drinnen. Fantastico. Nach Desinfektionsmittel und Kacke.«

»Na also, warum rauchst du dann?«, frage ich.

»Ich brauche Urlaub«, sagt Vater und nimmt einen extra langen Zug an seiner Marlboro. »Wenn du nicht endlich hier verschwindest, wirst du auch lieber tot sein wollen.«

»Wann hast du aufgehört, deinen Beruf zu lieben?«, frage ich ihn und ziehe die Spülmaschinenkästen aus der Ecke, staple sie und setze mich darauf.

»Seit alles anders geworden ist. Die Leute ernster. Geiziger. Das Geld weniger«, sagt er. Er zieht an seiner Zigarette, bis der Filter anbrennt und es anfängt zu stinken. »Oder seit ich anders geworden bin«, sagt er, steht langsam auf und stöhnt dabei.

Meine Eltern sind krank. Ein ganzes Leben mit Matteo oder ein paar Jahre mit Vater und Mutter. Sie würden sowieso bald sterben, sagt Matteo. Ich will dich nicht nur nachts sehen, sagt er. Ich hätte mich ja schon entschieden, jetzt müsse ich es ihnen nur noch sagen. Ich muss immer noch daran denken, wie er sagte: »Entscheide dich, Jessy.« Ein Echo. Warum geht nicht beides? Ich sollte weder Matteo noch Mutter und Vater helfen. Ich sollte zur Schule gehen. Wir könnten acht Kinder bekommen, sagt Matteo. Wie Clara und Robert Schumann, sagt er. Kaum hat Matteo eine Beziehung, schon spricht er über Kinder. Ich bin doch keine läufige Hündin, sage ich, oder ist mein Po schon rot. Aber ich denke: Wir könnten Kinder bekommen, die nicht daran denken, ihre Eltern zu hintergehen. Kinder, die Mutters analytisches Denken und Vaters Kreativität hätten. Und den Mut von beiden. Wie ich.

Matteo nimmt meine Hand. Seine Hände sind ganz weich. Wie Nappaleder. Vater steht in der Küche und schneidet das Lammkarree. Das Blut fließt unter das weiße Plastikschneidebrett. Vater schaut auf, Mutter kommt mit fünf Tellern zur Tür herein.

»Ich bin mit Matteo zusammen, und ich werde mit ihm arbeiten«, sage ich.

Warum lächelt Matteo, frage ich mich. Vater zeigt mit dem Messer auf ihn.

»Nicht, Renzo!«, sagt Mutter.

Die Teller auf ihren Händen klappern, aber sie fallen ihr nicht herunter. Dafür fällt Vater. Er wird weiß. Wieder wie Toni. Einen zweiten Herzinfarkt werde er nicht überleben, hat der Arzt gesagt.

»Was hast du gemacht?!«, sagt Mutter. Jetzt fallen die Teller, mit Mutter. Sie liegt auf Vater. Die beiden bilden ein X auf dem Boden.

»Was hast du gemacht?!«, sagt Matteo und lächelt immer noch. Aber in seinen Augen ist etwas anderes. Panik. Dann geht er einfach. Ich stehe so da, und gut, dass die Eieruhr in dem Moment klingelt. Denn da werde ich wach, renne zum Telefon und rufe den Krankenwagen; ich rüttle an den beiden, werfe Wasser über sie. Dann fällt mir ein, dass ich sie in die stabile Seitenlange bringen muss, aber Vater wiegt so viel wie zweihundertsechzig Päckchen Spaghetti. Ich schaue auf die Uhr. Wie langsam, wie langsam kann die Zeit vergehen. Ich lege mich zwischen die beiden und frage mich, ob ich auch sterbe. Am Broken-Heart-Syndrom.

Im Krankenhaus schreit Vater mich dann an. Wenn er schreien kann, geht es ihm gut, denke ich. Aber die Ärzte sagen, er müsse sich beruhigen. Die anderen in der Notaufnahme rollen mit den Augen und sagen nur: »Italiener.« Den Rest der Nacht spricht Vater überhaupt nicht mehr mit mir. »Wie geht's dir?«, frage ich. Er zeigt mir seine linke Backe. »Willst du was trinken?« Linke Backe. »Der Whiskeymixer mixt den Whiskey für den Whiskeymixer.« Linke Backe. »Griesbrei bleibt Griesbrei, und Kriegsbeil bleibt Kriegsbeil.« Ich bekomme nicht einmal ein kleines Lächeln, dafür ein Kriegsbeil, das mit Vaters Küchenmessern mithalten kann.

Dafür spricht Mutter mit mir, und als ich ihr erklären soll, was ich da gemacht habe, was passiert ist, weiß ich es selber nicht so genau. Sie atmet flach und pfeift. Mutter, die Lokomotive. Ich weiß nicht, was das alles sollte. Was Matteo vorhatte. Aber ich weiß, dass es keine Hochzeit geben wird. Das war alles ein Fehler. Länger als eine Minute habe ich ihm geglaubt. Gesäuseltes. Wörter ohne Bedeutung. Ich denke an Matteos Lächeln. So durchtrieben kann er doch gar nicht sein. Verlässt uns. Verlässt mich.

»Schau, was er aus dir gemacht hat«, sagt Sabine einige Wochen später.

»Was denn?«, frage ich und verschwinde auf die Toilette. Die Personaltoilette ist verstopft, ich gehe auf das Männerklo, die sind sauberer als die Frauenklos, das ist immer so. Ich komme zu gar nichts. Ich schaue mich im Spiegel an.

»Mir wird kotzübel, wenn ich dich anschaue«, sage ich zu mir.

Ich drehe meinen Kopf nach links, dann nach rechts.

»Besser Streuselkuchen als so.«

Ich wasche mir das Gesicht. Durch meine Augen kann ich fast nichts sehen, so geschwollen sind sie. Aber ich sehe eine naive Frau.

Ich spüre Salz auf meinen Lippen. Ich denke an Moschus und Meer.

»Hast du es immer noch nicht verstanden«, schreie ich mich an.

»Er hat dich benutzt«, sage ich.

Ich schaue mich wieder im Spiegel an.

»Tu mir einen Gefallen, Jessy«, kommt es aus dem Spiegel.

»Was kann ich für dich tun, Jessy?«, frage ich.

»Dir darf nicht das gleiche Missgeschick wie deinen Eltern passieren. Verhüte«, sagt das Spieglein an der Wand.

Als ich von der Toilette komme, sagt Sabine: »Wir sollten rübergehen und ihn verprügeln.« Sie nimmt den Fleischhammer mit den Stahlzacken. Mir drückt sie die Knoblauchpresse in die Hand.

»Was soll ich damit? Ihm den letzten Knoblauch wegpressen?«

»Ich würde vorschlagen, wir stecken seinen Schwanz rein und drücken zu.«

Sabine läuft mit dem Hammer auf das Da Matteo zu.

Ich renne ihr hinterher, immer noch mit der Knoblauchpresse in der Hand.

»Wir sind doch keine Kinder«, rufe ich.

»Wehr dich!«

»Das bringt überhaupt nichts!«

»Nur einmal in die Eier treten, bitte«, sagt Sabine.

»Geh du. Ich bleibe hier«, sage ich.

Ich habe gehofft, dass sie das irgendwie abhält, aber sie läuft weiter, und irgendwas sagt mir, dass ich hinterherrennen sollte. Das mache ich zwar, aber als ich Matteo sehe, entscheide ich, nichts zu tun. Matteo trägt etwas in den tischgroßen, ledernen Kalender ein, und als er aufsieht, schwingt Sabine den Fleischhammer wie ein Golfeisen, holt aus und trifft leider daneben. Sehr weit daneben. Auf Matteos Stirn. Matteo fällt zu Boden, und ich spüre den Aufprall und die Wellen, die von den Sohlen in den Unterleib gehen. Und auf einmal fühle ich mich glücklich.

Als Matteo die Augen aufmacht, streicht er sich über die Stirn, wo rote Löcher zurückgeblieben sind, an anderen Stellen sind kleine Hügel entstanden.

»Ich habe es ja verdient«, sagt Matteo.

»Du paranoides Arschloch, du Opportunist«, sage ich.

»Nenn mich Optimist, es kann noch alles gut werden«, sagt Matteo.

Ich weiß nicht, ob ich lachen oder weinen soll. Ich werde still, bücke mich über ihn, küsse ihn fast eine Minute auf die Lippen und flüstere ihm ins Ohr: »Es wird nie wieder gut. Jedenfalls für dich. Dieser Kuss war dein letztes schönes Erlebnis.«

Als wir wieder im Palazzo sind, strahlt Sabine mich an.

»Buddha-Baby! Warst das eben du, du kleines Luder?«

Ich antworte nicht, und Sabine fragt mich, was ich vorhätte. Ich antworte wieder nicht, packe die Tischdecken in einen großen Sack. Eigentlich will ich nur in die Reinigung. Sonst hatte ich nichts vor. Sabine macht ein ernstes Gesicht, plustert die Backen wie ein Hamster auf und flüstert: »Ich mache ihm ein Angebot, das er nicht ablehnen kann.«

»Mach dich nicht über mich lustig«, sage ich.

»Von wegen. Ich finde es toll, dass du dich rächen willst«, sagt Sabine, und ich verfalle in einen Monolog, dass niemand etwas von Rache gesagt habe, und wenn das so gewirkt habe, dann sei das ein schwacher Moment gewesen, und »Rache«, was sei das überhaupt für ein altertümliches Wort und was für ein altertümlicher Gedanke. Alles, was Sabine dazu einfällt, sagt sie wieder flüsternd: »Du musst deine Familie rächen und die Geschäfte deines Vaters weiterführen.« Ich habe sie satt, die Anspielungen. Sobald ich sage, dass meine Eltern aus Sizilien kommen, fällt das Wort »Mafia«. Ich habe es satt, aus Verlegenheit irgendeinen Witz zu machen, wie: »Spüren Sie schon den Beton an Ihren Füßen?« Ich habe es satt, zu lächeln. Ich habe es satt, gelassen zu sein. Gut zu sein und an das Gute zu glauben. Aber ich werde nicht so tief sinken, jemandem etwas heimzuzahlen. Jeder wird schon seine Strafe bekommen. Daran glaube ich. Sabine winkt zum

Abschied, und ich sehe die Madonna über der Tür. Ich sollte mich bestärkt darin fühlen, einfach weiterzumachen, einfach noch härter zu arbeiten, aber ich denke daran, wie ich auf die Madonna geschworen habe, und es kommt mir der Gedanke: Was wäre, wenn ich nachhelfen würde, dass Matteo seine Strafe bekommt? Matteo wird das Restaurant schließen müssen, und wir fangen neu an. Das ist keine Rache, das ist eine Chance. Ich schaue auf die Madonna an der Wand und frage: »Was würdest du tun?«

Eigentlich will ich nur in die Reinigung. Aber ich laufe mit dem schweren Sack, der mir Striemen in die Schulter schneidet, zur nächsten Telefonzelle. In der ganzen Stadt gibt es fast keine Telefonzellen mehr. Die Striemen werden tiefer, aber nach einem Kilometer steht da noch eine, eine, die aussieht wie die Telefonzellen in London. Ich wähle eins-eins-null. »Das ist kein Notfall«, sage ich. »Aber ich habe einen Hinweis auf ein Verbrechen.«

»Einen Moment bitte«, sagt die Stimme, und als sie mich weitergeleitet hat, erzähle ich von »Hard Head. Extra Strong« und Matteos Fäusten. Ich erzähle vom gekreppten Haar der Friseurin und von Matteos Flucht. Als mich die Stimme fragt, wie ich heiße, sage ich: »Ich weiß es nicht. Ich weiß gar nichts mehr.« Ich lege auf und setze mich auf den Wäschesack und sinke tief.

XVI

In dem es zu Ende geht, was wir am Krug vermissen oder: Die weiße Fahne und die Schnorrer vom Finanzamt

Ich bin zwanzig Jahre alt, und ich vermisse den Krug, weil der Krug mit meiner Kindheit untergeht. Mutter vermisst ihn auch. Dort hatte sie die Freiheit, Fehler zu machen. Natürlich hat sie fast keine gemacht. Aber wenn doch einmal ein Tropfen Kaffee über den Tassenrand schwappte, nahmen ihr die Gäste den Kaffee ab, bevor sie mit dem Tuch über die Tischdecke wischen konnte. Die meisten Gäste im Palazzo lassen Mutter einen neuen Kaffee machen und kommen beim nächsten Mal nicht mehr. Denn sie möchten weiße Tischdecken, das Essen von rechts und Abräumen von links. Ein Lächeln zur richtigen Zeit und ein Gespräch unter keinen Umständen. Früher suchten sie vielleicht Zerstreuung und einen Ort zum Spaßhaben, heute Privatsphäre und einen Ort der Ruhe. Dafür gehen sie in ein Restaurant, in dem keine Sabines Pfefferminzschnaps trinken, um sich die Zähne zu putzen. In dem der Koch nicht flucht oder sich freut. In dem die Speisen zwar typisch italienisch sind, die Atmosphäre aber nicht.

Auch Vater vermisst den Krug. Am meisten, weil er nicht mehr in der Küche rauchen darf. Aber kochen tut er im Palazzo eigentlich doch lieber. Denn jetzt darf er richtig italienisch und auch sizilianisch kochen. In all den Jahren hätten die Deutschen dazugelernt. Keine Kulturbanausen mehr. Jetzt Besserwisser. Obwohl dann doch einige ihre Sahne oder

Parmesan zu Fisch mögen, trauen sie sich, Rosinen in der Tomatensoße oder Brokkolikraut mit Semmelbröseln zu probieren. Trotzdem vermisst Vater den Krug. Und seine italienischen Freunde, die sich zwischen den feinen Schwaben nicht mehr blicken lassen.

Sabine vermisst den Krug, weil sie dort alles verstehen konnte, obwohl sie fast taub ist. Die Gäste waren lauter und ausgelassener. Heute hätten sie sich Fesseln angelegt, meint Sabine. Aber nicht aus Lust, sondern weil ihr Verstand es ihnen sage. Auf alles verzichteten sie. Weil alles »ungesund« sei. Sie tauschten Zigaretten gegen Detox-Drinks mit Spinat und Grünkohl. Pasta gegen Shirataki-Nudeln, weil die keine bösen Kohlenhydrate haben. Und Lachen gegen Schweigen. Wegen der Falten. Ich sehe sie manchmal lachen, aber Sabine will davon nichts hören. Oder sie kann es nicht.

Und ausgerechnet jetzt hat das Finanzamt eine Prüfung vorgenommen. Ganz förmlich haben sie uns einen Brief geschickt. Oben rechts steht: »Schwäbisch Gmünd, 4. September 2007«. Da einige Zahlen fehlten, hat das Finanzamt geschätzt, was wir an Steuern hinterzogen haben. Als hätten wir Steuern hinterzogen. Blödsinn, vielleicht ist das Matteos Rache, und er hat sich irgendwas ausgedacht. Zehntausend Euro. Die sollen wir nachzahlen. Ich erzähle Mutter von meinem Verdacht. Sie schüttelt heftig den Kopf und sagt, so durchtrieben könne er wirklich nicht sein. Er sei einfach ein verängstigter Junge, der denke, die Welt sei ein feindlicher Ort, vor dem er sich schützen müsse. Und dann käme es zu Kurzschlusshandlungen.

»Hat er dich auch rumgekriegt«, sage ich.

»Er ist nicht bösartig«, sagt Mutter, und ich frage, ob es etwa nicht bösartig sei, ein Restaurant direkt gegenüber zu eröffnen, mit unseren Rezepten.

»Er hat uns ja gefragt«, sagt Mutter.

»Was hat er?«

Mutter erzählt, dass Matteo uns allen eine Option anbieten wollte. Aber Vater sei zu stolz gewesen.

»Warum habt ihr nichts erzählt, und was ist mit diesem Lächeln?«

Mutter sagt, Matteo habe auch gelächelt, als er sich mit dem Schneidemesser gegen den Zoll verteidigte. »Und da hatte er Angst, ich weiß es«, sagt Mutter. Ich antworte, man könne das Verhalten von Menschen und ihre Verbrechen nicht immer mit der Psyche entschuldigen. Ungeordnet ploppen Gedanken in meinem Kopf auf. Schutz. Aber mich stößt er gegen die Gläserwand. Er schlägt die Frau ins Koma. Angst. Er verschenkt sein Erspartes, weil er denkt, sterben zu müssen. Unsicherheit. Clara brauche einen, der sie ernster nimmt als sich selbst. Er sagt, er habe es verdient, er sei schuld. Und er ist es auch.

Was für ein übler Moment. Diesen hat auch Mutter, als sie merkt, dass sie an der Misere schuld sein könnte. Mutter rechnet Nächte durch und bringt Dokumente auf Ämter. Vielleicht hat sie sich überschätzt. Aber Vater hat es ihr auch nicht einfach gemacht. Sie erinnere sich, sagt sie, wie er mich in Geld gebadet habe, als ich klein war. Er wollte ein gutes Leben für mich. Ohne Geldsorgen. Und habe dabei so einiges vergessen. Zum Beispiel an jenem Tag, das Geld auf die Bank zu bringen. Vielleicht hat sie ein einziges Mal den Überblick über die Einnahmen verloren, vielleicht als die Kasse kaputt war. Sie weiß es nicht, aber sie erinnere sich noch, wie sie gesagt habe: »Irgendwann kommt das Finanzamt vorbei.«

Manchmal steht Mutter auf und mag Vater nicht mehr sehen. Ihn nicht mehr riechen. Der Zwiebelgeruch, der in seinen Haaren hängt. Das Parfüm, das nach Mann aus den

Fünfzigerjahren riecht. Nach Knorpelmoos. Nach Zedernholz. Alles, alles stört sie. Sein italienischer Akzent, wenn er »über« meint, sagt er »U-Bahn«, obwohl er seit dreißig Jahren in Deutschland ist. Sein Kindskopf, wo sie doch Hilfe bräuchte.

»Weißt du, was das Schlimme an der Liebe ist?«, sagt Mutter. »Dass man sich so einsam fühlen kann.«

Mutter spricht mit einem Steuerberater. Er hat ein hellrosa Hemd an und bestellt ein Kristall. Eigentlich seien die Unterlagen ganz sauber, bis auf ein paar kleine »Fehlerteufel«. Er sagt wirklich so etwas Harmloses wie »Fehlerteufel«, und dabei hängt unsere Existenz an diesen kleinen »Fehlerteufeln«. Das wird ihm auch bewusst, als er sich einarbeitet. Das ganze Vermögen zum Leben verbraucht.

»Diese Aufstiege und Abstiege. Gewinn und Verlust. Das ist beeindruckend.«

»Wir sind doch keine Vorabendserie«, sagt Mutter.

»Ich wollte eigentlich nur sagen, seien Sie froh – Sie haben gut gelebt«, sagt er.

»Aber was bleibt?«, fragt Mutter, und der Steuerberater nimmt es wörtlich: »Zehntausend Euro Schulden, mit Ihrem Kredit hunderttausend Euro«, sagt er, und als er Mutters Mimik sieht, fügt er hinzu: »Ich habe schon Schlimmeres gesehen.«

Mutter weiß, was es für sie, Vater, und mich bedeutet. Jeden Tag, den wir geöffnet haben, kommen etwa zweihundert Euro neue Schulden hinzu, Vater und Mutters Gehalt nicht eingerechnet. Urlaub und Rente natürlich auch nicht. Außerdem sind Vater und Mutter krank, Matteo ist auch weg, und ich kann nicht alles alleine machen.

»Sie können den Studienkredit Ihrer Tochter auflösen und dem Finanzamt eine Ratenzahlung anbieten«, sagt er.

»Ich habe zu meiner Tochter immer gesagt, man muss wissen, wann Schluss ist.«

»Aber du hast auch gesagt, dass Aufgeben keine Option ist«, rufe ich mit dem zweiten Kristall in der Hand.

»Wer dauerhaften Erfolg haben will, muss sein Vorgehen ständig ändern. Das haben wir wohl nicht oft genug gemacht. Wir haben den Markt falsch eingeschätzt. Jetzt müssen wir die Konsequenzen ziehen.«

»Mama, bitte, warum wählst du den einfacheren Weg?«, frage ich.

»Besorg uns eine weiße Fahne«, sagt sie.

»Das soll ich nicht wirklich tun?«, frage ich.

»Wir kapitulieren«, sagt sie und atmet so aus, als fiele alle Last von ihr ab.

In den Bewerbungen sieht man nicht, was Vater und Mutter bisher für ihre Arbeit gemacht haben. Mutter verzichtet auf Privatleben, auf Ruhe, auf Mutterschaftsurlaub, auf Karriere. Vater hört nicht einmal in den wenigen Stunden Freizeit auf, Koch zu sein. Wie Künstler oder Schriftsteller. Wenn er fernsieht, denkt er, das, was das Paar da zu Abend isst, das könnte den Gästen schmecken. Er verzichtet auf frische Luft und einen freien Kopf. Aber das kann man nicht in eine Bewerbung schreiben.

Vater und Mutter bekommen erst einmal Hartz IV. Nicht einmal Arbeitslosengeld, weil sie selbstständig waren. Vater vergisst, dass wir essen müssen, und kauft Mutter einen PC. Damit sie die Arbeitslosigkeit nicht mit Nichtstun verbringen muss. Was sie gerade tut, denn sie hat schon alle Bücher aus der Bibliothek gelesen, die mit Gold und Geschichte zu tun haben. Sie kennt die neuesten Erkenntnisse zum Bernsteinzimmer, alles über den Grabschatz des Tutanchamun und die Fabergé-Eier.

»Weißt du«, sagt sie und zeigt auf ihr Buch, »dass dieses Ei einen transparenten und opalisierenden Emaille-Überzug auf guillochiertem Grund hat. Mit Ziselierung.«

»Du gehst mir schon auf die Eier mit deinen Eiern«, sagt Vater.

Und ich weiß nicht, wie es so schnell gehen kann. Auf einmal wirft Vater den Computer auf den Boden, und Mutter bekommt keine Luft, wird ohnmächtig und fällt mit der Stirn in den Bildschirm. Vater dreht sie auf den Rücken, wird weiß und fällt neben sie. Warum müssen die beiden immer alles zusammen machen? Zusammen aufs Klo gehen, zusammen krank werden. Im Krankenhaus laufe ich von Zimmer 211 zu Zimmer 304 und wieder zurück.

»Hättest du einen realistischen Preis für die Lebensmittel verlangt, hätten wir uns nicht heruntergewirtschaftet!«

»Wärst du nicht krank geworden, hätten wir nicht die miesen Kellner einstellen und bezahlen müssen!«

Vater muss wieder operiert werden. Sein dritter Bypass. Ich schiebe Mutter im Rollstuhl zu ihm ins Zimmer.

»Willst du mich?«, fragt Vater und schaut Mutter an.

»Natürlich will ich dich«, unterbricht ihn Mutter.

»Nein, willst du mich«, setzt Vater nochmals an, »willst du mich rasieren?«

Drei Bypässe, eine Ehekrise, von einem kneipenähnlichen Restaurant zum feinen Lokal und in die Arbeitslosigkeit. Das hätten wir nicht gedacht. Jetzt stehen wir da und packen die letzten Dinge ein. Dinge, für die wir weder Verwendung noch Platz haben. Wir haben kein neues Restaurant, aber Vater will sich von nichts trennen. In unserer neuen Zweizimmerwohnung, denn die alte Wohnung gehörte zum Restaurant, ist schon alles voll. Unter unserem Sofa lagern die Grillpfannen, auf unserem Sofa das Thermometer, der Flambierbrenner, die Backschere, neben unserem Sofa der Steinofen. Die Straße spiegelt sich in der Küchenausstattung: Vater hat die Kühlschränke vor der Tür abgestellt.

Mutter spiegelt sich im Besteck. Sie kommt nicht voran.

»Willst du endlich das Besteck in den Karton legen«, sagt Vater.

Mutter sitzt auf einem Getränkekasten und schaut auf das Messer in ihrer Hand. Sie reibt es mit einem Tuch blank. Sie sagt nichts, sie legt nur das Messer in den Karton und nimmt ein neues aus der Schublade. Sie poliert Messer für Messer. Vater läuft auf sie zu, reißt die Schublade aus dem Apothekerschrank und leert das Besteck in den Karton aus.

»Und ich habe mal für den Weltfrieden gekämpft«, sagt Mutter.

»Was redet sie da?«, sagt Vater und sieht mich an.

In dem Augenblick kommt ein Mann mit einem hellblauen Hemd herein. Meine Mutter sagt, ganz untypisch für sie: »Schnorrer«, und ich weiß, dass das der Mann vom Finanzamt sein muss.

»Kommen Sie am besten morgen noch mal«, sage ich zu ihm, denn morgen werden wir nicht mehr hier sein. Das ist unser letzter Tag. Morgen geben wir die Schlüssel ab.

»Hosenscheißer«, höre ich dann. Es ist Sabine.

»Ihr schließet doch ned vor dreie«, sagt sie. Hinter ihr sind bestimmt um die dreißig bekannte Gesichter.

Mutter ist jetzt wieder mehr als nur ein Körper und ruft: »Kommt rein, wir haben noch Restalkohol!« Die Tische und Stühle haben wir schon verkauft, und die Gäste setzen sich auf Bananenkartons. Jemand sagt »Banane«, und ich sage »Scheiße«, was in dem leeren Raum viel lauter klingt, als es klingen sollte. Scheiße. Die Gäste schauen auf den Boden, und als Mutter die Flaschen in einem Karton hinter der Theke gefunden hat, klatschen wir.

»Rudi, dein letzter Ramazzotti bei uns«, sage ich und schenke ihm ein. Rudi trinkt ihn, ohne zu warten, und fragt, ob ich ihn verarschen wolle, da sei doch Salz drin. Salz ist auch in Tränen, flüstere ich, und wir entdecken, dass Rudi ein Mensch ist. Ein Mensch, der in seinen Ramazzotti rotzt.

»Erinnerst du dich noch, wie Sabine dir das Maul gestopft hat?«, sage ich in die Runde, und einige Gäste lachen. Vater winkt ab, und Mutter fragt, ob wir uns erinnerten, wie Vater für sie ein Orchester auf die Beine gestellt habe? Und die Geschichten werden immer mehr. Wie die Soldaten uns unter den Tisch getrunken haben. »Und de Knoblaukkondom«, ruft Vater und meint seine Idee mit der Knoblauch-Verhütung. Mutter erzählt, wie ich verhinderte, dass das ganze Restaurant abbrennt. Jemand bewundert Mutter, wie sie zehn Teller auf einmal tragen konnte und dabei noch Ratschläge gab, Bestellungen aufnahm und lachte. Niemand erwähnt Matteo. Aber es gibt auch so genug Geschichten.

Draußen wird es dunkel, und wir sitzen wie bei einem Lagerfeuer. Wahrscheinlich werden wir in dieser Kombination nie wieder zusammensitzen. Ich schaue in die Runde, während draußen die Laternen ausgehen, denn es wird hell. Nach und nach gehen alle nach Hause. Wir tragen die letzten Kartons in den Transporter und schließen die Tür des Restaurants.

Vater klammert sich an Mutters rechten Arm, ich an Mutters linken Arm. Sie steckt den Schlüssel in das Schlüsselloch und dreht zwei Mal. Dann gibt sie mir den Schlüssel.

»Soll ich ihn jetzt schlucken, und wir machen eine Zaubershow draus?«, sage ich. Nicht einmal ein kleines Lächeln bekomme ich dafür.

Dann wird mir schlecht. Ich muss würgen.

»Alles okay«, sagt Mutter und drückt mich fest.

Mutter, Vater und ich schauen auf den Krug oder das Palazzo oder das, was ich einmal für meine Zukunft gehalten habe.

Vater sagt: »Wir sind am Ende.«

EPILOG

»Wir sind am Ende«, sagt Vater. Ich renne in den Keller und rufe einfach nur: »No, no, no!« Das kann nicht das Ende sein. Ich will dieses Ende nicht. Im Keller stolpere ich fast über die letzten Stufen, im Palazzo waren die nicht so hoch wie hier. Ich stütze mich gegen die Wand. Dann stecke ich meinen Kopf in die Tiefkühltruhe. Mit einer Hand schiebe ich den Deckel ganz nah an meinen Kopf. Ich fühle mich wie in einer Guillotine. Die kalte Luft auf meinem Gesicht beruhigt mich. »Komm raus, Marie Antoinette«, sagt Mutter, die einmal den Deckel runterdrückt, bevor sie ihn aufmacht. Ich schaue sie böse an.

»Wir haben keinen Mozzarella mehr«, sage ich laut.

»Ja, weil du den letzten eingefroren hast«, ruft Vater.

»Aus Versehen«, sage ich.

Ich gehe mit leeren Händen wieder hoch. Vater zeigt auf den weißen Stein. Er schlägt mit dem Messer auf den Mozzarella ein. Weiße Fetzen fliegen ab.

»Wir werden versagen!«, sagt Vater.

»Jetzt sei nicht so dramatisch«, sage ich und gebe den Mozzarella in eine mit Wasser gefüllte Schale.

»Nein, der saugt sich voll«, sagt Vater. Ich nehme den Klumpen also wieder heraus und stecke den Mozzarella in die Mikrowelle. Vater wendet irgendwas ein. Ich sage, dass ich ihn nicht höre. Es knistert. Ich nehme ihn heraus und schneide ihn auf. Die Kristalle haben die Struktur verändert. Ich schüttle den Kopf.

»Es ist vorbei. Das Leben, der Sinn und der ganze Rest«, sage ich.

»Wie dramatisch!«, sagt Vater, und: »Kommt sie nicht nach mir?«

Mutter sagt dazu nur trocken: »Ohne Käse keine Pizza«, und Vater versteckt seinen Kopf hinter seinen dicken Fingern. Mutters Finger drücken jetzt eine Nummer. Es wählt.

»Ciao Franco, habt ihr noch Mozzarella? Kannst du jemanden von deinen Leuten rüberschicken?«, fragt sie. Als sie auflegt, nickt sie, und ich denke: Einfach, aber wirksam, man sollte Freunde haben und Freunde fragen. Vater löst die Finger von seinem Gesicht.

Mutig wie ein Matador breitet er die Tischdecke aus. Er kommt zurück in die Küche und fragt: »Wie sie wohl sein wird?«

Ich ziehe die Pizza Jessica aus Pasquale. Noch ganz weiß ist sie. Wie Mehl.

»Noch nicht fertig«, sagt Mutter.

Ich frage, was ich machen soll: »Zurückschieben, oder was?«

Sie nicken. Ich schiebe sie in den Ofen, und Vater ist zuversichtlich, dass Pasquale wieder funktioniert. Dieses Mal hat er das richtige Ersatzteil besorgt. Es wird funktionieren, sagt er immer wieder. Wir schauen auf die Anzeige. Fünf vier drei zwei eins null.

Ich schneide die Pizza, und Mutter bringt sie an den Tisch, der eingedeckt ist. Die anderen Tische haben keine Tischdecken. Denn es gibt keine Tischdecken in einem Vereinsheim. Hier wird so viel Bier verschüttet, dass das keinen Sinn macht.

»Sieht ein bisschen aus wie der Krug«, sage ich zu Vater, mit dem ich in der Küchentür stehe. Am langen Tisch, vor dem Pokalregal, stehen die Spieler, sie heben ihr Speziglas.

»Hübsche Kerle«, sagt Sabine und stößt mir ihren Ellenbogen zwischen die Rippen. »Nummer sieben«, sagt sie zu mir und hebt ihr Viertele. Die Trainer, die Schiedsrichter, die Ehrenamtlichen und die Fans heben ihre Halben. Sie stimmen ein Lied an. Ich glaube, es ist »You'll Never Walk Alone«. Auf Schwäbisch. Als der Präsident ein Stück Pizza nimmt, wird es still. Er nimmt den ersten Bissen, dann den zweiten.

»Und?«, rutscht es Mutter heraus.

»Der Hunger treibt's nei«, sagt er.

Vater schaut wie ein Halbdackel.

»Spaß«, sagt der Präsident. »Nicht schlecht!«

»Nicht schlecht«, rufen die anderen und klatschen.

»Eins zu null für Italien«, ruft ein Fan.

Ein Spieler geht zu Mutter, auch Vater und ich stellen uns neben sie. Der Spieler überreicht ihr ein rotes Trikot. Sie zieht es sich über. Auf ihrem Rücken steht die Nummer Zwölf.

»Auf uns«, flüstere ich und hebe mein Glas.

DANKSAGUNG

Es müsste ein anderes Wort für »danke« geben. Vielleicht grazefarnfarezesograf. Aber das hört sich zu sehr nach Grafikkartenprozessor an. Also: Danke an meine Eltern, die besten Eltern, die mich unterstützen, obwohl sie keine Lust darauf haben, mit den »irren Figuren« aus dem Roman verglichen zu werden. Danke auch an meine Schwester und meine ganze große Familie, weil sie so wunderbar ist.

Ich danke Hanns-Josef Ortheil für seine genialen Ideen und Ratschläge, die Motivation, den Glauben und die ganze Zeit, die er in das Projekt investiert hat. Ohne ihn gäbe es dieses Buch nicht. Das Gleiche gilt für Elisabeth Botros, die Pathos nicht leiden kann, aber jedes Pathos verdient – für ihre intelligenten Einwände, für ihre Freundschaft, für ihre Unterstützung und die der Agentur Michael Gaeb. Danke an Britta Claus, die unglaubliche Fähigkeiten im Lektorat und Zwischenmenschlichen hat. Danke an das Team des Penguin Verlags, vor allem Marion Kohler, für die Begeisterung und die Kompetenz.

Danke allen, die mir geholfen und mir Interviews gegeben haben: Jasmin Barth, Katrin Zimmermann. Thank you for your help, especially, Paul Easterday. Ein letzter Dank an Seele. Für alles.

Drei Frauen. Drei Leben.
Eine Geschichte.

Der Tod war Agnes' Geschäft. Über Jahrzehnte hinweg führte sie den Steinmetzbetrieb Weisgut & Söhne in Hamburg und lenkte gebieterisch die Geschicke der Familie. Mit 91 Jahren nun hat Agnes von allem und jedem genug, sie will reinen Tisch machen und endlich das Geheimnis lüften, das sie viel zu lange schon mit sich herumträgt. Es ist Zeit für die Wahrheit.

PENGUIN VERLAG

Von einer Hundertjährigen, die die Welt verändert

Rose ist eine begnadete Köchin und betreibt ein kleines Restaurant in Marseille. Sie ist 105 Jahre alt und hat das 20. Jahrhundert mit all seinen Abgründen hautnah erlebt. Deshalb hat sie vor nichts und niemandem mehr Angst. Sie glaubt an die Kraft der Liebe, des Lachens und der Vergeltung. Für den Fall, dass ihr einer blöd kommt, trägt sie deshalb immer einen Colt in der Tasche. Sie lässt sich von ihrem jugendlichen Gehilfen auf dem Motorrad durch die Stadt kutschieren, hört Patti Smith, treibt sich auf Singlebörsen im Internet herum und fühlt sich nun endlich alt genug, ihre Memoiren zu schreiben …

PENGUIN VERLAG

Ein Buch zum Lachen und Weinen
über vermasselte Dates
und die ganz, ganz große Liebe

Ihren letzten Lover hat Lucie schon vor Jahren vor die Tür gesetzt – Prädikat »mangelhaft«. Die Ausbeute seither? Mitleiderregend, grauenerweckend, indiskutabel! Das Einzige, was der jungen Lehrerin langsam, aber sicher näherkommt, ist die Vierzig. Die Sache ist klar, dem Schicksal muss auf die Sprünge geholfen werden: Ab sofort lässt sie keine Gelegenheit mehr ungenutzt, den Mann fürs Leben aufzugabeln. Sie macht weder vor dem Ex ihrer besten Freundin noch vor den Vätern ihrer Schüler halt, flirtet an der Tiefkühltheke im Supermarkt, taxiert das Freiwild im Schwimmbad, umgarnt den makellos schönen Vertretungsarzt ... Wer jagt, gewinnt!